카를슈타인 백작

동화는 내 친구 58
카를슈타인 백작
개정판 1쇄 2025년 2월 5일 | **초판 1쇄** 2008년 11월 15일
글 필립 풀먼 | **그림** 황부용 | **옮김** 이지원 | **펴낸이** 박강희 | **펴낸곳** 논장
편집 이나영, 김순미 | **디자인** 장윤정 | **마케팅** 박용석 | **등록** 제10-172호 · 1987년 12월 18일
주소 10881 경기도 파주시 회동길 329 | **전화** 031-955-9164 | **전송** 031-955-9166
제조국명 대한민국 | **사용연령** 8세 이상 | **주의사항** 종이에 베이거나 긁히지 않도록 조심하세요.
ISBN 978-89-8414-535-1 73840

동화는 내 친구 58

카를슈타인 백작

필립 풀먼 지음
황부용 그림
이지원 옮김

논장

등장인물

 힐디

 루시

 샬럿

 카를슈타인 백작

 뮐러 부인

 페터

 하이피슈 변호사

 엄마

 스니블브루스트

빙켈부르크 경관

스니치 경사

카다베레치 박사

엘리자

막스

나무 머리 씨

데븐포트 선생님

사냥꾼의 악령 자미엘

차 례

즐거운 사냥꾼

1부

힐디

1

 오빠는 불꽃이 지옥 바위 벽의 도깨비처럼 일어나도록 재를 휘저었습니다. 흔들리는 오빠의 그림자는 우리의 작은 침실 벽에 일렁거렸고 낡은 바닥의 갈라진 틈은 어둠 속에서 황금 강처럼 빛났습니다.

"들어 봐, 자미엘 이야기야!"

오빠의 말에 나는 거위털 이불을 끌어 내려 몸을 감싸고, 얼굴을 바닥의 깔개에 붙이고 떨면서 아래층에서 들려오는 소리를 들어 보려고 했습니다.

우리는 카를슈타인 마을의 선술집에서 엄마와 함께 살았습니다. 엄마는 여관이자 선술집인 '즐거운 사냥꾼'의 주인입니다. 조용한 이곳에는 가끔 낯선 방문객이 한 두어 명 지나쳐 가지만 가게의 보통 손님들은 여느 산사람들과 다름없이 좋은 사람들이었습니다. 특히나 겨울밤, 파이프 담배 연기와 가득 찬 술잔 앞에서 정말 재미있는 얘기들이 흘러나왔습니다.

오빠는 사냥 이야기를 가장 좋아했고, 나는 무서운 이야기를 좋아했습니다. 하지만 가장 재미있는 이야기는 언제나, 산의 왕이며 사냥꾼의 악령, 자미엘에 대한 이야기였습니다. 자미엘 이야기에는 반드시 거래와 쫓고 쫓김, 피에 물든 복수, 그리고 자미엘의 사냥감이 되어 눈 속에서 도망치는 공포에 질린 희생자가 나옵니다. 눈을 번뜩이고 침을 흘리며 희생자를 쫓는 사냥개들, 기괴한 웃음을 띤 해골들이 타고 가는 검은 말들, 그 맨 앞에서 이들을 이끄는, 칠흑 같은 어둠에 싸인 이글이글 타는 눈의 악령. 이런 이야기가 나올 때면 엄마마저(1층의 모습은 바닥의 갈라진 틈으로 볼 수 있었습니다.) 일을 멈추고 카운터에 통통한 팔꿈치를 기대고 잠시 동안 자미엘에 대한 새 이야기를 듣곤 했습니다.

하지만 우리 가게에 오는 어떤 손님도 나와 오빠만큼 자미엘에 가까이 다가가 본 적은 없습니다. 그리고 오빠보다 내가 더 가까이서 자미엘을 보았습니다. 자미엘이 희생자를 찾으러 왔을 때, 나는 바로 그 방에 있었으며, 그 광경은 내가 설령 1900년까지 산다고 해도 절대 잊지 못할 것입니다.

이 이야기는 10월 어떤 회색의 오후에 시작합니다. 1816년이었고 나는 근처의 카를슈타인성에서 1년 가까이 일하고 있었습니다. (아, 내 이름은 힐디입니다.) 눈이 많이 내렸습니다. 나는 바느질거리를 무릎에 쌓아 놓고 성의 한 창가에 앉아 있었고 내 뒤에서는 루시 아가씨와 샬럿 아가씨가 벽난로에 밤을 굽고 있었습니다. 어둠이 내리고 있어서 나는 한기가 방 안으로 들어오는 걸 막기 위해 커튼을 내릴까 생각했습니다. 그때 성 밖의 좁은 길로 마차 한 대가 올라오는 것이 보였습니다. 나는 놀라서 그 광경을 바라보았습니다. 성에는 3월부터 손님이 단 한 사람도 오지 않았기 때문입니다. 그런데 성 안마당으로 들어오는 길에 접어든 마차는 꽁꽁 언 길에 바퀴가 미끄러지며 성 끝의 벼랑길로 밀려가기 시작했습니다.

말들은 공포에 질려 울부짖었고 제동 장치가 끼익 하는 소리를 내며 더 이상 마차를 지탱하지 못하자 마부는 마부석에서 거의 떨어질 뻔하였습니다. 마차는 돌로 된 성 입구에 쾅 부딪쳤다가 아슬아슬하게 옆으로 튕겨 나갔습니다. 나는 자리에서 일어나 비명을 질렀습니다. 하지만 바로 그 마지막 순간에 바퀴들은 다시 제자리를 찾았고 마차는 성 안마당으로 겨우 들어섰습니다. 아가씨들은 내 옆으로 뛰어와 마차에서 내려온 마부가 커다란 뒷바퀴에 떨리는 몸을 기대고, 이마의 땀을 닦는 모습을 함께 지켜보았습니다.

바싹 마른 나이 든 신사가 너무나 침착하게 마차 밖으로 걸어 나왔습니다. 그가 마부를 보는 눈길은 마치 '겁먹은 건가? 이런 말들을 다루려면 겁 따위는 채찍 안에 잘 구겨 넣어 놓는 편이 좋을 거네.' 하고 충고하는 것만 같았습니다. 그러고는 자기의 마른 어깨 위에 감히 내려앉은 건방진 눈송이들을 털어 내며, 구석으론 이미 바람에 날려 온 듯 어둠이 내리고 있는 눈 내린 성의 뜰로 들어섰습니다. 집사인 요한이 성문을 열자 마당으로 빛이 환하게 쏟아져 나왔지만, 문을 닫자 빛은 곧 사라졌습니다. 마부는 고개를 설레설레 젓고 마구간의 하인들에게 손짓을 하며 말에서 마구를 벗겨 내었습니다. 아가씨들은 저 방문객이 누군지 짐작하려 애썼지요.

아가씨들은 영국인이었습니다. 이미 여기 살면서 우리 말을 꽤 익혀 말은 거의 현지인 수준이었지만 스위스인은 아니었습니다. 루시 아가씨는 열두 살, 샬럿 아가씨는 열 살이었고, 나도 아가씨들보다 나이가 그리 많지는 않았습니다. 하지만 나는 그때 내 처지가 아가씨들보다 낫다고 생각했습니다. 나는 엄마도 살아 있고 오빠도 있으며 카를슈타인 백작 같은 우울한 삼촌도 없으니까요.

아가씨들에게는 다른 친척은 없었습니다. 부모님이 모두 난파선에서 돌아가신 뒤, 아가씨들은 카를슈타인 백작과 살든지 고아원에서 살든지 두 가지 중 하나를 선택해야 했습니다. 백작이 어떤 사람인지 알았더라면, 아마 아가씨들은 단 일 분도 고민하지 않고 고아원에서 사는 편을 택했을 겁니다. 불쌍한 아가씨들이 이곳에 온 지도 거의 1년쯤 되었지요.

백작이 이곳에 온 지는 9년쯤 되었습니다. 선대 백작이었던 루트비히 카를슈타인이 상속인 없이 죽었기 때문에 이 영지는 하인리히 카를슈타인이 상속했지요. 하인리히 카를슈타인은 마르고 피부가 검은 사람으로 항상 손톱을 물어뜯는 버릇이 있었으며 밤이면 밤마다 돌벽과 태피스트리로 에워싸인 자신의 서재에서 독일 철학자들의 저작을 연구하는 데 몰두했습니다. 그런 점은 문제가 되지 않았지만 백작에게는 다른 단점들이 있었습니다. 만약 개였다면, 그 성질 하나로 아마도 안락사시키는 것이 나을 것 같은 끔찍한 성격과, 악독하게 비꼬는 말투, 그리고 가장 나쁜, 개에게나 말에게나 집안의 하인에게나 또는 다른 나라에서 와 더 이상 아무 데도 갈 데가 없는 어린 조카딸들에게 잔인하게 대하는 데에서 눈을 빛내며 기쁨을 찾는 성질 등입니다. 그러나 하는 수 없었지요. 백작이 성의 주인이니까요.

그동안 루시 아가씨는 방문객이 누구인지 기억해 냈습니다.

"샬럿, 저분은 바로 그 변호사야! 제네바의 나이 든 신사 분 말이야. 우리가 하인리히 삼촌을 기다리는 동안 진하고 달콤한 포도주와 케이크를 주신 분이잖아."

"하이피슈 씨!"

"맞아, 어쩌면 우리를 다시 데려가려고 오셨을지도 몰라. 그럴 수도 있을까? 힐디, 저분이 우릴 다시 데려가실 수 있을까?"

"힐디, 가서 좀 알아봐! 가서 들어 봐, 제발!"

샬럿 아가씨가 애원하듯 말했지만 나는 대답했습니다.

"그럴 순 없어요. 그랬다간 당장 성에서 쫓겨나고 말 거예요. 제가 쫓겨나지 않게 아가씨들이 도와주실 건가요? 잠시 기다리시는 게 더 현명한 일이에요."

루시 아가씨는 얼굴을 찡그렸지만, 제 말이 맞는다는 것을 알고 있었습니다. 사실 우리는 오래 기다릴 필요도 없었습니다. 1분도 지나지 않아 집안 살림을 맡고 있는 뮐러 부인이 쿵쾅거리며 들어왔기 때문입니다. (뮐러 부인은 불만이 가득한 얼굴로 짜증이 날 때면 거위처럼 목을 쑥 빼고 남을 바라보는 버릇이 있습니다.)

"루시 아가씨, 샬럿 아가씨! 가서 10분 안에 씻고 머리를 빗은 뒤 하인리히 삼촌한테 오세요. 그리고 너, 켈마르, 바느질감은 내려놓고 응접실로 가. 바보 같은 데트바일러 계집애가 뜰에서 미끄러지는 바람에 발목이 부러져서 네가 응접실 시중을 들어야 해."

아가씨들은 서둘러 나갔고, 나는 촛불을 들고 얼른 응접실로 내려갔습니다. 불쌍한 수지 데트바일러! 어제 카를슈타인 백작이 세 번이나 데트바일러를 울렸는데, 이제 발목까지 부러지다니! 응접실로 들어가는 내 심장은 심하게 뛰었습니다. 무언가 잘못해

서 카를슈타인 백작의 주의라도 끌까 봐 무서웠습니다. 백작은 화가 나면 채찍질이라도 할 것입니다.

하지만 응접실 문을 열었을 때 백작은 그 바싹 마른 방문객과 함께 대화에 열중하고 있었습니다. 그리고 그 마른 신사는 백작에게 너무나 주의를 집중하고 있어서 둘 중 누구도 내가 들어왔다는 사실을 깨닫지 못했습니다. 나는 앞으로 나가도 될지 어째야 할지 몰라 걱정스레 어두운 구석에 가만히 서 있

었습니다.

카를슈타인 백작이 말했습니다.

"젠장, 하이피슈!"

(하이피슈라고요? 그러면 루시 아가씨가 맞았습니다. 이 바싹 마른 해골 같은 신사 분은 바로 제네바에서 온 변호사였습니다.)

"확실하지 않다고? 9년이나 흘렀는데 말이야? 도대체 얼마나 더 시간이 필요한 건가? 한 100년쯤 주면 되겠나? 그때쯤 되면 나한테 와서 '네, 카를슈타인 백작님, 상속권을 주장하는 사람은 없습니다.' 그렇게 말할 건가. '왜냐하면 상속권을 주장하는 사람은 죽었기 때문입니다.' 이렇게 말할 셈인가!"

하이피슈 씨는 카를슈타인 백작의 말투에도 전혀 화가 난 기색을 보이지 않았습니다. 그는 마차 바퀴 하나 차이로 죽음을 모면한 좀 전에 마차에서 걸어 나오던 모습과 마찬가지로 전혀 평정을 잃지 않고 말했습니다.

"저에게 확실하게 밝히라고 하셨지요, 카를슈타인 백작님. 이런 경우에, 증거가 없이 확실하다고 말하는 것은 아무 소용이 없습니다."

카를슈타인 백작은 콧방귀를 뀌었습니다.

"소용이 없다고! 하이피슈, 이렇게밖에 못한다면, 바로 당신이 소용이 없네! 만약 증거가 필요하다면, 증거를 만들어 보는 건 어떻겠나? 응? 만들란 말이네!"

변호사는 자리에서 일어섰습니다. 그것이 그가 한 전부였습니다. 하지만 백작은 한순간에 소리 지르고 손톱을 물어뜯고 벽난로의 커다란 장작 토막을 발로 차던 행동을 멈췄습니다. 마치 총소리를 듣기라도 한 듯이요. 하이피슈 씨는 남들의 주의를 한순간에 끄는 존재감을 가진 사람이었습니다. 마치 배우처럼, 모든동작에는 의미가 있다는 것을 아는 것 같았습니다. 그리고 그의 관객 두 명, 즉 문 옆의 어둠 속에 선 한 명과 벽난로 옆에서 으르렁거리던 다른 한 명은 그의 다음 말을 기다리며 가만히 집중할 수밖에 없었습니다.

다음 말은 간단했습니다. "안녕히 주무십시오, 카를슈타인 백작님."이 전부였으니까요. 그러나 하이피슈 씨의 목소리에는 마귀라도 부끄럽게 할 만한 경멸이 담겨 있었습니다.

"오, 앉으라고, 이 사람아."

카를슈타인 백작이 짜증스럽게 말했습니다. 아마 백작은 돈을 주고 진실을 왜곡해야 할 때가 온다면, 법조인으로 하이피슈 씨가 그 일에 동참하지 않을 거라는 것을 깨달은 것 같았습니다.

"이리 와서 앉게나. 내가 좀 말이지, 그러니 우리 이걸 다시 검토해 보자고."

그러고는 벽난로를 마주 보고 있는 조각된 참나무 의자에 몸을 던지고는 벽난로 장작 토막에서 떨어져 나온 나무껍질을 집어 들어 하이피슈 씨가 이야기를 하는 동안 그것을 잘게 손으로 부수었습니다.

"20년 전에 선대 백작이신 루트비히 카를슈타인의 외동아들은 요람에서 유괴되어 사라졌지요. 이 아들과 용모가 일치하는 아이가 백작의 아들이 없어진 직후 제네바의 고아원에 있었다는 것까지는 제가 밝혀냈습니다. 만약 그 아이가 백작의 아들이 맞는다면, 그는 커서 검은 곰이라는 여관의 마구간에서 일하다 군대에 간 것으로 짐작됩니다. 그리고 거기까지가 저희가 알 수 있는 전부입니다. 그가 속한 연대는 보델하임 전투 이후 뿔뿔이 흩어졌고 그는 포로로 잡혔거나 죽었을 수도 있습니다. 되풀이해서 말하지만 그게 우리가 알 수 있는 전부입니다."

카를슈타인 백작은 신음 소리를 내며 화가 나 자기의 허벅지를 치며 말했습니다.

"그게 자네의 능력으로 밝혀낼 수 있는 전부인가?"

"제 능력뿐 아니라 세상 어떤 사람의 능력으로도 밝힐 수 있는 전부입니다, 백작님. 스위스의 어떤 사람도 제가 알고 있는 만큼 카를슈타인 영지의 사건들을 알지 못합니다. 여기까지가 이 주제에 대해 인간의 힘으로 알 수 있는 전부입니다."

이렇게 말하는 변호사의 목소리에 약간의 비꼼이 섞여 있었을까요? 설령 그렇다 해도 카를슈타인 백작은 알아채지 못했을 것입니다. 왜냐하면 백작이 고개를 들자마자, 바로 나를 보았기 때문입니다. 백작은 욕설을 내뱉으며 자리에서 튕기듯 일어났습니다.

"도대체 넌 여기 언제부터 있었지?"

"1분도 안 되었어요, 백작님. 제가 노크를 했는데 못 들으셨나 봅니다."

변호사가 보고 있지 않았더라면 백작은 저를 때렸을지도 모릅니다. 백작은 짜증을 내며 포도주를 가져오라고 시켰고, 제가 다시 돌아왔을 때 백작과 하이피슈 변호사는 더 이상 무슨 이야기를 나누는 것을 포기하고 각자 방의 반대편에 서서 책과 그림들, 눈 쌓인 성 밖의 어둠을 바라볼 뿐이었습니다.

제가 두 분에게 포도주를 따라 드렸을 때, 두 아가씨가 들어왔습니다. 하이피슈 변호사는 몸을 숙여 아가씨들과 악수를 나누었고 안부를 물었습니다. 그의 표정에는 따뜻함이 배어 있었습니다. 먼지만큼이나 물기가 없고 은제 잉크병 정도로만 친절해 보이는 이 사람이 두 아가씨한테는 마치 사보이 공작 부인이나 자신의 쌍둥이 여동생을 대하듯 깍듯하고 다정하였지요. 루시 아가씨와 샬럿 아가씨는 만면에 화색이 돌아 소파에서 변호사의 양옆 자리를 각각 차지하고 앉아 와인 잔으로 입술을 축이며 아주 우아하게 이야기를 나누었습니다. 바로 같은 방 한구석에서 자신들의 삼촌이 방을 왔다 갔다 하며 손톱을 물어뜯으면서 아무 말도 하지 않는 동안 말이지요.

한참 뒤, 하이피슈 씨는 일어나 아가씨들에게 인사를 하고 저녁 식사를 하기 위해 옷을 갈아입어야 한다면서 자리를 떴습니다. 제가 포도주 잔들을 치우는데, 카를슈타인 백작이 다가와 벽난로 옆에 서더니 아가씨들에게 말했습니다.

"루시, 샬럿, 너희들이 여기 얼마나 있었지? 1년인가?"

루시 아가씨가 대답했습니다.

"네, 하인리히 삼촌, 거의 그쯤 되었어요."

백작은 아래를 내려다보았습니다. 그러더니 갑작스럽게 말했습니다.

"너희 둘도 어디로 휴가라도 가는 게 어떻겠니?"

두 아가씨는 잠깐 놀랐다가 열성적으로 고개를 끄덕였습니다.

루시 아가씨가 대답했습니다.

"저흰 너무 좋아요."

백작은 친절한 목소리를 내려 아주 노력하며 웃었습니다.

"내일 오후에 당장 떠나야겠다. 며칠 동안만 말이다."

샬럿 아가씨도 아주 열심히 대답했습니다.

"네, 그렇게 할게요."

루시 아가씨가 물었습니다.

"어디로 가는 거지요?"

카를슈타인 백작이 대답했습니다.

"내 사냥 별장으로."

일부러 그런 것은 아니었지만 두 아가씨의 얼굴은 바로 어두워졌습니다. 하지만 단 몇 초뿐이었고 다시 정상으로 돌아왔지요. 백작은 눈치채지 못했습니다.

루시 아가씨가 말했습니다.

"아주 재미있겠어요, 하인리히 삼촌."

샬럿 아가씨는 목소리에 실망한 기색을 드러내지 않으려 노력하며 겨우 말했습니다.

"정말 감사합니다."

"좋아, 좋아. 그렇다면 정해진 거다."

백작은 이렇게 말하고 둘에게 이제 돌아가라고 일렀습니다. 책상 앞에 앉아 종이에 무언가를 휘갈겨 쓰면서요. 저는 아가씨들을 따라 나갔습니다.

두 아가씨는 모두 사냥을 좋아하지 않았습니다. 사냥을 좋아하지 않는데, 사냥 별장에 머무는 것이 무슨 재미가 있겠습니까. 깊은 숲 한복판, 빽빽한 소나무 숲 가운데서 말이지요. 그뿐만 아니라 늑대와 곰과 멧돼지들 사이에서 말입니다. 그 눈 쌓인 숲에서 카를슈타인 백작이 총탄으로 쓰러트린 불쌍한 사슴의 숨통을 끊는 걸 보는 것 말고 할 수 있는 일이 뭐가 있을까요? 밤이 되면 희미한 모닥불 옆에서 털가죽으로 몸을 감싸고 카를슈타인 백작이 자기 사냥꾼 우두머리와 술에 취하는 모습을 구경해야 할까요? 참, 대단한 휴가입니다.

바로 그때 저는 갑자기 소름 끼치는 사실을 깨달았습니다. 오늘이 수요일이니, 아가씨들은 내일, 목요일에 떠나게 됩니다. 그리고 백작이 말한 대로라면, 며칠 동안 숲에 머문다고 했으니까, 그렇다면 아가씨들은 금요일인 만성절* 전날 밤에 사냥 별장에서 밤을 지내게 됩니다. 바로 사냥꾼의 악령, 자미엘이 숲을 달리며 그 앞에 나타나는 살아 있는 모든 것을 거둔다는 그날 말입니다. 사람들은 그가 지나간 자리에서 그을린 발굽 자국을 보았다고 합니다. 그리고 아무런 상처 없이 죽어 버린 동물도요.

하지만 저는 루시 아가씨와 샬럿 아가씨에게 그런 말을 할 수는 없었습니다. 어떤 일들은 말하면 더 나빠지기만 하니까요. 그래서 저는 아무 말도 하지 않았습니다. 그때 당시에는요.

사냥 별장

＊크리스트교 교회에서 모든 성인을 기념하는 날로 11월 1일이다. 그 전날 밤은 죽은 사람들의 영혼이 되살아 난다고 믿는 날인 할로윈 데이로 유령, 마녀, 도깨비, 배회하는 귀신들과 함께 불길한 의미를 갖게 되었다. 요즈음 할로윈 데이는 어린이들이 악의 없는 장난을 치는 축제일의 성격을 띤다.

만약 세상에 카를슈타인 백작의 사냥 별장을 좋아할 만한 사람이 있다면 그는 바로 제 오빠 페터입니다. 오빠는 그때 열여덟 살이었습니다. 명사수로 훌륭한 사냥꾼이었지요. 누구보다도 숲을 잘 알았습니다. 사실 너무 잘 안 것이 탈이었죠. 왜냐하면 가장 좋은 사냥감들이 어디 있는지 정확히 알았기 때문에, 결국 백작의 숲에서 밀렵 죄로 체포되었으니까요. 밀렵이라니! 선대의 루트비히 백작 때에는 이런 일에 훨씬 관대했지만 그래도 숲은 더 잘 관리되었고 사냥감도 훨씬 많았지요. 어쨌든 오빠는 경찰서에 갇혔고 불쌍한 엄마는 걱정으로 머리가 이상해질 지경이었습니다. 사실 저는 별 걱정을 하지 않았습니다. 명랑하고 꿋꿋한 오빠라면 며칠 빵과 물만 먹는다고 하여도 큰일은 없을 테니까요. 하지만 가장 안 좋은 일은 유치장에 있는 탓에 사격 대회에 나갈 수 없다는 사실입니다. 오빠는 몇 년 동안이나 이 대회에 모든 것을 걸어 왔거든요.

이 대회는 보통 사격 대회가 아닙니다. 우선 이 대회는 해마다 또는 2년에 한 번 하는 식으로 규칙적으로 열리는 대회가 아니거든요. 이 대회는 산림 감시대장이 은퇴할 때에만 열렸습니다. 그런 만큼 상도 보통 상은 아니었지요. 금돈 몇 개와 상패와 시장이 달아 주는 메달 정도는 골짜기 아래위에서 열리는 어떤 사격 대회에서도 받을 수 있습니다. 하지만 이 대회의 진짜 상은 바로 산림 감시원 자리였습니다. 이 대회의 우승자는 숲에서 살아 있는 것이라면 어떤 것이라도, 땅에서 자라는 것에서부터 그 위를 달리는 것, 또는 숲의 공기를 가르며 날아가는 어떤 것이라도 취할 수 있는 권리를 가지게 됩니다. 오빠는 이 대회에 나가는 데 자기의 온 마음을 걸었습니다. 이런 사격 대회는 앞으로 몇 년이 지나도 다시는 열리지 않을 테니까요. 즐거운 사냥꾼 여관이 멀리서 찾아온 장총을 든 사나이들로 가득한 이때, 불쌍한 엄마 역시 절망에 빠져 있었지요.

저는 밀러 부인에게 한두 시간 마을에 갔다 오게 해 달라고 부탁을 했습니다. 엄마를 도우려고요.

그러고는 여관 식탁에 앉아 만면에 바보 같은 웃음을 띠고 커다란 손가락으로 비둘기 파이를 먹고 있는, 범죄자 오빠를 발견했지요!

"오빠! 어떻게 여기 있는 거야? 석방된 거야?"

"절대 아니지."

오빠는 또 한 손 가득 파이를 뜯어 입에 쑤셔 넣으면서 말했습니다.

"도망쳐 나왔어!"

"뭐라고!"

"빙켈부르크 경관 허리띠에서 열쇠를 훔쳐서 빠져나왔다니까. 네가 그때 엄마 얼굴을 봤어야 하는데."

그때 저는 더러운 잔이 가득한 쟁반을 들고 들어오는 엄마의 얼굴을 보았습니다. 가엾은 엄마. 엄마는 세상에서 가장 불행한 사람 같은 얼굴을 하고 있었습니다. 걱정이 가득한 데다가 신경은 곤두설 대로 곤두서, 마치 온 스위스 경찰이 수염을 휘날리며 자기를 향해 달려들어 곧바로 체포해 공범자로 바로 교수형에 처해 버릴 것이라고 생각하는 것 같았습니다. 그런데 오빠는 그 자리에 태연히 앉아 새 기술을 연마한 강아지처럼 기분이 좋아 배를

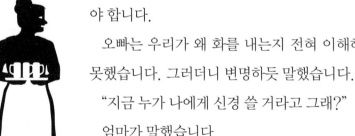

채우고 있었지요. 오빠의 잘난 척은 정말 알아줘야 합니다.

오빠는 우리가 왜 화를 내는지 전혀 이해하지 못했습니다. 그러더니 변명하듯 말했습니다.

"지금 누가 나에게 신경 쓸 거라고 그래?"

엄마가 말했습니다.

"당연히 신경 쓰지! 넌 지금 수배자야. 이제 네 머리에 현상금이 걸리고 경찰서에 포스터가 붙

을 거야. 넌 범죄자가 되어 이 나라를 떠나야 할지도 몰라! 다음 주까지만 기다렸어도…….”

“그러다 사격 대회를 놓치란 말이죠? 멍청히 앉아 남들이 총 쏘는 소리를 들으면서 말이에요. 절대 그럴 순 없어요, 엄마. 나는 나가서 기회를 잡을 거예요. 어쨌든 제가 말씀드린 대로 지금은 경찰이 저에게 신경 쓸 겨를이 없다니까요. 왜냐하면 유명한 범죄자가 오고 있거든요.”

“오빠가 어떻게 알아?”

이제 한 시간밖에 남지 않았습니다. 저는 빵 반죽을 만들면서 오빠를 식탁에서 밀쳐 냈습니다.

“경찰들이 이야기하는 걸 들었거든. 제네바 본부에서 연락이 왔는데 스니치 경사가 그걸 빙켈부르크 경관에게 읽어 주고 있었어. 브릴리안티니인가 하는 이탈리아 사람이 제네바의 감옥에서 수를 써서 탈출했대. 그래서 전국의 경찰들이 눈 크게 뜨고 그 사람을 잡으라는 명령을 받았어.”

“그 사람이야 어디든 갈 수 있을 텐데, 하필이면 왜 여기에 나타날 거라고 생각하는 거니? 맙소사, 네가 그냥 유치장에 있었어야 하는 건데…….”

“아니에요, 스니치 경사가 브릴리안티니가 이쪽으로 향하고 있다고 했어요. 사격 대회가 열리면 돈이 몰리기 때문에요. 브릴리안티니는 사기꾼이래요. 아주 뛰어난 협잡꾼이라고요. 스니치 경사는 자기가 브릴리안티니를 사로잡아 승진을 하겠다고 벼르고 있어요. 빙켈부르크 경관은 정말 자기가 브릴리안티니를 잡아야 할 경우가 생기면 어쩌나 하며 공포에 떨고 있고요…….”

오빠는 껄껄 웃으며 떠들어 댔고 저는 젖은 행주로 오빠를 때렸습니다. 오빠의 웃음소리는 누구나 알고 있습니다. 만약 누군가 여관에서 그 소리를 듣는다면, 바로 소문이 퍼질 것이고 오빠는 다시 유치장으로 들어가게 될 것입니다. 이번엔 수갑을 차고 훨씬 더 무거운 형을 받을 테고요.

제가 물었습니다.

“도대체 이제 뭘 할 거야? 여기 있을 순 없잖아!”

“왜, 여기 있으면 되지!”

엄마는 아무 말도 하지 않고 깊게 한숨을 내쉬더니 밖으로 다시 나갔습니다.

“오빠 여기 있으면 안 돼. 바보같이 굴지 마. 엄마는 지금 걱정 때문에 거의 앓아누울 지경이란 말이야. 여기서 도대체 어디에 숨어 있으려고 그래? 마구간에? 지하 술 창고에? 오빠 한자리에 절대 가만있지 못하잖아! 분명 그 바보 같은 얼굴을 창문에 들이대고 루디나 한지에게 ‘어이!’ 하고 소리를 지르거나 한네를에게 키스를 날리거나 하겠지. 그리고는 연습할 총도 필요하다고 할 거야. 그러곤 이제 잠깐 다리 좀 펴러 밖에 나간다고 할 거고, 나간 후엔 다 잊고 바로 여관 한복판으로 걸어 들어와 손님들에게 인사를 할 거야. 내가 오빠를 알잖아! 오빠 정말 무책임해!”

“넌 무슨 중년 부인이냐, 이 애늙은이야. 도대체 나이가 몇 살인데 이렇게 바가지를 긁는 거야? 끊임없는 잔소리에……. 그리고 넌 날 전혀 몰라. 왜냐하면 난, 3일 동안 아무것도 하지 않고 지하 술 창고에 머물면서 내 장총을 손질하고 오로지 표적만 생각하면서 정신을 집중할 거거든. 물론 팔을 떨리지 않도록 뻗고 자세를 잡는 연습도 할 거야. 난 정말 온 마음으로 대회에 집중하고 있어, 힐디. 난 꼭 우승하고 말 거야. 넌 내가 책임감이 없다고 하지만……. 하지만 내 안에는 네가 상상할 수 있는 것보다 훨씬 더 큰 집중력이 있어. 그리고 바로 그 집중력의 힘으로 난 총을 쏠 거라고. 내가 상을 노리고 총을 쏠 때 난 이 산보다도 더 굳건할 거야. 두고 봐. 넌 날 몰라, 힐디. 넌 날 전혀 모른다고."

물론 전 바보 같은 나의 오빠를 잘 알고 있었습니다. 그럼에도 불구하고 오빠의 말에는 감동을 받았죠. 전에는 저에게 이런 식으로 이야기를 한 적이 한 번도 없었습니다. 오빠의 목소리는 진지하고 조용했습니다. 나는 오빠가 정말로 대회에서 우승을 할 수도 있겠구나 하고 생각했습니다. 하지만 그런 말을 할 계제는 아니었지요.

"만약 지하 술 창고에 숨을 거라면, 지금 당장 내려가는 게 좋을 거야. 만약 엄마한테, 오빠가 말썽을 부렸다는 말을 한마디라도 듣게 된다면, 내가 바로 스니치 경사를 데려와서 오빠를 넘겨 버릴 거야. 엄마야 마음이 약해서 그러지 못하겠지만, 난 정말 두 번 생각 안 하고 넘겨 버릴 거야. 내가 경고했다."

나의 이런 협박에도 "네, 알겠습니다."가 오빠가 말한 전부였습니다. 그러고는 벽에서 자기 총을 꺼내더니 성가대원이 미사 드리러 가는 것과 같은 경건한 걸음걸이로 지하 술 창고로 내려갔습니다.

나는 빵 반죽을 끝내고 빨리 돌아가야만 했습니다. 그 전에, 나는 엄마를 불러 오빠가 한 이야기를 여관의 한구석에서 남들이 듣지 못하도록 조용히 전해 주었습니다.

엄마가 말했습니다.

"페터는 좋은 아이다. 하지만 도대체 어떻게 대회장에 얼굴을 내밀겠다는 건지…… 나타나자마자 체포될 것이 뻔한데. 아아!"

엄마가 울 것이 뻔했기 때문에 나는 엄마에게 빨리 입맞춤을 하고 자리를 떠났습니다. 내가 여관을 나설 때 손님 한 떼가 몰려왔습니다. 손님들이 많아지면 엄마가 할 일도 많아지지요. 이 마을이 이렇게 꽉 찬 건 처음이었습니다.

내가 경찰서 옆을 지날 때 스니치 경사는 경찰서 앞에 포스터를 붙이고 있었습니다. 벌써 오빠를 수배해 현상금을 내건다는 포스터를 붙이는 걸까요? 하지만 그것은 아니었습니다. 포스터는 오빠가 부엌에서 한 말이 사실이라는 것을 증명해 주었습니다.

요주의!
모든 시민은 유명한 사기꾼이며 협잡꾼인
루이지 브릴리안티니를 주의하길 바란다!
이자는

레드 핫 샘 또는 주사위 마왕

또는

인도의 수련자 베도나일지 왕자로도 알려져 있다.

이 교활한 악당은

제네바의 감옥에서 탈출하였으며

이 지역에 도착한 것으로 추정된다.

모두 주의!

얼굴이 붉고 갈색 구레나룻이 난 데다가 몸집이 큰 경사는 이 포스터를 벽에 못질해 붙이더니 똑바로 달렸는지 보려고 뒤로 몇 발짝 물러서다 소똥을 철퍼덕 밟고야 말았습니다. 내가 웃었더니 경사는 내가 마치 소똥을 그 자리에 일부러 가져다 놓기라도 한 듯 쏘아보며 통행로에서 우물쭈물하며 진로 방해를 하지 말고 갈 길을 가라고 말했습니다. 경사에게는 마치 경찰 활동 지침서에 나온 것 같은 어구를 쓰며 말하는 버릇이 있습니다. 그다음에 구두에 묻은 소똥을 치울 나뭇가지를 집으려고 몸을 구부린 순간 덜거덕거리며 지나가던 수레가 경사의 바지 뒤쪽에 온통 진흙을 튀기고 말았습니다.

경사가 공중 질서를 위협하는 운전을 했다고 주먹을 흔들며 소리 지를 때, 바로 경찰서의 문이 열리면서 빙켈부르크 경관이 급하게 나왔습니다.

빙켈부르크 경관은 늘어진 콧수염에 매부리코에 어깨가 구부정한, 언제나 불만스러워 보이는 사람이었습니다. 경관은 너무 흥분해서 제자리에 서 있지 못하고 양쪽 발에 중심을 옮겨 가며 껑충껑충 뛰고 있었습니다.

"경사님! 경사님! 죄수가, 그 죄수가!"

"뭐라고! 좀 진정하고 말해 보게, 경관. 거기서 젤리처럼 흔들거리지 말고! 도대체 죄수가 어쨌다는 건가?"

"없어졌습니다, 경사님. 사라졌단 말입니다!"

그래서 나 역시 사라지기로 했습니다. 그들은 이제 오빠가 도망친 것을 알게 되겠지요. 어차피 밝혀질 일이었습니다. 이들이 지금까지 그 사실을 몰랐다는 것이 더 이상한 일이었습니다.

성으로 돌아온 뒤 나는 오빠와 내가 우리 여관 바닥의 갈라진 틈을 통해서 들었던 사냥꾼의 악령 이야기보다 훨씬 더 오싹한 이야기를 듣게 됩니다.

3

그날 밤 늦게였습니다. 루시와 샬 럿 아가씨는 이미 침실에 있었습니 다. 밤이 되면 둘은 양초가 다 타들어 가 결국은 촛농 속으로 불꽃이 휙 소 리를 내고 사라져 어둠이 마치 부드럽 고 고요한 눈사태처럼 온 방을 뒤덮 을 때까지 《우돌포의 비밀*》이니 《차 스트로치**》, 《마틸다***》, 《숲의 은둔자****》 같은 무서운 소설 을 읽곤 했습니다. 공포로 몸이 딱딱하게 굳어질 때까지 말이지

* 영국 작가 앤 래드클리프의 소설(1794년). 공포심, 악당, 음침한 성, 핍박받는 여주인공, 초자연적
인 현상 등이 잘 묘사된 고딕 소설의 정수로 평가받는다.
** 영국의 낭만파 시인 퍼시 셀리의 고딕 소설(1810년). 악당 차스트로치의 복수 이야기.
*** 최초의 공상 과학 소설로 여겨지는 《프랑켄슈타인》을 쓴 영국 작가 메리 셀리의 작품.
**** 작자 미상의 19세기 초 소설. 가족과 재산을 잃고 숲에 사는 은둔자가 딸을 다시 만나서 사회
로 돌아오는 내용이다.

요. 오늘은 《루돌프, 바위산의 유령》을 읽을 차례였습니다. 나는 아가씨들의 시중을 들어 준 뒤, 둘이서 실컷 무서운 소설들을 즐기도록 남겨 놓고 카를슈타인 백작의 서재로 통하는 나선 계단을 올라갔습니다. 백작에게 부탁드릴 일이 있었거든요. 사격 대회 구경을 놓칠지도 몰라 서운하긴 했지만 나는 아가씨들의 하녀로 백작의 사냥 별장에 같이 가겠다고 할 참이었습니다. 아가씨들은 물론 좋아할 테고 백작도 그런 간단한 청을 거절할 이유는 없겠지요?

하지만 나는 서재까지 들어가지 못했습니다. 문을 두드릴 수도 없었습니다. 왜냐하면 계단을 모두 올랐을 때 (그러니까 좁다랗게 난 창문이 납으로 씌워진 가파른 지붕을 내려다보고 있고 잔뜩 찌푸린 하늘에서 희미하게 달빛이 비치는 복도에서) 바로 백작의 목소리가 들려왔기 때문입니다. 그 첫마디는 바로 '자미엘'이었습니다.

심장이 싸늘하게 떨려 왔습니다. 자미엘이라는 한마디가 어릴 적부터 쌓여 온 모든 공포를 불러낸 것만 같았습니다. 게다가 이 이름이 일부러 무섭게 하려는 오빠의 바보 같은 농담 중에 나온 것이 아니라 누군가 법적인 계약 문제를 건조하게 이야기하는 중에 흘러나왔다는 사실에 공포심은 더욱더 커졌습니다. 나는 촛불을 손으로 잡아 끈 뒤, 이야기를 더 잘 들으려고 몸을 굽혔습니다. 예, 그런 짓을 해서는 안 된다는 것을 잘 알지만 그렇게 했습니다. 결국 그것은 잘한 일이었습니다.

"자미엘이라굽쇼?"

다른 목소리가 말했습니다. 비굴하고 느끼한 그 목소리의 주인 공을 나는 바로 알아차렸습니다. 카를슈타인 백작의 비서, 아르 투로 스니블부르스트 씨였지요. 입술을 자주 핥고 손바닥은 항상 젖어 있으며 아첨에 능한 이 남자는 매일 아침 30분 이상을 머리 에 포마드 기름을 발라 나폴레옹처럼 만드는 데 썼습니다.

"백작님, 지금 자미엘이라고 말씀하신 것 맞습니까?"

"그렇지, 바로 자미엘, 사냥꾼의 악령, 산의 제왕 말이야!"

"아하, 그렇군요."

"자, 잘 들어 보게. 지금 당장은 자세히 말할 수 없는 어떤 이유 로, 내가 그분과 어떤 계약을 좀 했지. 그분이 매년 만성절 전날 밤에 내 숲으로 사냥을 와서 마음에 드는 건 어떤 것이라도 가져 갈 수 있는. 나도 동의를 했고. 하지만 올해로 우리 계약이 끝나 네. 이제는 말이지, 내가 다른 걸 제공해야 해. 스니블부르스트, 자네 지금 듣고 있나? 내 말을 잘 따라오고 있나?"

스니블부르스트 씨가 대답했습니다.

"사냥감을 맹렬히 쫓는 사냥개처럼 열심히 따라가고 있습니다, 백작님."

"그러니까 올해는, 내가 인간 제물을 준비해 드려야 하거든."

숨을 몰아쉬는 소리(그 소리마저 느끼했습니다.)가 스니블부르 스트 씨의 입에서 새어 나왔습니다. 내 입에서도 소리가 새어 나 올 뻔했지만 손으로 겨우 막고, 나는 양철 촛대를 붙들고 카를슈타인 백작이 다음에 무어라고 말하는지 듣기 위해 갖은 애를 썼습니다.

"살아 있는 인간 말이야. 두 명이면 더 좋고. 물론 영혼이 있어야지. 그러니……."

백작은 기분 좋게 이야기를 했고, 백작이 의자를 나무 바닥에서 당겨서 다시 앉을 때 오래된 나무판자들이 삐걱거리는 소리까지 들려왔습니다.

"내 질문은, 누가 좋겠느냐 말이지."

"아하, 아주 어려운 질문이십니다. 제가 한번 상상해 볼까요, 백작님? 누가 그 제물이 될까요? 가장 적당한 상품을 고르는 건 아주 어렵겠지요."

스니블부르스트 씨가 조심스럽게 말했습니다. 사실 스니블부르스트 씨는 카를슈타인 백작에게 무슨 꿍꿍이가 있는지 알 수가 없었고 괜스레 말실수를 하고 싶지도 않을 테니까요.

"그러니까 말이지, 이번 일에는 단 한 가지 답밖엔 없어, 스니블부르스트. 바로 내 조카들이 제물이 되면 되는 거지."

침묵이 흘렀습니다. 나는 스니블부르스트 씨가 손을 턱에 얹고는 고민하는 척하는 모습을 상상했습니다. 나는 거의 좁은 바닥에 쓰러져 정신을 잃을 지경이었습니다. 이미 내 온몸은 얼어붙을 듯 차가운 상태였지만 지금은 내 안의 어떤 알 수 없는 기계가 찬 얼음물이 든 양동이를 나에게 뒤집어씌워 등허리 전체에 얼음물이 흘러내리는 그런 느낌이었습니다. 나는 귀에 온 신경을 집중했습니다. 둘이 다시 대화를 시작했기 때문입니다.

"아주 쉽지. 정말 잘된 일은, 그날 밤은 우리 숲에서 서리를 하는 놈조차 없을 거라는 거지. 망할 농민들은 미신에 목을 매니, 만성절 전날 밤에는 숲에 코빼기도 들이밀지 않거든. 만약 그렇게 하고 싶은 기분이 들더라도 이번엔 아닐 거야. 왜냐하면 사격 대회가 있으니 모두 마을로 내려가 술을 마시겠지!"

"아주 훌륭하신 계획입니다!"

그러고 나서 뭔가 미끌미끌한, 슉슉 소리가 나서 도대체 뭘까 하고 나는 잠깐 고민하였습니다. 그건 바로 비서가 자기의 젖은 두 손을 비비는 소리였지요.

"진정 나폴레옹적인 생각이십니다, 카를슈타인 백작님!"

"자미엘은 자정에 사냥 별장에 당도할 거야. 우리는 내일 여자애들을 거기에 데려다 놓고 내일 하루는 거기서 묵고 금요일날 오는 거지. 문을 잠가서 여자애들을 별장에 가둬 놓고 말이야. 자미엘을 막지는 못하겠지만, 여자애들을 못 나가게 할 수는 있는 거지. 알았나? 자미엘 전하께서는 내키는 대로 애들이 거기 있는 채로 집어삼키실 수도 있고, 아니면 애들을 숲으로 풀어서 도망치는 걸 보다가 잡을 수도 있어. 그 애들이 없어진다 해도 서운할 건 하나 없지."

"서운할 건 하나 없지요, 백작님. 그 귀찮은 것들 말입니다."

저 느끼한 거짓말쟁이. 아가씨들은 단 한 번도 비서를 귀찮게 한 적이 없었습니다. 둘이 생기가 넘치는 것은 사실이지만, 특히 루시 아가씨는 말이지요. 하지만 그게 도대체 누구에게 어떤 해를 입혔단 말입니까? 두 아가씨를 사냥 별장에 가둬 사냥꾼의 악령을 위한 제물로 삼겠다니, 《루돌프, 바위산의 유령》의 작가 따위는 절대로 생각해 내지 못할 사악한 계획이었습니다. 머리가 빙빙 돌고 심장 고동이 마치 북처럼 울리는 동안 나는 가만히 서 있었습니다. 이제 나는 어떻게 해야 할까요?

앗, 발소리! 문고리가 돌아갔습니다! 나는 얼른 돌벽으로 물러나 숨을 멈추었습니다.

문이 열리고 부드러운 불빛이 새어 나왔습니다. 그리고 간사한 비서의 모습이 문가에 나타났습니다. 비서는 좁은 어깨 위로 고개를 연방 꾸벅거리며 말했습니다.

"절대 걱정 마십시오, 백작님! 분부를 충실히 따르겠습니다!"

카를슈타인 백작은 아무런 감정도 싣지 않은 목소리로 말했습니다.

"당연히 그래야지."

"안녕히 주무십시오, 백작님. 안녕히 주무십시오!"

비서는 조심스럽게 문을 밀어서 닫고 마치 발레에 나오는 쥐처럼 가볍고 종종거리는 걸음으로 계단을 내려갔습니다. 다행히도 그는 나를 보지 못했습니다. 나는 한참을 기다린 뒤 겨우 다시 몸을 움직였습니다. 손이 너무 떨려 들고 있던 촛대를 떨어뜨릴 것만 같았습니다. 그랬다간 끝장입니다. 나도 아가씨들과 함께 온몸이 묶이고 재갈이 물려 어둠 속에서 눈을 크게 뜬 채 자정에 밤

하늘을 가르고 들려올 두려운 사냥 나팔 소리만을 기다리는 신세가 되겠지요…….

다른 방법이 없습니다. 아가씨들에게 이 일을 이야기해야만 하고, 아가씨들은 도망을 쳐야만 합니다. 하지만 이 세상 어디에 아가씨들이 갈 곳이 있단 말입니까?

나는 계단을 더듬어 내려갈 길을 찾았습니다. 성 동쪽 날개 쪽으로 올라가기 전 초에 불을 붙이기 위해 스러져 가는 난롯불 앞에서 잠깐 멈추었을 뿐, 가죽 장정 책 속의 유령 이야기에 여전히 열중하고 있는 두 아가씨를 향해 나는 달려갔습니다.

아가씨들은 여전히 말똥말똥 깨어 있었습니다. 양초는 겨우 손톱 하나 길이만큼 남았고 심지는 행렬 중에 조는 병사처럼 이미 기울어져 있었습니다. 루시 아가씨는 내가 촛불을 들고 들어가자마자 다음에 또 쓰려고 자기들의 초를 곧바로 껐습니다.

샬럿 아가씨가 물었습니다.

"힐디, 무슨 일이야? 네가 오는 소리를 들었어. 지금 유령이 전쟁터에 나타나는 부분을 읽고 있거든. 그래서 우리는…….”

내가 조용히 하라고 이르자 아가씨는 말을 멈췄는데, 갑자기 놀란 것 같았습니다. 살아 있고 걱정에 싸인 진짜 사람의 모습이 책 속의 유령보다 더 무섭다는 것을 깨달은 것처럼 말입니다.

루시 아가씨도 물었습니다.

"힐디, 무슨 일이야? 얼굴에 걱정이 가득해 보여. 수지 데트바일러는 만났니? 수지가 많이 다친 거야?”

"아니에요, 루시 아가씨. 이제부터 중간에 끊지 말고 제 말을 들으셔야 해요. 이건 너무나 중요한 일이에요. 아시겠지요?"

루시 아가씨는 일어나 앉았지만 샬럿 아가씨는 이불을 자기 몸에 더욱더 꼭 두르고 큰 눈으로 나를 쳐다볼 뿐이었습니다. 나는 들은 이야기를 모두 했습니다. 내 이야기를 듣는 아가씨들은 마치 점점 줄어드는 것만 같았습니다. 크기도 그렇지만 더욱더 순진해지고 더 어려지는 것만 같았습니다. 이야기를 다 끝내고 나서 나는 덧붙였습니다.

"아가씨들은 피하셔야만 해요. 만성절 전날 밤만 지나면 돼요. 그리고 위험이 사라지면 그때 나오면 되는 거예요."

"하지만 어디로 가지?"

루시 아가씨의 목소리를 들으며 나는, 아아, 아가씨는 이제 울 참이구나 하고 생각했습니다. 아가씨의 목소리는 불안했으며 입술은 떨렸고 힘들게 침을 삼켰습니다. 하지만 아가씨는 쉽게 절망하지 않았습니다.

"제가 알고 있는 장소가 있어요. 좀 멀기는 하지만, 잠깐 동안은 거기서 안전하실 거예요."

그러자 샬럿 아가씨가 일어나 앉았습니다.

"마치 '독이 든 잔을 마신 에밀리아' 이야기 같아. 에밀리아도 도망쳐야 했잖아. 언니, 기억나? 도둑 대장한테 잡혀서 장작불 위에 묶여서……."

"샬럿 아가씨, 우린 당장 움직여야 해요. 따뜻한 옷을 모두 챙기고 입을 수 있는 것은 다 껴입으세요. 꽁꽁 싸매고 가야 해요. 밖이 너무 추워서 안 그러면 얼어 죽을 거예요."

루시 아가씨는 침대에서 뛰어나와 떨면서 커다란 참나무 옷장으로 달려갔습니다. 잠시 머뭇거린 뒤 아가씨는 창문에 드리운 무거운 커튼을 걷었습니다. 아가씨들의 침실은 계곡 쪽의 벼랑과 그 위에 펼쳐진 산을 마주 보고 있었습니다. 평생 동안 봐 온 풍경이었지만, 나는 갑자기 그 숲의 정경이 너무나 잔인하고 거칠며 무섭게 느껴져 견딜 수가 없었습니다. 루시 아가씨는 몸을 돌려 나를 바라보았습니다. 그 눈에서 아가씨 역시 나와 똑같은 생각을 하고 있다는 것을 읽을 수 있었습니다. 샬럿 아가씨에게는 이 일이 어쩌면 모험 소설 같은 놀이일지도 몰랐지만, 루시 아가씨에게는 아니었습니다.

루시 아가씨는 다시 한번 크게 심호흡을 한 뒤 옷을 입기 시작했습니다. 샬럿 아가씨도 침대에서 뛰어나와 바싹 마른 나무 바닥 때문에 발이 시린 듯 깡충깡충 뛰고 덜덜 떨며 옷을 입기 시작했습니다. 두 아가씨는 문으로 어떻게 나갈 수 있을까 걱정이 될 만큼 모피와 담요, 목도리와 모자로 온몸을 꽁꽁 싸매었습니다. 나는 아가씨들을 위해 가방에 깨끗한 이불 홑청을 챙겼습니다.

루시 아가씨가 물었습니다.

"그래서 우린 어디로 가는 거지, 힐디?"

샬럿 아가씨도 물었습니다.

"우리, 마을로 가는 거야? 힐디네 엄마 여관에 가도 돼? 엄마가 우릴 숨겨 주시지 않을까?"

아가씨들은 우리 엄마를 좋아했습니다. 1년 전 아가씨들이 도착했을 때, 엄마가 아가씨들을 며칠 돌봐 준 적이 있었습니다. 백작이 성의 살림을 뮐러 부인에게 맡기기 전에 말입니다. 며칠 동안이나 자기네 말은 하나도 하지 못하는 어른 외국인들 틈에 섞여 낯선 땅을 여행해 성에 도착한 아가씨들은 친절하고 따뜻한 누군가가 자신들을 돌봐 주자 너무 행복했습니다. 엄마가 다시 즐거운 사냥꾼 여관으로 돌아간다고 하자, 둘은 분수처럼 눈물을 흘리며 울었습니다. 그러나 지금 여관은 꽉 차 있었습니다. 그뿐만 아니라, 아가씨들이 없어진 것을 알게 되면 첫 번째로 여관을 뒤질 것이 분명했습니다. 그렇다면 당연히 오빠 역시 발각되겠지요. 나는 아가씨들에게 오빠의 상황을 이야기했습니다.

"페터는 법의 심판을 피해 도망친 거야! 그렇다면 범법자잖아! 걱정 마, 힐디. 우리는 페터를 절대 배신하지 않을 거야. 우리는 잔인한 운명을 피해 도망치는 게 어떤 건지 알고 있어……."

나는 루시 아가씨를 조용히 시키고는, 눈만 크게 뜨고 있는 샬럿 아가씨가 맨 위에 입은 코트의 단추를 잠그는 것을 도왔습니다.

"이제 우린 정말로 조용히 움직여야 해요. 아시겠지요? 백작님은 아직 깨어 계시고 스니블부르스트 씨 역시 어딘가 돌아다니고 있을지도 몰라요. 이제 우리는 마구간을 통해 성을 빠져나가고 길이 나올 때까지 성벽의 바위 언덕을 미끄러져 내려가야만 해요. 절대로 입을 열면 안 돼요!"

닳아 해질 대로 해진 오래된 코트의 모든 틈을 찌르듯 뚫고 들어오는 추위와 머리카락을 채찍처럼 얼굴에 때리는 바람을 맞으며 바깥에 나왔을 때에야, 나는 정신을 차리고 생각하기 시작했습니다. 내가 어떻게 하려는 거지? 지금 아가씨들과 함께 도망을 치려는 건지, 아니면 나 혼자 성으로 돌아가 아무것도 모르는 척할 셈인지?

잠시 뒤 우리는 모퉁이를 돌아 두 갈래로 갈라진 갈림길에 이르렀습니다. 한쪽 길은 마을로 통하는데, 다리를 넘어 광장으로 들어가도록 되어 있었습니다. 30분 동안은 길 끝에서 빛나는 창문의 불빛과 이불처럼 눈에 폭 싸인 교회의 풍경을 앞에 두고 여관에서 흘러나오는 노랫소리를 들으며 편안히 걸을 수 있는 길이었습니다. 다른 길은 골짜기 옆으로 돌아가는 길로, 일 년 중 이맘때면 걷기에는 눈이 너무나 많이 쌓이는 길이었습니다. 마을의 풍경이 몹시 따스해 보여 나는 갈림길에서 잠시 고민하였습니다. 이때 상어 모양을 한 구름 뒤에서 나온 달이 바위 위로 삐죽삐죽한 험난한 풍경에 빛을 드리웠습니다. 나는 마을을 등졌습니다. 달빛이 우리가 향하는 곳의 모습을 어렴풋이 비추어 주었기 때문입니다.

우리 오른쪽의 절벽 높은 곳, 나무들 사이에서 얼어붙은 작은 폭포가 반짝반짝 빛나고 있었습니다. 그 아래로 조금만 내려가면, 내가 잘 아는 동굴이 있습니다. '은자의 동굴'이라고 부르기도 했지요. 오래전 이 동굴에는 살짝 머리가 이상해진 할아버지

한 분이 살았습니다. 할아버지는 자신을, 사람들을 웃기는 대신 그들을 위해 기도하는 삶을 택한, 성모 마리아를 위해 춤추는 곰이라고 생각했습니다. 할아버지는, "좋아, 브루노, 이제는 무릎을 꿇고, 기도를 해. 그렇지, 곰아, 착하다. 이제 앞발을 접고, 눈을 감으면 돼. 그렇지, 곰아, 착해……." 하고 혼잣말로 계속해서 스스로에게 명령을 내리곤 했습니다. 우리는 할아버지에게 가끔 꿀케이크를 가져다드렸고 할아버지는 꿀케이크를 기도를 열심히 한 보답이라고 생각하고 드시곤 했습니다. 그러고 나서는 늙은 곰처럼 몸을 숙이고 우리 앞에서 무릎을 꿇고 우리의 손을 부드럽게 핥으며 자신을 위해 기도해 달라고 부탁하고는 했지요. 세상에서 가장 착한 영혼은 어쩌면 자기 자리를 제대로 찾지 못한 영혼들일지도 모릅니다. 나는 브루노 할아버지가 우리를 지켜 줄 것이라고 생각했습니다. 물론, 할아버지의 영혼이 말입니다. 브루노 할아버지는 내가 일곱 살 때 이미 돌아가셨습니다.

"이쪽으로 오세요."

우리는 위쪽 길로 걸었습니다.

길이 시냇물과 만나자 우리는 길에서 벗어나 눈 쌓인 덤불과 바위, 가시덤불을 지나 폭포가 나올 때까지 계속해서 산을 올랐습니다. 그러고는 신발과 양말을 벗고 (이미 신발은 다 젖었습니다.) 어두운 물속으로 걸어 들어갔습니다. 물은 우리 무릎 높이밖에 되지 않았고 그 폭 역시 샬럿 아가씨조차 한쪽에 머리를 놓고 한쪽에 다리를 걸치고 누울 수 있을 정도밖에 되지 않았습니다. 물속의 뾰족한 바위는 발을 사정없이 찔렀고 물은 시린 정도를 넘어서 살인적으로 찼습니다. 우리는 감각이 없어 덜덜 떨리는 손에 신발과 양말을 들고 비틀거리며 더 이상 견딜 수 없을 때까지 걸었습니다. 그러고는 비명을 지르며 물에서 뛰어나와 피가 다시 통해 걸을 수 있게 될 때까지 서로의 발과 발목을 때리고는 젖은 신발과 양말을 다시 신었습니다.

"이렇게 한다면 사냥개들을 혼란시켜 냄새를 맡지 못할 거야."

루시 아가씨는 만족스럽게 말했지만, 아가씨의 이빨이 하도 떨려서 무슨 말을 하는지 거의 알아들을 수 없을 지경이었습니다.

폭포에 도착하자 우리는 숨을 몰아쉬었습니다. 추워서 그런 것은 아니었습니다. 이미 추위는 겪을 만큼 겪었으니까요. 우리를 놀라게 한 것은 풍경이었습니다. 흰 설탕처럼 빛나는, 뾰족뾰족한 수많은 창들이 두껍게 쌓인 채 잘 연마되어 달빛을 받고 있는 모습, 폭포는 다이아몬드처럼 날카로운 별 같은 서리 속에 서 있었습니다. 그리고 그 밑 저쪽에서 작은 물줄기가 마치 자러 가기 싫어 칭얼거리는 아이처럼 졸졸거리며 흘렀습니다. 달빛에 비친 세상은 위협적일 만큼 아름다웠습니다. 하늘은 늑대 모양의 가는 구름에서 벗어나 청명하고 고요했습니다.

나는 아가씨들의 기운을 북돋우기 위해 말했습니다.

"이제 조금만 더 가시면 돼요."

브루노 할아버지의 동굴로 가는 길은 높게 자란 풀로 덮여 있어 나는 처음에는 그 길을 쉽게 찾을 수 없었습니다. 그러나 곧 길을 찾았고, 5분 뒤 우리는 동굴 입구에 거의 다다라 이제는 좀 따뜻하게 있을 수 있겠구나 하며 기분 좋게 이야기를 시작하였습니다. 바로 그때였습니다.

"쉿!"

루시 아가씨가 손을 쳐들며 말했습니다.

우리는 모두 멈추었습니다.

샬럿 아가씨가 속삭였습니다.

"왜 그래?"

나 역시 고개를 돌렸습니다. 무슨 소리인지를 들은 것 같았기 때문입니다. 동굴에서 나는 소리를 말입니다.

그것은 의심할 여지 없이…… 곤히 잠든 사람의 코 고는 소리였습니다. 남자의 코 고는 소리 말입니다. 우리는 너무 늦게 도착한 것입니다. 동굴은 이미 누군가 차지하고 있었습니다. 루시 아가씨는 잔뜩 겁을 먹은 눈으로 나를 바라보았습니다. 그리고 속삭였습니다.

"이제 어떻게 하지?"

하지만 나는 대답할 필요가 없었습니다. 왜냐하면 루시 아가씨가 말을 꺼내자마자 코 고는 소리가 갑자기 멈추고 동굴에서 목소리가 흘러나왔기 때문입니다.

"밖에 누구요?"

4

우리는 너무나 겁을 먹어 떨지도 못할
지경이었습니다. 샬럿 아가씨는 내 손
을 마치 얼어붙어 떼어지지 않는 것처
럼 꼭 잡고 있었습니다. 내 머릿속에서
는 열두 가지도 넘는 산적, 도둑, 범죄
자, 살인자의 형상이 모두 이글이글 불
타는 눈을 하고 총칼로 무장한 채로 지나갔습니다. 우리는 돌처
럼 서 있었습니다.

잠시 뒤 동굴 속에서 무언가 움직이는 소리가 났습니다. 바스
락거리는 것이 마른 나뭇잎 소리 같았습니다. 그리고 또 다른 목
소리가 들려왔습니다.

"뭐 하는 거야, 멍청이?"

어둠을 뚫고 나온 그 목소리는 맑고 울림이 커서, 마치 배우 같

은 목소리였습니다. 표현력이 풍부하지만 약간은 사기꾼처럼 들리는 목소리 말입니다.

"또 벼룩 때문에 고생하는 건가? 막스, 벼룩을 다루는 방법은 말이지, 손톱 사이에 넣어 으깨 죽이는 수밖에 없어. 그러면 조용히 사라지지. 벼룩에게는 말을 걸거나 군인처럼 싸워야 할 필요가 전혀 없어."

첫 번째 사람이 말했습니다.

"아니에요. 벼룩이 아니라 무슨 목소리를 들은 것 같아서요, 박사님. 누군가 밖에서 염탐하는 것만 같아요."

"말도 안 돼. 내가 몇 시간 동안 내 운명에 대해 명상하며 깨어 있었는데 말이지, 들은 건 네 음악적인, 마치 트롬본 소리 같은 코 고는 소리밖에 없었다고. 넌 박수갈채를 받는 꿈을 꾸고 있는 듯했어. 우레와 같은 함성 소리와 계속되는 앙코르 소리, 내일 우리의 연기에 쏟아질 칭찬들 말이야. 이제 가서 자도록 해, 막스. 다시 코를 골며 자라고."

"글쎄요, 박사님이 그러시다면 뭐……. 하지만 분명히 무슨 소리가 났는데……."

고요해지더니 곧바로 다시 코 고는 소리가 들려왔습니다. 우리는 긴장을 풀고 동굴 입구를 발끝을 쳐들고 겨우 지나 폭포 쪽으로 나왔습니다. 그러고는 좀 편안한 (차갑긴 했습니다.) 바위에 앉아 낮은 목소리로 이야기를 했습니다.

루시 아가씨가 물었습니다.

"이제 어떻게 하면 좋지?"

샬럿 아가씨도 물었습니다.

"저 사람들은 누구야?"

루시 아가씨가 책망했습니다.

"바보, 힐디가 저 사람들이 누군지 어떻게 아니? 분명 도둑일 거야."

"두 번째 남자가 연기에 대해서 뭐라고 말했어. 혹시 배우가 아닐까! 배우들이라면 우리를 해치지는 않을 거야! 혹시 우리를 동굴에 같이 있게 해 줄 수도 있어!"

나도 그 생각을 하지 않은 것은 아닙니다. 하지만 장담은 할 수 없는 일이지요. 유랑 극단의 연기자나 배우들은 매력적이고도 미끈한 사람들입니다. 즐거운 사냥꾼 여관에는 그런 사람들도 많이 묵어갔습니다. 가끔 그들이 지불한 금화들은 유랑 극단의 마차가 떠나 잡을 수 없는 곳에 다다를 때쯤 바로 금칠이 벗겨지곤 했습니다. 좋은 리넨 홑청이 어떤 예술적인 공정에 의해서 하룻밤 사이에 다 찢어진 칙칙한 면직물로 바뀌어 버리기도 했지요. 글쎄, 동굴의 이 두 사람은 나쁜 짓을 할 것 같지는 않았습니다. 하지만 나는 그들을 믿을 수는 없었습니다.

"그렇다면 산악 안내원의 오두막에 가 계셔야 할 것 같아요, 루시 아가씨. 한 시간만 더 걸으면 돼요……. 하지만 지금 왔던 것보다는 훨씬 안전한 길이에요. 위쪽으로 좀 더 올라가면……."

"한 시간이나 더?"

샬럿 아가씨가 말했는데, 정말 아가씨는 피로로 거의 쓰러질 지경이었습니다. 처음의 흥분이 모두 가라앉은 지금, 샬럿 아가씨는 따뜻하고 보드라운 침대를 준다면 사냥꾼의 악령과도 마주할 수 있을 것처럼만 보였습니다.

나는 조금 무섭게 말했습니다.

"가셔야만 해요. 루시 아가씨도요. 그리고 잊지 마세요. 저는 내일 성으로 다시 돌아가 아가씨들이 없어진 것을 전혀 모르는 척해야 해요. 그 대신 아가씨들은 오두막에서 하루 종일 드러누워 자고 싶은 대로 잘 수도 있어요. 그러니 너무 늦기 전에 움직여요."

나는 샬럿 아가씨를 잡아끌었고, 우리 셋은 다시 물줄기 옆에 나 있는 덤불과 얽힌 풀 위를 지나 가파른 오르막길을 올랐습니다. 더 높은 곳에는 아무것도 자라지 않는 언덕 꼭대기가 펼쳐져 있었습니다. 우리는 더 이상 이야기를 하지 않았습니다. 특별히 조용히 할 필요가 있어서가 아니라 숨이 차고 힘들어서 말을 할 수가 없었습니다.

산악 안내원의 오두막은 언제나처럼 열려 있었고 안에는 마른 장작이 쌓여 있었습니다. (성냥이 없는 우리에게는 아무런 소용도 없었습니다.) 오두막은 눈 속에 길을 잃은 불쌍한 여행자라면 누구나 이용할 수 있도록 지푸라기 매트리스와 나무 침대가 설치되어 있었습니다. 루시 아가씨는 그 깔끔함에 탄성을 질렀지만 샬럿 아가씨는 너무나 지쳐서 아무 말도 하지 못했습니다. 나는 샬럿 아가씨를 침대에 눕히고 신발과 양말을 벗겨 주고(양말은 얼음 같은 시냇물 때문에 아직도 젖어 있었습니다.), 다리를 문질러 따뜻하게 해 주고 마른 양말을 신겨 주고는 지푸라기 이불 한 장을 더 덮어 주었습니다. 그렇게 해 놓자 아가씨는 마치 바스락거리는 지푸라기로 쌓인 작은 산처럼 보였습니다. 하지만 아가씨는 자기가 어떻게 보이는지도 모른 채 이미 잠들어 버렸습니다. 일 분도 지나기 전에, 루시 아가씨 역시 곯아떨어졌습니다. 그리고 조금 뒤, 나 역시 잠들고 말았습니다.

새벽녘에 나는 비몽사몽 중에 귀중한 시간을 얼마나 흘려보냈는지 스스로를 책망했습니다.

다섯 시도 되지 않은 것 같았습니다. 아직 어두웠지만 공기는 해 뜨기 직전의 초조함을 담고 흔들렸습니다. 게다가 혼자서 잘난 척하는 새 한 마리가 밖에서 지저귀고 있었습니다. 나는 잠시 동안 꼼짝 않고 누워 있었습니다. 그러고는 흐르는 물줄기 소리와 아가씨들의 숨소리에 마치 얻어맞은 것처럼 깜짝 놀라 벌떡 일어나 앉았습니다. 지금 몇 시쯤 되었지? 모두들 잠에서 깨어나기 전에 성에 다다를 수 있을까?

나는 일어나 어떻게든 추위를 막아 보려 해질 대로 해진 내 낡은 외투를 꼭꼭 동여매고 루시 아가씨의 어깨를 살살 흔들었습니다.

"루시 아가씨! 루시 아가씨! 전 이제 가야만 해요! 성에 돌아가야만 해요. 할 수 있다면, 다시 올게요!"

"오, 힐디, 꼭 와 줘……."

루시 아가씨도 잠에서 깬 것 같았지만 나만큼 완전히 깨진 않았습니다. 하품을 하고 눈을 비비는 아가씨의 얼굴엔 수심이 가득했습니다.

"힐디, 꼭 와 줘야 해. 우린 어떻게 해야 할지 모르겠어……."

"올 수 있도록 노력할게요!"

나는 몸을 뒤척이며 지푸라기 산을 자기 위에 더 덮고 있는 샬럿 아가씨를 깨우지 않기 위해 속삭였습니다.

"정말 어떻게 해서든 올 수 있도록 최선을 다할게요! 약속해요. 하지만 밀러 부인이 저를 마구 부리기 때문에 빠져나오기가 힘들지도 몰라요. 어쩌면 아가씨……."

그때 제 머릿속에 어떤 생각이 스쳐 지나갔습니다.

"만약 제가 못 오게 되면 저 대신 누군가에게 먹을 것과 불을 붙일 만한 것을 들려 보낼게요. 어때요?"

"그 사람이 힐디가 보낸 사람인지 우리가 어떻게 알 수 있지? 함정에 빠지기라도 하면 어떻게 해?"

루시 아가씨는 일어나 앉으려고 노력하면서 말했습니다.

"우리에겐 암호가 필요해!"

"네, 좋아요. 그런데 이제 정말로 가야 해요."

"잠깐만, 그럼 이건 어떻겠어?"

루시 아가씨는 두 손을 꺼내 입으로 가져가 졸린 눈으로 어떻게든 생각하려고 애쓰다 말했습니다.

"첼트넘!"

그것은 처음 들어 본 말이었기 때문에 나는 잊지 않기 위해 몇 번을 되풀이했습니다.

"첼트넘이 뭐예요?"

루시 아가씨는 샬럿과 자기가 다니던 영국의 여학교가 있는 장소라고 설명해 주었습니다. 나는 루시 아가씨에게 암호를 잊지 않겠다고 약속하고, 나나 다른 사람이 오두막에 음식과 마실 것, 장작에 불을 붙일 만한 것을 가지고 올 거라고 다시 말해 주었습니다. (하지만 나는 지하실에 숨어 있는 페터 오빠를 설득하지 못한다면, 누굴 보낼 수 있을지 생각도 나지 않았습니다.) 루시 아가씨는 고개를 끄덕이고 다시 지푸라기 밑으로 들어가 순식간에 잠에 빠져들었습니다.

하늘은 급속히 밝아 왔습니다. 내가 빠져나갔다는 것을 아무도 눈치채지 못하도록 성에 도착하려면 정말로 서둘러야 했습니다. 나는 산에선 옆으로 나뭇가지들을 젖히며 내려갔고, 길 위에서는 마치 자미엘이 잡으러 오기라도 하는 듯 마구 달렸습니다. 그리고 성 탑의 시계가 여섯 시를 알릴 때 겨우 성안으로 들어갈 수 있었습니다. (나올 때와 마찬가지로 마구간을 통해서였습니다. 체온이 따뜻한 말들은 흠뻑 젖어 덜덜 떠는 숨찬 한 형체가 자기들 사이로 들어와 성의 마당으로 빠져나가는 도중에도 쉼 없이 움직였습니다.) 나는 시간을 정말 잘 맞추었습니다. 이때쯤이 내가 보통 일어나는 시간이었거든요.

5분쯤 뒤, 나는 바람이 새는 천장 아래의 내 방으로 돌아와 옷을 갈아입고 일을 시작하러 부엌으로 뛰어 내려갔습니다. 불을 지필 나뭇가지를 가져다 놓고, 우물에서 물을 길어다 놓고, 난로의 불이 잘 붙어서 활활 타도록 풀무질을 하고, 빨갛게 잘 탄 석탄 한 삽을 뮐러 부인의 방에 가져다 다시 불을 피우고, 대연회장에 있는 난로 역시 그렇게 불을 피우고, 뮐러 부인이 마실 커피를 끓이기 위해 부엌 난로 위에 물을 올려놓고(뮐러 부인은 집안 누구보다 일찍 커피를 마십니다.), 백작의 커피를 준비하고, 하인들이 아침 식사에 사용할 식기류 등을 챙겨 놓고(사실 많은 것이 필요한 것은 아니었습니다. 우리와 함께 아침을 먹는 뮐러 부인의 감시 아래 크림과 설탕을 아껴 가며 멀건 죽을 먹는 것이 전부였으니까요.) 마지막으로 가족들이 먹을 아침 식사를 준비했습니다.

이때쯤 되자 다른 하인들도 일어나 다니기 시작했습니다. 벤첼 부인은 부엌에서 죽을 저었고 뮐러 부인은 커피를 홀짝거리며 하루의 식단과 해야 될 일들의 목록을 점검했습니다. 바로 이때가 내가 배우가 되어야 할 시간이었습니다. 왜냐하면, 이것이 보통과 똑같은 다른 날이었다면, 다음에 내가 할 일은 가서 아가씨들을 깨우는 일이었거든요.

나는 빈 침대를 흔들어 보고 커튼을 치고는 소리쳤습니다. 너무 크지는 않은 소리로 말입니다.

"루시 아가씨, 샬럿 아가씨!"

물론 아무런 대답도 없었습니다. 나는 잠깐 기다리다가 이제 더 큰 목소리로 아가씨들을 부르기 시작했습니다. 그러고는 침대 밑과 장롱 속, 욕실과 복도, 먼지 쌓인 다른 방들도 들여다보았습니다. 그리고 다시 한번 아가씨들을 부르고 이번엔 아주 예술적으로 목소리에 한껏 공포심을 넣어 소리를 질렀습니다.

"루시 아가씨! 샬럿 아가씨! 어디 계세요?"

이제는 청중이 등장할 차례인데, 하고 생각하며 나는 아래층으로 뛰어 내려갔지요.

"밀러 부인! 루시 아가씨와 샬럿 아가씨가…… 아가씨들이 안 계세요."

"뭐라고? 뭔 소리를 하는 거냐?"

"아가씨들이 위층에 안 계세요. 침대에도요. 아무 데도 없어요……."

그리고 기타 등등. 채 10분도 지나기 전에 성의 모든 하인이 아가씨들의 수색에 나섰습니다. 스니블부르스트 씨는 서둘러 백작에게 말하러 갔습니다. 분명 좋지 않은 광경이 펼쳐졌겠지요. 나는 다른 하인들과 함께 위층에 있는 모든 방과 다락방, 지하실, 마구간까지 아가씨들의 이름을 외쳐 부르며 수색에 참가했습니다. 계속 열성적인 연기를 펼쳐 보이면서요. 우리가 성에서 아가씨들의 수색에 더 많은 시간을 쓰면 쓸수록, 아가씨들은 더욱더 안전해지기 때문입니다. 수색이 성 밖에서도 진행되면, 그때부터는 위험이 시작되는 것입니다. 하지만 나는 사람들의 정신을 조금 더 흩어 놓을 생각이었습니다.

"백작님."

나는, 왼손에 브랜디가 섞인 커피가 담긴 커다란 잔을 들고 오른손을 잘근잘근 물어뜯고 있는 백작을 불렀습니다. 백작은 근처에 다가오는 모든 하인에게 명령을 내렸고 그 천둥 같은 목소리는 시시각각 더욱더 커졌습니다.

"백작님, 아가씨들이 어디로 갔는지 제가 알 것 같습니다."

"뭐라고? 어디란 말이냐. 빨리 말해 봐라!"

나는 불안하게 백작에게 무릎을 굽혀 절을 하고 말했습니다.

"마을을 통해서 셀크혼 골짜기로 간 것 같습니다."

"도대체 거길 뭐 하러 갔단 말이냐? 네가 뭘 알기에 그런 말을 하는 거지? 너도 이 일에 관련이 있느냐!"

"아닙니다, 백작님. 하지만 아가씨들이 강 이야기를 하고 있었어요. 그리고 강을 따라 호수로 가고 싶다고도 했어요, 백작님. 어쩌면 놀이 삼아 밖으로 나갔다가 길을 잃은 것일지도 몰라요. 어제 근처에 집시들이 돌아다녔는데……."

집시! 바로 그것입니다. 집시는 20년 전 실종된 상속자에서부터 바로 이 사건까지 세상의 모든 죄를 덮어써 줍니다. 물론 근처에 집시 따위는 전혀 없었습니다. 하지만 이렇게 해서 아가씨들의 자취를 찾지 못하게 하는 데 약간의 도움을 줄 수 있을지도 모릅니다.

백작은 나를 쏘아보았습니다. 순간적으로 백작이 나를 때릴 거라고 생각했습니다. 주먹을 불끈 쥐고 있었고 커다란 커피잔이 흔들려 백작이 서 있는 벽난로 속으로 그 쓰디쓴 액체가 쉭쉭 소리를 내며 조금씩 쏟아졌습니다. 하지만 백작은 몸을 휙 돌려 소리를 쳤습니다.

"렌츠! 샤프너!"

요한이라는 집사와 아돌푸스라는 마부였습니다. 그들이 달려오자, 백작은 지금 당장 총을 가지고 시내로 가서 셀크혼 골짜기 쪽으로 가라고 시켰습니다.

"이 계집애가 너희랑 같이 갈 거다. 만약 이 계집애가 같이 다니기에 너무 느리면 놔두고 너희끼리 가거라. 없어진 여자애들은 오늘 꼭 다시 찾아야 한다. 알겠느냐!"

그런 뒤, 백작은 재빨리 몸을 돌려 다른 하인들 모두를 부르러 갔습니다. 사냥꾼들과 늙은 정원사, 개 훈련시키는 사람, 마차꾼까지, 있는 사람은 모두 다 말입니다. 나는 어젯밤의 무리한 여정에 아직도 젖어 있는 낡은 코트를 다시 입고 요한과 아돌푸스를 따라 뛰어갔습니다.

햇볕 좋은 아침이었습니다. 요한도 아돌푸스도 수색 작업이 즐거운 것 같았습니다. 둘은 내가 말하는 장소들을 기꺼이 수색했고 나를 마을에 남겨 두고 가는 것에도 동의했습니다. 다리에서 그들과 헤어질 때 둘은 휘파람을 불었습니다. 나는 즐거운 사냥꾼의 식당으로 뛰어 들어갔습니다. 하지만 건물에 들어가기도 전, 내 귀에 뭔가 이상한 소리가 들려왔습니다. 나는 문 앞에 서서 놀란 눈으로 펼쳐진 광경을 보았습니다.

한 줄로 쭉 늘어선 낯선 사람들이 입씨름을 하고 서로 밀치고 손짓 발짓을 하며 서너 가지나 되는 다른 언어로 동시에 떠들어

댔습니다. 스니치 경사는 우리 여관의 가장 큰 식탁 앞에 앉아서 아주 엄격한 표정을 짓고 있었습니다. 하지만 사실은 엄격하다기보다는 허둥거렸고, 허둥거리기보다는 뭔가 거드름 피우는 기색이 역력했습니다.

"다음 사람!"

경사가 소리치자 줄 맨 앞에 서 있는 사람이 경사에게 서류 같은 것을 내보였습니다. 나는 도대체 뭐가 뭔지 몰라 부엌으로 들어가 엄마에게 물어보았습니다.

"글쎄 말이다. 경사가 이 근처에 유명한 범죄자가 출몰했다면서 여관에 묵고 있는 모든 사람에게 증명 서류를 보여 달라고 했단다. 이게 무슨 난리니! 아래에서 네 오빠가 도대체 무슨 생각을 할지! 궁금해서 죽을 지경일 거야. 잠깐이라도 올라와서 무슨 일인지 보고 싶겠지. 나라도 내려가 자초지종을 설명해 주고 싶지만 경사가 의심할까 봐 도저히 갈 수가 없구나. 페터, 이놈의 자식을 정말! 페터 때문에 정말 큰일이다. 그런데 너는 여기 왜 내려와 있니? 그 부인께서 너한테 가방을 가져오라고 심부름을 보내신 거니?"

나는 엄마의 말을 어디서 끊어서 아가씨들 이야기를 하며 도움을 청할 수 있을까 궁리하며 물었습니다.

"무슨 부인이요?"

하지만 엄마는 부엌문 틈으로 밖을 내다보느라 정신이 없었습니다.

"엄마! 어떤 부인 말씀하시는 거예요?"

"그럼 그 부인이 아직 성에 가지 않은 거니? 난 네가 오다가 그분을 만난 줄 알았다. 경사가 부인에게 빙켈부르크 경관과 함께 가라고 했거든. 왜냐하면 그 부인이 증명서가 없다나. 하지만 그부인은 경사에게 자기 일이나 잘하라고 경고했단다. 그분의 말은 정말 힘이 있더구나. 자기는 경관을 따돌릴 것이고 누구도 자신이 성에 올라가 백작님께 인사를 드리고 자기 학생들을 방문하는 것을 막지 못할 거라고 했지."

"자기 학생들이라고요? 도대체 그 부인이 누구신데요?"

"데븐포트 양이라고 하던데. 영국에서 선생님이셨다더라. 첼트넘인가 하는 곳에서 말이야. 루시 아가씨와 샬럿 아가씨를 가르치셨대. 지금은 여행 중이고, 그래서 여기 들러 아가씨들에게 인사를 할까 하나 봐. 왜, 무슨 일이 있니?"

왜냐하면 나는 놀라서 자리에 좀 앉아야 했기 때문입니다. 아가씨들의 선생님! 아가씨들을 만나러 온! 그리고 이제 성에 가서……

나는 꼭 그 데븐포트 양을 만나서 이야기를 해야만 했습니다. 내가 서두른다면 데븐포트 양을 따라잡을 수 있을지도 모릅니다.

"빙켈부르크 경관이 그분을 어디로 데리고 갔어요?"

"나도 모르지! 경사는 경관한테 그분을 자기네 담당 구역 경계선까지 데려가서 거기 놔두고 오라고 말했을 뿐이야. 경사는 좀 화를 내고 있었는데, 그 부인이 그렇게 말을 하자마자 뭔가 자기도 강경한 태도를 취해야겠다고 생각한 거지. 경사를 잘 알잖니. 정말 너무한 일이야. 그 부인은 아주 좋은 분 같던데, 거기다가 도착한 지 얼마 되지도 않았지 뭐니. 하지만 자기 말로는 여기보다 더 심한 장소들에도 가 보았다고 하더라. 한번은 보르네오 탐험에 갔는데 인간 머리 사냥꾼의 왕이 자기를 죽이려고 했대. 하지만 그때 그를 쏘고 도망쳤다지 뭐니! 이 얘기를 들을 때 경사의 얼굴을 네가 봤어야 하는데!"

"엄마, 좀 들어 보세요……."

나는 엄마에게 여태까지 있었던 일을 모두 말했습니다.

엄마는 자리에 앉았습니다. 놀라서 입을 크게 벌린 채로요. 결국 엄마는 두 손을 쳐들었습니다.

"난 정말 더 이상 듣고 싶지 않구나. 그리고 네가 지하실로 내려가 네 오빠를 자극시키는 것도 싫다. 페터라면 산에 갈 핑계만 있다면 야생 오리를 잡으러 가듯 뛰어나가고 말 거야. 페터는 지금 범법자야. 알겠니? 그리고 그건 진짜 문제란 말이다. 유령이나 귀신이나 사냥꾼의 악령 이야기가 아니고 말이야. 지금 당장 산으로 올라가 불쌍한 아가씨들을 다시 성으로 데려오너라. 그렇게 무서운 얘기로 아가씨들의 혼을 빼 놓다니. 당장 가서 데려오란 말이야. 당장!"

엄마는 나를 믿지 않았을뿐더러 화까지 냈습니다. 물론 화가 난 것이 전부는 아니었죠. 나도 압니다. 엄마는 걱정을 하는 것입니다. 오빠와 두 아가씨 모두를요. 그리고 나까지 말입니다. 왜냐하면 엄마는 내가 문제를 일으켜 성에서 일자리를 잃을 거라 생각했기 때문입니다. 나는 어찌해야 할 줄 몰랐습니다.

"알았어요. 이제 갈게요."

대답은 했지만 물론 엄마가 시키는 대로는 하지 않을 생각이었습니다. 나는 일어섰습니다.

"하지만 아무한테도 말하지 마세요. 그러실 거죠?"

"정말 바보 같은 아이구나."가 내가 엄마한테 들은 대답이었습니다. 그래서 나는 가려고 몸을 돌렸습니다.

식당으로 가는 부엌문을 나서며 나는 너무나 놀라운 목소리를 듣고 발걸음을 멈추었습니다.

식당 문은 바로 계단 옆에 있었는데, 내가 문 앞을 지나칠 때 두 남자가 바로 계단에서 내려왔습니다. 나는 고개를 들어 그들을 보았습니다. 한 번도 본 적이 없는 얼굴이었습니다. 사격 대회에 참가하러 온 새로운 숙박객들이겠지 생각했지요. 그들은 식당 안을 들여다보고 스니치 경사가 무슨 일을 하고 있는지 보고는 발걸음을 멈추었습니다. 부엌으로 들어가는 문이 약간 안쪽으로 나 있어 어두웠기 때문에 둘 다 나를 보지는 못했습니다. 이때 한 사람이 옆 사람에게 말했습니다.

"봐, 막스, 저 바보가 지금 서류를 검사하고 있어……."

그는 바로 동굴에 있던 사람이었습니다!

5

나는 움직이지 않았습니다.

막스라고 불린 남자가 조용히 물었습니다.

"카다베레치 박사님, 박사님은 무슨 서류
가 있으세요?"

"아직은 없지."

첫 번째 남자가 대답했습니다. 바로 그 남
자가 배우의 목소리를 가진 남자였습니다.
그리고 배우처럼 생겼고요. 그는 넓은 챙에 거대한 깃털이 달린
모자를 쓰고 검은 망토를 두르고 있었습니다. 그를 따라다니는
막스(하인일까요?)는 차림새가 좀 더 간단했습니다. 막스의 얼굴
은 정직하고 명랑해 보였습니다. 어젯밤에 그를 보았더라면……
나는 절대로 그가 우리를 해치지 않을 것을 알았을 것입니다. 박
사님이라고 불린 사람의 얼굴은 잘생긴 편이었습니다. 어두운 피

부에 뚜렷한 이목구비, 고르고 튼튼한 하얀 이, 번쩍이는 눈매. 하지만 그에게는 무언가 배우 같은 면이 있었습니다. 인상적인 남자였지만, 나라면 그를 믿지는 않을 것입니다.

막스가 말했습니다.

"그럼 이제 우리는 어떻게 하죠?"

박사가 말했습니다.

"나에게 맡겨. 별일도 아닌데, 뭘."

박사는 줄 맨 끝으로 어슬렁어슬렁 다가가 한 사람의 어깨를 슬쩍 쳤습니다. 그 사람이 주위를 돌아보자 박사는 창을 가리키더니 그의 주의를 창 쪽으로 끄는 무슨 말인가를 했습니다. 그러는 동안 박사는 그 낯선 사람의 주머니에 손을 집어넣어 그의 서류를 빼냈지요. 이런 악당이! 이제 저 사람은 당신 때문에 곤경에 처하게 될 거야……. 하지만 나는 구경을 멈출 수가 없었습니다. 다음에 무슨 일이 일어날지 궁금했기 때문입니다. 막스는 계단 끝에 앉았습니다. 내가 서 있는 곳에서 겨우 팔 하나 거리였습니다.

박사는 이제 줄의 맨 앞에 서게 되었습니다. 그 낯선 사람은 아직도 주머니를 뒤지며 자기 서류를 찾고 있었습니다. 경사가 서류를 다 조사하자, 박사는 경사를 계단 쪽으로 따라오라 일렀습니다. 그들이 계단 쪽으로 오자 나는 구석의 먼지를 터는 척했습니다.

경사가 다가오자 박사가 매끄럽게 말했습니다.

"혹시, 브릴리안티니를 찾고 계십니까?"

(브릴리안티니라고? 그 이름을 어디서 들었지? 아, 감옥에서 도망쳤다는 그 사기꾼 말이구나. 혹시 저 사람은 아니겠지?)

경사는 좌우를 살피더니 수염을 곤두세우며 머리를 앞으로 들이대며 낮은 목소리로 말했습니다.

"바로 그렇소. 하지만 당신이 그걸 어떻게?"

박사가 대답했습니다.

"나는 베네치아의 비밀경찰이오. 하지만 이건 극비 사항입니다. 아시겠지요."

"오, 물론 알고 있습니다!"

"나 역시 바로 그 악당을 찾고 있소. 그놈은 베네치아에서 아주 악랄한 범죄를 저질렀소."

"맙소사!"

"아주 위험한 놈이오. 아시겠소?"

"정말로 위험합니까?"

"경사를 보자마자 쏘아 버릴 놈이오. 절대 근처에 가까이 가지 마시오."

"네…… 전 절대로……."

"우린 이 사건에 대해 긴밀히 협조해야 하오. 내가 가진 모든 정보를 드릴 테니, 당신이 아는 모든 정보 역시 내게 알려 주면 좋겠소."

"좋은 생각이십니다!"

"그놈을 잡으면 포상도 있소. 물론 그 사실에 대해서는 알고 있으시겠지만."

"예? 포상이라고요? 실례지만 그게 얼마나 되지요? 제가 좀 여 쭤봐도 될까요?"

"그를 잡는 데 도움을 준 사람에게는 정부에서 특별히 제작한 메달을 준다고 하오."

경사의 눈이 반짝이더니 가슴을 앞으로 불쑥 내밀었습니다. 마 치 메달이 자기 앞가슴에서 번쩍이고 있는 것처럼 말입니다. 그 러더니 물었습니다.

"메달이라고요?"

박사는 엄숙하게 대답했습니다.

"그렇소. 황금 바나나 훈장이라고 하오."

"이런, 세상에나!"

"그러니, 경사, 이 일은 비밀로 하는 게 좋겠소. 절대 아무에게 도 말하면 아니 되오."

"그런 꿈도 꾸지 않을 것입니다!"

"그리고 알게 되는 모든 정보를 내게 전달해 주시오. 아주 세세 한 것까지 말이오."

"물론입니다! 나와 경관이 성심성의껏 도와드리겠습니다. 아무 걱정 마십시오! 우리가 그놈을 잡아 그놈이 등을 돌리기도 전에 열쇠로 잠가 버리겠습니다!"

그러더니 경사는 멋지게 경례를 붙이고 몸을 돌리다 양탄자에 걸려 큰 대 자로 바닥에 넘어지고 말았습니다. 끝이 뾰족한 경사의 헬멧은 데굴데굴 굴러 오빠 친구 중 한 명인 루디 갈마이어가 앉아 있는 식탁 옆에서 팅 소리를 내고 멈추었습니다. 루디는 헬멧을 집어 옷소매로 열심히 광을 내어 경사의 머리에 씌워 주었습니다.

경사는 단호하게 말했습니다.

"고맙네, 갈마이어 군. 이런 장소에서도 누군가 예의를 갖춘 사람이 있다는 건 참 좋은 일이야."

그러고는 루디가 헬멧을 씌워 주기 전 뾰족하게 나와 있는 헬멧 끝에 꽂아 둔 사과 때문에 홀 전체에 웃음이 터진 것을 모르는 채 자랑스럽게 앞으로 걸어 나갔습니다.

카다베레치 박사는 이 모든 것을 재미있다는 듯이 바라보다 막스에게 몸을 돌렸습니다.

"저 사람은 별 문제가 없을 것 같군."

그다음에 박사가 나를 보았습니다. 그러고는 한쪽 눈을 찡긋해 보였습니다! 내가 처음부터 엿듣고 있었다는 사실을 모두 알고 있음이 틀림없습니다. 나는 뭐라고 말을 할지 몰랐습니다. 나는 그가 브릴리안티니라는 사실을 알았고, 그는 내가 그 사실을 안다는 사실을 압니다. 그럼에도 불구하고 그는 조금도 걱정스러운 기색이 없었습니다. 그에게는 무언가 범상치 않은, 무언가 천진난만한 자신감이 넘쳤고 그의 사기 행각 모두에 그러한 기운이 자리 잡고 있어, 무언가 이 모두를 연극의 한 장면처럼 보이게 했습니다. 그는 나를 보며 손가락을 구부렸습니다.

"젊은 아가씨는 이름이 뭐지?"

"힐디입니다."

"여기서 일하나?"

"아니요, 저는 성에서 일하고 있어요. 하지만 여기 가끔 와서 엄마를······."

"아하, 좋아. 그렇다면 엄마에게 묵게 해 주셔서 감사하다는 말씀을 전해 드리고, 이 포스터를 여관에 묵는 모두가 볼 수 있는 자리에 좀 붙여 주지 않겠니?"

그러더니 그는 마치 요술처럼 소매 안에서 돌돌 말린 커다란 포스터를 꺼내어 한 손으로 모자를 벗어 크게 원을 그리며 절을 하며 내게 건네었습니다. 나는 포스터를 펴 보았습니다.

카다베레치 박사의

전시

놀라운 상자!

곧 여러분 앞에 그 모습을 드러냅니다!

세상의 모든 신기한 것들!

자연계의 경이!

과학적이고, 마술적이며, 철학적인,

기계적이며, 영적이고, 예술적인 현상!

최고의 질과 화려함을 보장하는

지금까지 단 한 번도 경험하지 못한

볼거리가 펼쳐집니다!!
4대륙의 왕들 앞에서
우레와 같은 박수와 함께 선보인
바로 그 공연!

나는 물었습니다.

"여기서 공연을 하시는 건가요?"

"그렇지. 바로 오늘 밤에 말이다!"

나는 흥분에 휩싸였습니다. 그의 '놀라운 상자'를 볼 수만 있다면! 하지만 어떻게 내가, 음식도 없이 산속에 남겨진 루시와 샬럿 아가씨를 놔두고, 미친 듯 날뛰며 그들을 찾는 카를슈타인 백작을 놔두고 공연을 볼 수 있을까요?

카다베레치와 막스는 이제 자기들끼리 조용히 이야기를 나누었습니다. 나는 포스터를 엄마에게 가져갔습니다. 엄마 역시 나만큼 기뻐했습니다. 엄마는 공연을 좋아했습니다. 사실 그런 이유로 여관에 찾아오는 배우들을 그들의 예술적인 어떤 습관들에도 불구하고 내쫓지 않았습니다. 자기가 본 것을 모두 자세하게 이야기해 주겠다는 엄마의 약속을 받고 나는 서둘러 밖으로 나왔습니다.

하지만 내가 식당으로 한 발짝 내딛기도 전에 나는 다시 구석진 곳으로 들어와야 했습니다. 왜냐하면 막스에게 바로 악랄한 스니블부르스트 씨가 달라붙어서 말을 시키고 있었기 때문입니다. 비서는 잘난 척하며 말했습니다.

"죄송하지만 말이죠, 혹시 최근에 여자아이 둘을 본 적 있으신 가요?"

막스는 의아해하면서 물었습니다.

"여자아이 둘이라고요? 얼마나 어린 애들을 말하는 거지요?"

"열 살짜리랑 열두 살짜리인데, 샬럿과 루시라는 이름을 가진 아주 말썽쟁이 여자애들이랍니다. 둘 다 사랑이 가득한 집에서 도망쳤어요. 지금 그 착하신 삼촌의 부탁을 받고 이 아이들을 찾게 해 주는 사람에게 상을 주겠다고 전달하러 왔어요……."

나는 이 이야기를 듣자 숨을 들이쉬고 바로 손으로 입을 가렸다고 생각했습니다. 하지만 막스는 스니블부르스트 씨의 어깨 너머로 나를 바라보고 있었어요. 그리고 막스의 눈길을 따라 스니블부르스트 씨 역시 나를 발견하고 말았습니다. 스니블부르스트 씨는 바싹 마른 손가락을 튕기며 내 이름을 기억해 내려고 애쓰며 말했습니다.

"아하, 음……! 너 역시 아가씨들을 찾고 있냐?"

"네, 스니블부르스트 씨."

막스는 물었습니다.

"그 여자애들을 발견하면 어디로 데려가야 하나요?"

"성으로 데려오면 되지요, 젊은 양반. 거기서 카를슈타인 백작님을 찾으시오. 하지만 그 아이들이 하는 말을 들으면 절대로 안 된다오. 아주 교활한 데다가 상상력이 뛰어난 애들이라서 이야기를 마구 지어내거든. 절대 아무 말도 듣지 말고 그것들의 어깨를 꽉 잡고 바로 성으로 데려오면 돼요. 카를슈타인 백작님이 상금은 후하게 주실 거예요. 내 약속하지!"

"좋습니다. 그렇게 하지요!"

막스가 이렇게 말할 때 나는 그를 향해서 필사적으로 고개를 흔들었습니다. 막스가 덧붙였습니다.

"지금 당장 돈이 좀 있으면 아주 좋을 텐데. 그런데 젊은 아가씨, 괜찮아요?"

"네, 괜찮아요."

나는 비참한 기분으로 대답했습니다. 어떻게든 막스와 단둘이 이야기할 기회를 만들어야 합니다. 막스는 착한 사람으로 보였고 아무도 나를 믿어 주지 않는다 하더라도 어쩐지 나를 믿어 줄 것 같았습니다. 하지만 그럴 기회는 오지 않았습니다. 스니블부르스트 씨가 내 손을 꽉 잡았고 막스는 바로 여관을 나갔기 때문입니다. 스니블부르스트 씨와 나는 막스와 정반대 방향으로 걸었습니다.

"나랑 함께 가자! 같이 성으로 걸어가는 건 어떠냐? 아주 재미있을 거다."

나는 발을 질질 끌며 신발에 돌이 들어간 척하다가, 무언가 두고 와서 여관에 다시 가야 한다고도 했습니다. 기절할 생각도 해 보았지만 아무래도 나는 너무 건강해 보이는 것 같아서 그것은 포기했습니다. 스니블부르스트 씨는 나에게 담쟁이덩굴처럼 꼭 달라붙어 있었습니다.

"너에게도 이런 교양 있는 대화를 나누는 시간은 아주 좋은 경험이 될 거야. 알겠지만, 나는 교육을 아주 많이 받은 사람이란다."

"정말로요? 오, 교회 종이 울렸어요! 지금 몇 시인가요? 저는 빨리 성으로 가서 카를슈타인 백작님의 점심 식사를 준비해야 하는데요."

"조금도 걱정할 거 없다, 꼬마 아가씨. 백작님은 사냥개들을 끌고 나가셨으니 성에서는 점심을 드시지 않을 테니까. 그럼 이제 이 골짜기의 아름다운 풍경에 대해 내가 몇 부분 골라 설명을 좀 해 줄까? 모든 사람이 나만큼 심미안을 갖고 있지는 않지. 하! 하!"

맙소사! 이건 정말 참을 수 없는 일이었습니다. 어떻게 이 사람에게서 벗어날 수 있을까요? 그는 내가 어릴 적부터 알고 있는 골짜기의 모든 것들을 하나하나 이야기하기 시작했습니다. 거기에다가 대부분 잘못된 설명을 붙여서요. 그의 느끼한 성의는 어찌나 도를 넘는지, 상어라도 이 사람을 삼키려면 기름에 목이 막혀서 죽을 지경일 겁니다.

하지만 결국 어떻게 그를 따돌릴지 그 수를 알아냈습니다. 심한 방법이었지만 효과는 있었지요. 도로 옆으로 강이 흐르고 있었는데 나는 강을 가리키며 말했습니다.

"오오! 저 물고기 좀 보세요, 스니블부르스트 씨! 저게 무슨 종류지요?"

"나는 자연사에도 전문가라고 할 수 있지. 그런 질문이라면 제대로 된 적임자에게 한 셈이란다. 하하! 잠깐, 그러면 이 큰 바위 위에 올라서서……."

그가 등을 돌리자마자 나는 그를 힘껏 떠밀었습니다. 그는 울부짖으며 비명과 함께 물장구를 쳤고 나 역시 절망한 듯 비명을 질러 댔습니다.

"오! 스니블부르스트 씨! 떨어지셨어요!"

"내가 이럴 줄 알았어! 떨어질 줄 알았다고! 날 꺼내 다오! 살려 줘! 살려 줘!"

"오, 스니블부르스트 씨! 익사하실 것만 같아요! 점점 빠져 들어가고 있어요! 차마 제 눈으로 바라볼 수가 없어요!"

"아악! 이 물은 정말 차! 도와줘! 거기서 비명만 지르지 말고! 날 꺼내 달란 말이야!"

"하지만, 전 어떻게 해야 할 줄을 모르겠는걸요. 지금 당장 뛰어가서 도움을 요청해 볼게요. 아직 빠지지 마세요! 밧줄과 구명 도구를 갖춘 남자들을 데려올게요!"

"안 돼! 가지 마! 날 꺼내 줘! 으악, 차가워!"

나는 이미 몸을 돌려 최대한의 속도로 마을을 향해 달렸습니다. 스니블부르스트 씨의 거품 섞인 비명은 강 위로 피어올라 내 뒤를 쫓아왔습니다. 나는 그가 익사하지는 않길 바랐습니다. 사실 그럴 위험은 거의 없었습니다. 강물은 얕았고 비명을 지르는 동안에 스니블부르스트 씨는 돌이 많은 바닥에 앉아 있었으니까요. 감기에 걸릴지는 모르겠지만, 그 정도는 당해도 쌌습니다.

곧 숨이 차 왔습니다. 어제부터 뛰어다니는 것, 산을 올라가는 것, 겁에 질리는 것 외에는 한 일이 하나도 없는 것 같았습니다. 모든 일이 잘못되어 가고 있는 것 같았습니다. 어린 아가씨 두 명을 하루이틀 눈에 띄지 않게 숨기는 일이 도대체 왜 이렇게 힘들까요? 하지만 포기할 수는 없었습니다. 선택의 여지는 없었습니다. 막스가 두 아가씨를 찾아내기 전에 내가 먼저 막스를 찾아낼 수 있다면, 막스가 나를 도와줄지도 모릅니다.

내가 막스를 먼저 찾아냈습니다. 바로 다음 모퉁이 길에서 말입니다. 하지만 나 말고도 막스를 찾아낸 사람이 또 있었습니다. 멋지게 모피를 두른 모자와 잘 재단된 갈색 코트를 입은, 하녀 복장을 한 젊은 아가씨였지요. 그리고 그들은 이 만남의 시간을 최대한 이용했습니다. 왜냐하면 둘의 팔은 서로를 감싸고 있었고 마치 키스라는 게 처음 발명되어 둘이 실험이라도 해 봐야 하는 듯 열성적으로 입맞춤을 나누고 있었기 때문입니다. 나는 참담한 마음으로 서 있었습니다. 이제 어떻게 하지? 이걸 방해해야 하나? 환영받지 못할 것은 분명했습니다. 그렇다고 달리 할 일도 없었습니다.

나는 나무 밑의 눈을 뚫고 나온 바위 위에 앉아 그들이 나의 존재를 먼저 눈치채기를 바라며 기다렸습니다.

드디어 여자가 말했습니다.

"오, 막시……."

"오, 엘리자! 당신을 여기서 이렇게 만나게 되다니! 당신 마님 은 어디 있소?"

"경찰들이 데리고 갔어요, 막시! 어떻게 해야 할지 모르겠어요. 무슨 서류인지 뭔지를 검사한다고 했는데 서류가 없었거든요. 그 러더니 뚱뚱한 경찰이 작고 마른 경찰에게 담당 구역 경계선까지 데븐포트 양을 데려다 놓으라고 명령했어요. 하지만 데븐포트 양 이 어찌나 빨리 걷는지 경찰을 질질 끌고 가는 셈이었어요. 저는 둘을 따라잡지도 못했어요!"

그렇다면 바로 엘리자의 주인이…… 데븐포트 양, 아가씨들의 옛 선생님이란 말일까요! 데븐포트 양이라면 내 얘기를 들어 줄 것입니다. 하지만 과연 그럴까요? 선생님이라는 데븐포트 양이 사냥꾼의 악령에 대한 두려움을 이해할까요? 상상이라고만 치부 하지 않을까요? 아가씨들에게 가장 안전한 장소는 카를슈타인 백작의 보살핌을 받는 성안이라고 생각하지나 않을까요? 그렇다 면 나는 엘리자에게 아무 얘기도 하지 않는 편이 나은 걸까요? 아 아, 어떻게 하면 좋을까요!

엘리자는 다정하게 물었습니다.

"아직도 트롬본을 가지고 있나요, 막시?"

막스는 자랑스럽게 말했습니다.

"그건 트롬본이 아니라 마차에 달린 마차 나팔이에요."

"당신의 멋진 마차는 어떻게 되었죠? 아직도 가지고 있나요? 그 마차를 타고 여기에 온 건가요?"

"아니, 내 사랑. 제네바에서 큰 문제가 있었어요. 그 발단은 다 소시지 한 접시 때문이었지……."

둘은 팔짱을 끼고 천천히 걷기 시작했습니다. 나는 그들 뒤를 따랐습니다. 그럴 수밖에 없었습니다.

엘리자가 물었습니다.

"소시지 한 접시 때문에 사고라고요?"

"바로 그렇소. 제네바에서 당신과 데븐포트 양을 보낸 뒤, 어떤 여관에 가서 소시지 한 접시와 맥주를 주문했지요. 당신을 떠나보낸 슬픔을 잊으려고 말이오. 마침 나는 장총도 가지고 있어서 장총을 식탁 옆에 안전하게 세워 두었지요. 알겠소? 그런데 시중 드는 하녀가 소시지를 들고 오자, 내가 발을 비키다가 그만 방아쇠를 건드렸지 뭐요. 장전해 둔 사실을 깜빡한 거지. 발사된 총알은 어떤 나이 든 신사 양반이 앉아 있던 의자 다리를 날려 버리고 말았소."

"맙소사!"

"그 신사 분은 뒤로 넘어지면서 식탁을 잡았는데, 그러다 보니 내 접시가 홀러덩 뒤집어지면서 김이 나는 뜨거운 소시지가 공중으로 날아올라 그만 시중드는 하녀의 목 위에 떨어지고 말았다오. 하녀는 깜짝 놀라 잡고 있던 촛불을 떨어뜨렸는데, 촛불이 내 마부 복장에 옮겨 붙고 말았어요."

"오, 막시!"

"그래서 불이 붙은 나는 비명을 지르며 밖으로 뛰어나왔죠. 그

러고는 늙은 말 제니가 물을 마시던 말구유에 펄쩍 뛰어들었어
요. 제니는 그 난리통에 주인인 나를 알아보지 못하고 시장 바
닥을 달리기 시작해서 계란 가판대와 사과 가판대를 뒤집어엎
고…… 그러다가는 바로 호수로 뛰어들고 말았소. 마차까지 모두
매단 채로 말이오."

"오, 불쌍한 제니! 제니는 괜찮았나요?"

"응, 사람들이 와서 제니는 꺼냈지. 하지만 마차는 끝장나고 말
았소. 그리고 말구유 안에 앉은 나에게 하녀와 그 신사 분과 여관
주인까지 모두 달려들어 나는 일어나 스스로를 방어할 수밖에 없
었소. 그러다가 체포되고 말았지."

"체포되었다고요? 도대체 왜요?"

"글쎄, 내가 일어나 보니 내 마부 복장이 모두 타 버렸지 뭐요.
제네바는 마부가 복장을 갖추지 않는 것에 매우 엄격하오. 결국
나는 시장의 손해를 변상하기 위해서 가엾은 제니와 장총을 모두
팔아야만 했어요. 그러고도 복장을 갖추지 않고 시내에 나타났다
는 죄목으로 30일이나 감옥에 갇혀 있어야 했어요."

"불쌍한 막시!"

"하지만 감옥도 나쁘지 않았어요, 엘리자. 감옥에서 실수로 잡
혀 들어온 어떤 신사 분을 만났거든. 아니, 실수라는 건 어쨌든
그분 얘기고. 카다베레치 박사라고 하는데, 1인 유랑 극단을 하면
서 놀라운 상자라는 걸 가지고 다니시는 분이야. 그래서 그분의
조수가 되어서 마술을 돕게 되었어요. 하지만 이리저리해서 나는

지금 가진 돈이 하나도 없어요. 그러니까 우리가 계획한 것처럼 바로 결혼을 할 수는 없어…….”

“오, 막시!”

그러더니 둘은 잠시 잊었다가 다시 생각나서 또 한 번 실험해 봐야 하는 것처럼 또다시 열성적으로 입맞춤을 시도했습니다. 내가 이걸 듣고 있다니. 이 사람들은 좋은 한 쌍이야. 이런 사람들의 얘기를 엿들어서는 안 돼…….

2분, 아니 몇 분 뒤에 엘리자가 말했습니다.

“난 당신이 나한테 준 선물을 아직도 가지고 있어요, 막시! 목걸이에 꿴 그 반 갈라진 동전 말이에요.”

그러더니 엘리자는 드레스의 목 부분에서 목걸이를 꺼내어 보여 주었습니다.

“엘리자, 지금은 반지를 살 돈도 없어요. 하지만 그 동전은 아주 소중한 거야. 내가 아기일 때부터 가지고 있던 거거든. 바로 당신을 향한 내 사랑의 증표야.”

또 입맞춤 시작…….

난 저 둘은 아가씨들을 찾지는 않을 거라고 생각했습니다. 아마 하루 종일 서로 팔을 두르고 저러고 있겠지요. 두 사람은 내가 둘 앞에 나타나 괴상한 표정을 짓고 코에 손을 대고 휘젓거나 혀를 내밀어도 모를 것만 같았습니다.

그러니 세상에 루시와 샬럿 아가씨를 도울 수 있는 사람은 결국은 단 한 사람밖에 없었습니다. 그 한 사람은 바로 나였습니다.

6

하지만 내가 할 수 있는 일이라곤 성안에서 해야 하는 자질구레한 일들 사이에 언제 잠시 짬을 내어 음식과 불을 붙일 만한 것을 가지고 산에 갈 수 있을지 생각하는 것뿐이었습니다. 성에서 하녀는 가장 바쁜 사람입니다.

내가 성에 도착하자마자, 뮐러 부인이 쏘아 붙였습니다.

"어딜 갔다 온 거야? 하인들이 자기 기분 내킬 때마다 아침 내내 사라진다면 도대체 내가 어떻게 집안일을 꾸려 갈 수 있겠어? 지금 백작님을 뵈려고 어떤 부인이 와 계시는데 시중들 사람이 하나도 없어. 그 더러운 외투 좀 빨리 벗고 두 분께 포도주를 내어다 드려. 빨리 해, 이 계집애야!"

나는 벤첼 부인의 의자 등에 외투를 걸쳐 놓고 머리를 정돈하며 물었습니다.

"누가 오셨는데요? 백작님은 사냥개들과 바깥에 나가신 게 아니고요?"

"그게 너랑 무슨 상관이지? 백작님은 나가셨다가 다시 들어오셨는데. 넌 너무 주제를 몰라. 도망간 두 말썽쟁이들과도 너무 허물없이 지냈다고! 내 의견을 묻자면 둘이 없어져서 아주 잘되었는데 말이야. 하여튼 네 신분에 맞게 행동해, 힐디 켈마르. 지금 당장 응접실로 가 봐. 두 분이 더 기다리시지 않게!"

나는 불안한 마음으로 서둘러 응접실로 갔습니다. 카를슈타인 백작은 벽난로 옆에 서 있었고 그 옆에 한 서른다섯쯤 되어 보이는 통통한 부인이 따뜻하게 옷을 입고 성에서 가장 좋은 의자에 아주 꼿꼿이 앉아 있었습니다. 나는 그 부인이 누구인지 몰랐지만, 부인에게는 두 아가씨를 연상케 하는 무언가가 있었습니다. 무언가 이국적인 기운이랄까, 하이피슈 씨와 비슷한 분위기도 풍겼고요. 눈에서 느껴지는 강철 같은 의지라고나 할까. 부인은 전체적으로 명랑한 분위기를 지닌, 눈에 띄게 예쁜 사람이었습니다. 들어오는 나를 바라본 부인은 무언가가 확 궁금해진 것처럼 뭐라고 물을 기세이더니 그러지 않는 게 더 좋겠다고 생각하는 것 같았습니다. 더욱더 이상한 일은 부인은 아주 편안해 보였고 카를슈타인 백작은 그렇지 않은 점이었습니다.

"데븐포트 양, 뭔가 마실 것이라도?"

그렇습니다! 바로 이분이 데븐포트 양이었지요!

"감사합니다. 이렇게 좋은 날씨에 걸은 덕분에 아주 힘이 나는 것 같아요. 생수가 있으면 좀 마시겠어요."

부인의 말에는 강한 외국어 억양이 섞여 있었습니다. 외국인처럼 말했지만, 말에서는 자신감이 배어 나왔지요. 백작은 누군가 물 따위를 마신다는 사실에 조금 놀라서, 사실 부인이 물 얘기를 했을 때 이상한 표정을 지었습니다. (백작은 무례한 사람입니다.) 나는 절을 하고 물러 나오려고 했지만, 내가 나가기 전에 부인이 바로 말했습니다.

"이 아이를 시켜서, 인사를 하게 아가씨들을 좀 불러오라고 하면 안 될까요? 전 이 지역에 오래 머물진 못하니까요."

나는 카를슈타인 백작을 바라보았습니다. 백작은 매섭게 말했습니다.

"유감입니다만, 그렇게 할 수는 없습니다. 둘 다 지금 아주 많이 아파서요."

그 말을 할 때 백작은 심히 부자연스럽게 보였습니다. 이런 나쁜 사람이 이렇게 거짓말을 못하다니요! 부인 역시 백작이 거짓말을 하고 있다는 사실을 눈치챘을 것 같았습니다. 부인이 의자의 앞쪽으로 몸을 조금 당겨 앉았습니다. 눈에서는 번쩍번쩍 광채가 났습니다.

"정말 걱정스럽군요, 카를슈타인 백작님. 도대체 무슨 병에 걸린 것이지요?"

"열병입니다."

"그렇다면 제가 꼭 봐야만 하겠군요. 물론 저는 의사 자격증은 없지만, 하이델베르크의 뷔름횔 교수에게 개인적으로 사사를 받았습니다. 지금 아가씨들의 담당 의사는 누군가요? 제가 담당 의사를 좀 만나 봐야겠습니다. 아가씨들을 먼저 좀 보고, 음료는 그 뒤에 마시도록 하죠. 이 아이에게 저를 아가씨들 방으로 안내해 달라고 부탁해야겠습니다."

그러더니 부인은 곧바로 일어나 내 앞으로 왔습니다.

잘하셨어요! 하지만 백작은 마치 실수로 불이라도 밟은 것처럼 튀어 일어났습니다.

"안 되오! 안 돼! 전혀 안 될 말이오! 절대로 용납할 수 없소! 아이들의 상태는 안전하지만, 이 골짜기 바깥과는 접촉해서는 아니 되오! 특히 어떤 비위생적인 장소를 거쳤을지도 모르는 여행자들과의 접촉은, 그 여행자가 아무리 학식이 높다고 하더라도 절대 용납할 수 없소. 아이들을 못 만나는 건 유감이지만, 당신과 아이들을 만나게 하는 것은 내 의무를 저버리는 것과 같소!"

데븐포트 양은 백작을 찬찬히 바라보았습니다. 치료를 받아야 할 사람은 바로 백작 자신처럼 보였습니다. 시체처럼 창백하고 신경이 곤두서 덜덜 떨며 얼굴은 진땀으로 번질번질했으니까요. 데븐포트 양은 마치 백작이 새로운 열대 식물의 종자라도 되는 듯 바라보았습니다. 백작 역시 데븐포트 양을 바라보며 눈싸움에서 이기려고 했으나 곧 고개를 돌렸습니다. 데븐포트 양은 할 수 없이 의자에 다시 앉았습니다.

"물론, 그러시겠지요, 카를슈타인 백작님. 그게 최선이겠지요."

데븐포트 양은 무릎 위에 손을 얹고 나를 바라보았습니다. 백작이 등을 돌리고 있었기 때문에 나는 잠시 고개를 열심히 저어 보였습니다. 그때 백작이 다시 고개를 돌려 나를 보았습니다.

"가서 물을 가지고 오너라!"

백작은 손을 휘저어 나를 쫓아냈습니다.

서둘러 물을 가지고 내가 다시 들어갔을 때 둘은 날씨 이야기 같은 예의 바른 대화를 나누고 있었습니다. 백작이 데븐포트 양에게 어디서 묵느냐고 묻는 것 같아 나는 또다시 방에서 나가라고 하기 전에 귀를 쫑긋 세우고 들어 보려고 했지만, 들은 것은 데븐포트 양이 어떤 과학 탐사단에 참가하기 위해 장비를 갖추고 왔고 이곳에서는 겨우 하루이틀 머물 수 있다는 말뿐이었습니다. 데븐포트 양은 여관이 꽉 찬 데다가 스니치 경사가 자신을 계속해서 막는다면 어디서 인디언처럼 야영이라도 하겠다고 말했습니다. 이때 다시 백작이 나를 쏘아보아 나는 절을 하고 물러났습니다.

데븐포트 양과 꼭 이야기를 해야 합니다. 그런데 무언가 사악한 힘이 내가 계획한 것마다 훼방을 놓는 것은 아닐까요? 거의 그런 확신이 들 정도였습니다. 부엌으로 돌아오자 요리사인 벤첼 부인이 거의 정신이 나갈 정도로 흥분하여 기쁨에 흐느끼는 것이었습니다.

"오, 힐디! 힐디! 정말 잘되었어!"

"뭐가요? 맙소사, 도대체 무슨 일인데요?"

"샬럿 아가씨를 찾아냈어. 무사히 이리로 모시고 온 거야!"

나는 깜짝 놀라 털썩 자리에 주저앉았습니다. 정말 잘되긴 뭐가 잘되었단 말입니까. 화가 머리끝까지 치밀어 올랐습니다. 아가씨들이 어리석게 그 오두막에서 나온 것이 분명합니다. 그리고 잡힌 것이겠지요.

"지금 샬럿 아가씨는 어디에 있어요? 제가 가서 보고 올게요. 분명히⋯⋯."

"켈마르!"

뮐러 부인의 목소리였습니다. 이어서 찬 바람처럼 뮐러 부인의 오리 같은 목이 부엌으로 쓰윽 들어왔습니다.

"그 말썽꾸러기를 다시 데려왔다. 지금 탑에 있지만 아무도 만나서는 안 돼! 알았지! 근처에 갈 생각도 하지 마."

"도대체 어딜 갔다 오셨대요? 무슨 일이죠? 그리고 왜⋯⋯."

뮐러 부인이 쏘아붙였습니다.

"넌 시킨 일이나 제대로 해! 넌 분명 뭔가 알고 있는 게 틀림없어. 샬럿 근처에 가기만 하면 채찍으로 얻어맞을 줄 알아. 내가 못 할 것 같니? 채찍뿐만이 아닐 거야."

뮐러 부인은 수상하다는 듯 부엌을 살펴보더니 들어올 때와 마찬가지로 휙 나가 버렸습니다.

나는 오늘의 식단표를 들고 얼굴에 부채질을 하는 벤첼 부인에게 물었습니다.

"제가 왜 아가씨한테 가면 안 되나요?"

"아아, 아가야, 나 같으면 뮐러 부인에게 대들지 않겠다. 뮐러 부인은 아주 성질이 난폭해. 그 잔소리를 내가 다 듣고 있단다. 내가 이 부엌에서 참아야 하는 일이 정말 얼마나 많은지! 도대체 이런 대접을 받고 이곳에서 일해야만 하다니……."

그러고 나서 벤첼 부인은 훌쩍거리며 울기 시작했습니다. 하지만 곧 다시 마음을 추스르고 스튜가 들어 있는 커다란 냄비를 젓기 시작했습니다. 나는 식탁에 앉아서 당근을 썰며 벤첼 부인의 이야기를 들었지요.

데븐포트 양이 카를슈타인 백작과 위층에 앉아 있을 때 물에 흠뻑 젖은 한 남자가 덜덜 떨며 온몸에서 물을 뚝뚝 흘리며 역시 추위에 떨고 있는 작은 여자애에게 꼭 달라붙은 채 나타났다고 합니다. 스니블부르스트 씨는 내가 밀어 넣은 바위투성이의 개울에서 겨우 기어 나오다가 숲에서 나오는 샬럿 아가씨를 목격했습니다. 스니블부르스트 씨가 달리기로는 샬럿 아가씨를 절대로 잡을 수 없었겠지만 스니블부르스트 씨는 체면을 모두 버리고 자신의 교활함을 최대한 발휘했지요. 바로 자리에 드러누워 비명을 지르기 시작한 것입니다.

그리고 샬럿 아가씨는, 길가에 누워 신음하는 가엾은 여행자를 보고는 착한 사마리아 사람의 이야기*를 기억해 내고 그를 도우

---

* 성서에 강도를 만나 길에서 죽어가는 사람을 한 사마리아 사람이 구해 준 이야기. 위험에 처한 사람을 고의로 구조하지 않은 자를 처벌하는 '착한 사마리아인의 법'도 있다.

려고 달려갔습니다. 그러나 비린내 나는 손에 손목을 억세게 움켜잡히고 의기양양한 느끼한 웃음을 마주할 수밖에 없었지요. 샬럿 아가씨는 그렇게 스니블부르스트 씨에게 끌려올 수밖에 없었습니다. 하지만 샬럿 아가씨가 루시 아가씨가 어디 있는지는 발설한 것 같지 않았습니다. 그리고 둘이 도망을 치게 된 연유에 대해서도요. 스니블부르스트 씨는 뮐러 부인의 개인 방에서 따뜻한 물 대야에 뼈가 앙상한 발을 담그고는 마른 어깨에 담요를 두르고 브랜디와 영웅심에 취해 눈을 번들거리며 앉아 있었습니다. 기회가 있었을 때 더 깊은 곳에 빠뜨렸어야 하는데, 정말 유감입니다.

샬럿 아가씨는 백작의 서재 밑에 있는 방에 갇혀 있었습니다. 벤첼 부인의 말로는 말썽을 부린 대가라고 했습니다. 그곳에 올라갈 기회가 있을까요? 아직까지는 없었습니다. 뮐러 부인이 아침 내내 일을 시켰기 때문입니다. 일 분 일 초가 지나갈 때마다 나는 더욱더 절망적인 기분이 되어 갔습니다.

점심을 먹자마자 뮐러 부인은 성의 모든 은식기를 꺼내서 닦으라고 내게 명령했습니다. 내가 성에 온 후 단 한 번도 꺼내서 쓴 적이 없는 뚱뚱한 인어와 불룩불룩 튀어나온 돌고래가 붙어 있는 거대한 수프 그릇까지 말입니다. 잘 보관된 곳에서 나온 식기들이 부엌 식탁 위에서 나를 바라보며 버티고 있는 것 같았습니다. 나는 그 앞에 앉아 고운 모래로 아주 작은 검은 때 하나 없이 식기를 문질러 닦았습니다. 은 식기를 다 닦았을 때쯤, 내 속은 은 식기 위에 앉아 있던 때들이 모두 내 마음속에 내려앉은 것처럼 시커멓게 타들어 갔습니다.

은 식기들을 모두 다시 포장해서 치워 놓자, 이번에는 뮐러 부인의 방 먼지를 털고 닦으라는 명령이 떨어졌습니다. 그리고 나서는 아무짝에도 쓸모없는 너덜너덜하고 더럽고 찢어진 작년에 써 놓은 식단표를 순서대로 정리하라고 했습니다. 뮐러 부인의 속셈은 뻔했습니다. 나를 바쁘게 해서 샬럿 아가씨 근처에 가지 못하게 하는 것이었습니다. 탑에 갇힌 샬럿 아가씨와 혼자서 산을 헤매고 있을 루시 아가씨, 그들을 충분히 도와줄 수 있을 만큼 가까이 있음에도 다만 그 사실을 모르고 있는 데븐포트 양에 대한 안타까움이 자루 안에서 싸우는 고양이들처럼 내 머릿속에서 어지럽게 돌던 오후 내내, 뮐러 부인은 바로 내 앞에서 나를 감시하고 있었습니다.

카를슈타인 백작은 사냥개들과 다시 나갔습니다. 기운이 더욱더 빠졌습니다. 오후 늦게 뮐러 부인이 응접실에 장작을 좀 가져다 놓고 등잔을 정돈하라고 시켰을 때, 이제야 탑 밑의 방에 갈 수 있는 기회가 생겼구나 하고 생각했지만 이번에도 방해를 받고 말았습니다. 응접실에서는 스니블부르스트 씨가 벽난로 옆에서 불만스럽게 코를 골며 자고 있었는데, 커다란 장작 토막이 벽난로 앞의 돌에 떨어지는 바람에 깨어나고 말았기 때문입니다.

놀라서 깨어난 스니블부르스트 씨는 갑자기 자세를 고쳐 앉더니 누가 들어왔나 보고는 의자에 깊숙이 앉았습니다. 그리고 나서 완전히 잠에서 깼습니다.

"내가 강에 빠졌을 때 도대체 어디로 가 버린 거야? 도움을 청하러 간다더니!"

"사람들을 부르러 갔어요. 뛰고 또 뛰어서요! 너무 걱정이 되어서……."

"알겠지만, 하마터면 익사할 뻔했다고. 나는 원래 수영을 굉장히 잘하지. 많은 사람이 내 수영 솜씨를 감탄해 왔어. 하지만 아까 그곳은 물살이 너무나 세서 정말로 죽음 가까이……."

여기서 스니블부르스트 씨는 갑자기 재채기를 마구 해 댔습니다. 나는 몸을 돌려 방을 나가려고 했지요.

"이봐! 아직 이야기가 끝나지 않았다고! 이제부터 그 말썽쟁이를 내가 어떻게 잡았는지 얘기할 차례야. 아주 재미있는 얘기지."

"저는 지금 바빠서요. 다음에 들을게요."

스니블부르스트 씨는 다시 재채기를 하더니 툴툴거리며 몸을 의자에 파묻었습니다. 나는 자리를 떠났지요.

드디어 기다리고 기다리던 기회가 왔습니다. 마음이 조금 놓였던 탓인지 밀러 부인의 돌 같은 심장이 갇혀 있는 샬럿 아가씨에게 음식을 줄 만큼 풀린 것입니다. 그래서 벤첼 부인은 수프 한 그릇과 빵 그리고 사과를 하나 쟁반에 담아 나에게 가져가라고 일렀습니다. 물론 탑의 샬럿 아가씨에게가 아니고, 밀러 부인에게 가져가 밀러 부인이 샬럿 아가씨에게 가져갈 수 있도록 말입니다. 내가 쟁반을 들고 부엌에서 돌계단을 올라가려고 할 때 벤첼 부인이 내 뒤에서 냄비와 프라이팬을 정리하며 쟁그랑거리는 소리를 냈습니다. 이 통로로 쭉 가면 뮐러 부인의 방이 나오고, 뮐러 부인의 방에는 백작의 서재를 제외한, 성안의 모든 방의 예비 열쇠가 걸려 있습니다.

모든 것은 순식간에 끝났습니다. 나는 뮐러 부인의 방으로 들어가 식탁 위에 쟁반을 놓고 문 뒤의 커다란 나무판 위에 걸려 있는 열쇠들을 미친 듯이 눈으로 훑었습니다. 그리고 열쇠를 발견하자 잽싸게 수프 그릇에 열쇠를 떨어뜨렸습니다. 벤첼 부인이 만든 수프는 다행히도 걸쭉하고 진해서 열쇠는 수프 바닥에 가라앉아 전혀 보이지 않았습니다.

내가 수프 쟁반을 다시 들자 바로 문이 열리면서 뮐러 부인이 나타났습니다. 나는 얼어붙어서 서 있었습니다. 뮐러 부인은 아무 말도 하지 않았으나 그 눈은 교활한 성취욕에 빛났습니다. 뮐러 부인은 아무 말 없이 내게서 쟁반을 받아 들고 방을 나갔습니다.

"홀에서 기다려라."

날이 선 목소리로 이르고 뮐러 부인은 어두운 계단으로 사라졌습니다.

나는 비참한 기분으로 홀의 벽난로 옆에 서 있었습니다. 거의 울 뻔했지만, 뮐러 부인이 내 눈물을 보면 얼마나 좋아할까 하는 생각에 겨우 울음을 참았습니다. 몇 세기처럼 느껴지는 시간이 흐르자 뮐러 부인의 발소리가 계단에서 들려왔고 나는 뮐러 부인을 마주할 수밖에 없었습니다.

하지만 뮐러 부인이 입을 열기도 전에 성의 중앙 현관문이 팽개치듯 열리더니 카를슈타인 백작이 들어왔습니다. 휘몰아치는 찬 바람을 비지고트족* 의 군사처럼 거느리고서요. 백작이 문을 쾅 닫아 바깥바람을 막기 전에 바람은 난로의 재와 검불을 휘날리고 등잔불을 너울거리게 하다 끄고 무겁게 늘어진 태피스트리마저 벽에서 위험하게 흔들었습니다. 뮐러 부인은 백작 옆으로 다가가 빠르게 뭐라고

말하며 나를 가리켰습니다. 나를 바라보는 백작의 눈은 분노로 번득였습니다. 마치 폭풍우가 치기 전 여름 산처럼 말입니다.

백작은 성큼성큼 세 걸음을 걸어와 손에 든 단장으로 나를 치려고 했습니다. 나는 뒤로 물러났지만 단장에 어깨를 맞고야 말았

습니다. 옷 위로 맞았는데도 불구하고 맞은 자리는 불에 덴 것처럼 화끈거렸습니다. 나는 비명을 지르며 백작이 다시 나를 치려는 것을 보고 달아났습니다. 이번에는 목에 맞았고 나는 몸을 돌려 도망치기 시작했습니다. 백작은 미친 것이 틀림없었습니다. 그는 나에게 듣기만 해도 오싹한 욕과 저주를 퍼부으며 무언가를 던졌습니다. 무엇인지는 몰랐지만 하인들의 방문 바로 앞에서 나는

* 고트족의 일파로 무서운 속도로 북쪽에서 내려와 로마 영토를 침범했으며 갈리아와 에스파냐에서 거대한 영토를 차지했다.

그것에 등을 맞고야 말았습니다. 무겁고 딱딱한 그 물체에 맞은 자국은 몇 주 동안이나 멍이 지워지지 않았습니다. 나는 부엌으로 뛰어 들어가 흐느껴 울고 또 울었습니다. 벤첼 부인은 나를 위로하기는커녕, 겁에 질려 몸을 완전히 돌린 채 계속해서 부엌의 조리 기구들을 달가닥달가닥 정리할 뿐이었습니다.

채 1분도 지나지 않아 부엌문이 활짝 열리더니 분노로 얼굴이 하얗게 질린 밀러 부인이 나타났습니다. 목을 쭉 빼고 나를 쏘아보는 밀러 부인의 얼굴에서 하얗지 않은 곳은 코 옆에 실핏줄이 터진 붉은 자국뿐이었습니다. 나는 밀러 부인과 눈을 마주치지 않기 위해서 그 자국을 바라보았습니다. 밀러 부인이 말했습니다.

"당장 네 옷과 가방을 챙겨서 나가! 나가 버려! 당장 성을 떠나서 다시는 돌아오지 마!"

내 머리는 빙빙 돌았지만 나는 가까스로 절을 할 수 있었습니다. 마치 꿈을 꾸는 것만 같았습니다. 밀러 부인은 내가 지나가도록 일부러 자기 치마를 옆으로 잡고 있었습니다.

소지품을 챙기는 데는 몇 분쯤 걸렸습니다. 그리고 온몸에 상처를 입고, 완전히 패배한 채 카를슈타인성을 나왔습니다. 눈이 내리기 시작했고 나는 비틀비틀 마을로 통하는 길을 걸었습니다.

오두막

2부

여러 사람의 목소리로 듣는 이야기

❧ 루시의 이야기 ❧

그 오두막을 떠나서는 안 되는 것이었다. 그것은 바보 같은 짓이었다. 하지만 그때 우리는 너무나 배가 고프고 추워서 그곳에 더 이상 머무는 것은 미친 짓이라는 생각이 들었다. 우리가 바보스럽긴 했지만 완전히 미친 것은 아니었기 때문에, 결국 우리는 그곳을 떠났다.

두 번째 바보 같은 짓은 바로 샬럿이 저질렀다. 정체를 드러내지 않으려고 나는 나무 사이에 숨어서 샬럿에게 숲의 동물 소리를 흉내 내어 경고를 보냈다. 나는 강둑 옆에 누워 있는 늘어진 형체가 스니블부르스트라는 것을 금방 알아챘기 때문이다. 하지만 나의 새 흉내는 결국 샬럿에게 위험을 전달하지는 못했다. 그래서 나는 절망적인 심정으로 샬럿이 함정에 빠져 잡혀가는 것을 눈 뜨고 지켜볼 수밖에 없었다.

나머지 시간 내내 나는 숲에서 어찌해야 할지 모르는 끔찍한 우유부단과 더욱 끔찍한 엄청난 배고픔과 싸우며 보내야 했다. 어쩔 수 없이 나는 마을로 들어와 즐거운 사냥꾼 여관으로 향했다. 힐디가 안 된다고 했지만, 그 정다운 곳에 가면 누군가가 틀림없이 우릴 도와줄 거라고 생각했다. 결국 도움은 받을 수 있었지만 내가 생각한 식은 아니었다.

내가 식당으로 들어갔을 때 식당은 텅 비어 있었다. 하지만 식당 앞쪽의 단상 앞에는 내가 한 번도 본 적이 없는 이상한 물체가 놓여 있었다. 그것은 성인 남자 키보다 크기가 큰 상자였는데 이리저리 튀어나온 알 수 없는 기계들과 손잡이들, 들여다보는 구멍들과 밖으로 나온 구멍, 창문과 커튼과 문고리와 알 수 없는 기호들로 뒤덮여 있었다. 호기심에 사로잡힌 나는 앞으로 가서 그 물체를 자세히 들여다보았다. 그때 갑자기 커튼이 열리더니 상자 안에서 어떤 남자가 나왔다.

그는 키가 크고 내가 지금까지 본 누구와도 달랐다. 그는 전혀 스위스 사람처럼 생기지 않고 아무래도 이탈리아 사람 비슷하게 생겼는데 아주아주 뛰어나게 잘생긴 사람이었다. 나를 바라보는 그의 눈은 뭔가 불만스러운 것 같았다. 그는 나에게 말을 걸었다.

"혹시 내 하인 봤니?"

나는 조그맣게 대답했다.

"아니요."

"막스! 이럴 수가! 도대체 이 사람이 어디 간 거야? 막스!"

그는 상자를 열더니 긴 가운을 꺼내었다. 가운에는 별자리 문양이 새겨져 있었다. 그는 상자의 문고리 한쪽에 가운을 걸었다. 나는 그에게 말을 걸었다.

"죄송하지만, 선생님……."

"무슨 일이지, 꼬마 아가씨?"

"혹시 힐디 보셨나요?"

"그런 이름은 처음 듣는다. 이것 좀 들고 있어 봐."

그는 나에게 인간의 해골을 건넸었다. 나는 떨리는 손으로 그것을 받아 들었다.

"떨어뜨리면 안 돼. 그건 위대한 철학자 아폴로니우스의 해골이야. 그 무엇으로도 대신할 수 없는 물건이지."

"이걸로 제가 뭘 해야 하나요?"

"그냥 들고 있으면 돼. 자, 이제 해골의 눈을 바라봐. 이상하다는 표정을 지어 봐. 좋아! 완벽해! 거기 가만히 서 있어. 절대 움직이면 안 돼."

"하지만…… 제게 지금 문제가 있어서요. 힐디를 좀 찾아보면 안 될까요?"

"꼬마! 지금 넌 세상 모든 신비의 문턱에 서 있는 거야."

그는 나를 찬찬히 관찰하며 내 주위를 한 바퀴 돌았다.

"좋아. 너 정도면 조수로 제격이야."

나는 거의 해골을 떨어뜨릴 뻔했다.

"뭐라고요? 조수라고요? 무슨 말이세요?"

"너, 지금 도망친 거 맞지? 그렇지?"

"네. 하지만…… 어떻게 아신 거죠?"

"금방 알 수 있지. 지금 네게 필요한 건 숨을 장소고, 내게 필요한 건 조수야. 내 하인이 사라져 버린 이 마당에 말이야. 꼬마 아가씨, 이름이 뭐지?"

"루시예요. 제가 여기 숨어도 되나요? 저를 신고하진 않으시겠지요? 저는 지금 엄청난 위험에 처해 있어요. 그리고 제 동생은……."

"아가씨를 신고한다고! 그런 망측한 생각을! 단테 카다베레치의 이름을 걸고 맹세하지. 내가 어떻게 다른 도망자를 넘겨줄 수 있겠어. 그럼 이제 해골을 주세요."

그러더니 그는 아폴로니우스의 해골을 다시 상자 속에 넣고는 여러 가지 알 수 없는 신기한 물체들을 열심히 무대 위에 정리했다.

"그러면 카다베레치 씨도 도피 중이세요?"

나는 약간 편안한 기분이 되어서 물었다. 이 압도적인 인물 옆에서 나는 묘하게 안전한 기분이 들었다.

"카다베레치 박사라고 불러 주면 감사하겠습니다. 맞아. 나는 산적이고 정처 없는 나그네지. 아주 명예로운 직업이지만 별로 안정적이진 않아. 좋아, 이름이 뭐랬지? 루시? 그런 이름으론 안 돼. 아가씨는 공주가 되어야 하거든……. 인도나 뭐 페루쯤? 알았다. 아가씨는 이집트에서 온 공주야! 그리고 예언을 하는 거야. 점을 쳐 주는 거라고!"

"제가요? 무슨 말씀이세요?"

"입장료에 돈을 더 얹어서 내면 관객들은 자석 공주에게서 자기의 운명을 들을 수 있지. 자기가 통해 본 적 있니?"

"아니요, 한 번도……."

"아주 간단해. 눈을 감아 봐. 내가 주문을 외우지. 그리고 눈을 뜨고 자기가 통한 것처럼 보이면 되는 거야. 아주 쉬워! 바로 그거야!"

나는 그가 보여 주는 것처럼 서 있었고 그는 나에게 자기를 통하게 하는 것처럼 주문을 외웠다. 그는 옳았다. 그건 아주 쉬웠다.

"자, 이제 아가씨는 공주니까 왕관과 망토가 있어야 해. 좋아! 이거면 되겠다."

그는 나에게 식탁보를 둘러 주었다.

"그리고 왕관으로는, 샤를마뉴 대제의 왕관을 씌워 주지."

그는 오래된 금관을 내 머리 위에 올려놓고 부드럽게 머리 위에 고정시켰다.

"이건 아주 귀한 것이 아닌가요? 만약 제가 망가뜨리기라도 하면……."

"아주아주 귀한 거지. 하지만 금방 또 만들면 돼. 그래. 아가씨가 내 하인 막스보다 훨씬 낫군. 막스는 마음씨는 착한데 너무 단순해서 말이야. 내가 막스에게 자기를 통하면 막스는 쓰러져서 해골도 떨어뜨리고 상자도 엎어 놓고 발은 수정 구슬에 턱 걸칠 사람이야. 그러고도 무슨 일을 또 저지를지 모르지. 자, 이제 내가 날아다니는 도깨비를 어떻게 조종하는지 보여 줄게. 여기 용수철이 있어. 내가 신호를 주면 아가씨가 용수철을 놓으면 돼."

어쩔 수가 없었다. 나는 두 시간 동안 머리가 핑핑 돌고 팔이 아플 때까지 신기한 상자의 모든 신기를 열심히 연습했다. 내가 더 이상 서 있을 수 없을 때까지 연습을 한 뒤에야 그는 이제 그만 하라고 한 뒤 음식과 포도주를 시켰다. 그 전에는 배가 고프다는 말조차 꺼낼 수 없었다. 그는 성격이 아주 강력한 사람이었다.

우리는 10분 정도 쉬고 다시 연습을 시작했다. 나는 샬럿과 나의 문제에 대해 이야기하려 노력했지만, 그는 듣고 있는데도 불구하고 마음은 온통 오늘 밤의 공연 생각뿐이었다. 그는 갑자기 벌떡 일어나 자기가 새로

구상한 무대 효과에 대해서 말하거나 내가 이것저것 다른 것을 연습해 봐야 한다고 주장했고, 내 연기가 완벽해질 때까지 계속해서 연습을 시켰다. 그리고 밤이 가까워질수록 (그리고 무대에 설 시간이 가까워질수록) 나는 내가 인간 중 가장 복잡하고 정신없는 종류의 인간, 그러니까 천재의 손에 맡겨졌구나라고 깨닫게 되었다.

시간은 해골의 마술 환등과 수정 구슬, 날아다니는 도깨비와 영혼의 종소리, 카드놀이와 고장 난 시계의 환영, 도대체 상자 하나에 어떻게 다 우겨 넣었을까 싶은 수많은 손잡이와 문고리와 단추와 지렛대의 환상 세계 속에서 순식간에 흘러갔다. 그리고 이전에는 내게 자기가 통하지 않았을지라도, 지금은 진실로 자기가 통하는 상태가 된 것만 같았다. 그때 식당의 벽시계가 아홉 시를 쳤다. 박사는 급하게 내게 가운을 둘러씌우고 왕관을 머리 위에 올려놓고는 마지막 지시를 속삭인 뒤 나를 상자 속에 밀어 넣고 문을 잠갔다.

어둠이 나를 감싸 왔다. 관객이 모여드는 소리가 들려왔다. 드디어 공연이 시작되었다.

⌒ 힐디의 이야기 ⌒

루시 아가씨를 찾을 아무런 실마리도 없는 상태에서 나는 길에서 벗어나지 않으려고 안간힘을 쓰며 (바람이 너무 심해서 길에서 날려 갈 것만 같았기 때문입니다.) 즐거운 사냥꾼의 따뜻한 부엌으로 돌아왔습니다. 엄마는 나를 따뜻하게 맞았고, 백작의 채찍이 지나간 목의 상처에 혀를 차며 법석을 떨고는, 수프 한 그릇과 포도주를 가져다주었습니다. 그리고 다시 일을 시작했습니다. 엄마는 너무 바빠서 정신이 하나도 없어 보였습니다.

여관은 거의 터질 것 같았습니다. 왁자지껄한 노랫소리, 접시가 쨍그랑거리는 소리, 웃음과 고함 소리, 음식을 주문하는 소리에 서까래가 다 들썩일 지경이었습니다. 엘리제와 한네를은 팔에 접시를 한 아름 안은 채 부엌 안팎을 뛰어다녔습니다. 한쪽 팔로는 뜨거운 김이 나는 소시지와 양배추, 만두가 가득 쌓인 접시를 안고 다른 쪽 팔로는 설거지해야 할 접시 더미를 받쳐 들고 말입니다. 나는 곧 뜨거운 물에 팔꿈치까지 담그고 그 접시들을 씻었습니다. 나름대로 쉬운 길을 택한 것입니다. 눈 속의 벤체슬라우스 왕*처럼 용감하게 희망을 가지고 루시 아가씨의 흔적을 찾아 헤매는 것보다는 말입니다. 하지만 거기까지 생각이 미치기도 전에 내 앞에는 다시 산더미처럼 접시들이 쌓였고, 젖은 식기 건조대에 위태위태하게 놓인 접시들을 어떻게든 해결하기 위해 또다시 열심히 설거지를 해야만 했습니다.

내가 진정으로 원하는 것은, 이 순간 명확히 깨달았는데, 오빠와 이야기를 나누는 것입니다. 잠깐이라도 짬이 난다면 지하실로 내려가야 합니다…….

"왜 이렇게 바쁜 거예요?"

부엌에서 식당으로 그리고 다시 식당에서 부엌으로 왔다 갔다 하는 엄마에게 겨우 물었습니다.

"뭐라고? 오, 카다베레치 박사의 공연 때문이야. 이 골짜기 사람들은 모두 몰려온 것 같아."

"아하, 맞다. 까먹고 있었어요. 박사가 나에게 포스터를 붙이라고 시켰는데."

"그 전에 박사는 공연을 취소해야 할 거라고 생각했단다."

---

* 눈보라가 몰아치던 크리스마스 다음 날, 벤체슬라우스 왕이 숲에서 땔감을 찾아 헤매던 가난한 농부에게 선행을 베풀었다는 이야기이다. 크리스마스 캐럴 '선한 왕 벤체슬라우스'로 알려져 있다.

"왜요?"

"박사의 하인이 없어졌거든. 너는 모를 거다, 여기서 무슨 일이 있었는지. 맨 처음엔 스니치 경사가 서류 문제로 난리를 피우더니, 다음엔 카다베레치 박사의 하인이 실종되었지 뭐냐. 그 사람이 조수로 상자를 설치해야 한다나. 어떻게 했는지는 모르지만 상자는 굉장히 신기해 보여. 그런데 하인은 온데간데없고. 아직까지 나타나지 않았어. 하지만 박사가 누군가 조수를 할 사람을 구했다고, 다시 공연을 해도 될 것 같다고 말하더구나. 오후 내내 연습을 해야 하니까 식당을 비워 달라고 하면서. 나는 좋다고 승낙을 했고 오후 내내 박사는 저기서 연습을 하더라. 정말 신사야. 거기다 얼마나 잘생겼니! 힐디, 내일 아침 엄마가 없어지면 내가 카다베레치 박사와 도망쳤다고 생각해도 좋아!"

어이쿠, 좋습니다. 엄마의 짝사랑이 시작된 걸까요? 물론 엄마는 농담을 하는 것입니다. 엄마의 흥분된 기분은 다가오는 사격 대회와 여관에 배우가 묵고 있다는 사실이 모두 합쳐진 덕분이겠죠. 어쩌면 구석에서 서리를 맞던 요하네스버그 포도주를 한잔 하셨을지도 모르고요. 오빠가 엄마를 놀릴 준비를 하고 그 자리에 있었더라면 이렇게까지는 말하지 않았을지도 모릅니다. 최소한 엄마는 오빠에 대한 걱정을 조금은 덜 하는 것 같았습니다. 하지만 가장 중요한 것은 ― 나는 반드시 기억하고 있어야 했습니다 ― 루시 아가씨의 행방이었습니다. 여관에 도착하자마자 나는 바로 루시 아가씨를 보았느냐고 물었고, 대답은 '아니.'였습니다.

루시 아가씨는 이곳에 나타나지 않은 것입니다. 아가씨를 본 사람은 하나도 없었습니다. 나는 희망을 잃지 않고 간직할 수밖에 없었습니다.

카다베레치 박사의 공연은 아홉 시로 예정되어 있었습니다. 식당의 오래된 큰 나무 시계가 재깍재깍 돌아가다 아홉 시를 알렸을 때, 흥분의 기운은 너무나 강렬해 안개처럼 홀을 메우는 것 같았습니다. 어쩌면 그것은 많은 관객이 피우는 파이프 담배의 연기였을지도 모릅니다. 얼굴이 붉어진 아저씨들은 마치 아무도 모르는 농담을 자기 혼자 이야기하기 직전처럼 비밀스러운 흥분에 싸여 있었습니다. 연극에 나오는 것 같은 복장을 차려입은 멀리서 온 여행자들까지 보였습니다. 체격이 크고 나이 든 곰처럼 천천히 움직이는 손님들, 활달한 검은 얼굴의 여행자들, 독일어는 한마디도 못해서 마치 원숭이처럼 자기가 원하는 음식을 내게 손가락으로 가리켜 보이거나 표정으로 말을 하는 손님들, 더 북쪽 숲에서 온 얼굴이 창백한 손님들, 눈이 가늘고 산의 눈이 반사하는 빛에 피부가 탄 가무잡잡한 얼굴의 손님들, 이 모든 사람이 사격 대회에 참석하러 온 것입니다. 그들뿐만 아니라 우리 마을 사람도 많았습니다. 오빠 친구들인 떠들썩한 소년들, 똑똑하면서도 여유로운 그들은 이 순간순간을 즐겼습니다. 엘리제와 한네를에게 농담을 던지며 말입니다. 엄마의 치맛자락을 잡은 눈이 커다란 아이들, 포도주를 홀짝이며 친구들과 담소를 나누는 중년의 아저씨들, 사격 대회보다는 구석에 조심스럽게 자리를 잡고 파이프로 멋지게 연기를 쏘아 올리는 데 관심이 있는 늙은 할아버지들…….

이 모든 사람이 우리 여관의 식당에 모여 있었습니다. 어깨 한쪽에는 수건을 걸치고 팔짱을 낀 엘리제와 한네를도 뒤쪽에 서 있었습니다. 둘 옆에는 혹시나 카다베레치 박사가 공연 중에 잠깐 휴식 시간이라도 준다면 기꺼이 밖으로 호위해서 함께 바람을 쐬길 원하는 젊은 사냥꾼들이 줄지어 서 있었습니다. 엄마와 나 역시 꽉 찬 김으로 흐려진 유리창 앞에 테이블을 놓고 섰습니다. 이 모든 준비가 끝난 뒤, 공연이 시작되는 바로 그 순간 나는 그날 밤 경험할 두 가지의 놀라운 사건 중 한 가지를 목격하게 됩니다.

그때 식당의 문이 열리더니, 체리처럼 새빨간 코에서 콧물을 훌쩍이며 빙긋거리면서 손바닥을 싹싹 비비는, 머리에 나폴레옹 식으로 포마드 기름을 발라 넘긴 아르투로 스니블부르스트 씨를 앞세우고 바로 그의 주인, 카를슈타인 백작이 나타난 것입니다. 백작은 나를 보더니, 내가 하려고 마음만 먹는다면 그의 눈에 침을 뱉을 수 있을 정도로 가까이 다가와서는, 글쎄 허리를 굽혀 인사를 했습니다! 백작의 태도에는 치통을 앓는 사람의 정향 냄새처럼 특유의 비꼬는 승리감이 심술궂게 서려 있었지요. 사람들은 모두 조용해졌습니다. 백작을 알고 있는 사람들은 백작을 알았기 때문에 조용해졌고, 그를 모르는 사람들은 그가 풍기는 분위기 때문에 조용해졌습니다.

"안녕하십니까."

백작은 귀에 거슬리는 목소리로 말했는데 친절하게 말하려고 애쓸 때 나오는 금속성의 음성이었습니다.

"카다베레치 박사의 신기한 상자 소문을 듣고 공연을 후원하러 왔습니다."

스니블부르스트 씨는 관객들 일부에게 물러서라고 손짓을 했습니다. 잠시 뒤 카를슈타인 백작은 재채기를 하고 콧물을 훌쩍거리는 비서와 함께 자리를 잡고 포도주를 대접받았습니다.

이때 막 뒤에서 이 모든 광경을 보고 있었을 카다베레치 박사가 드디어 공연을 시작했습니다.

우선, 공*이 울렸습니다. 그 웅장한, 중국풍의 소리는 보이지 않는 용들과 아편 냄새까지 함께 몰고 온 것만 같았습니다. 이후 막이 한쪽으로 걷히더니 상자 옆에서 유난히 반짝거리면서도 이상한 두려움을 불러일으키는 조명 아래 박사가 등장했습니다. 그는 매끄럽게 인사를 올리고는 식당의 모든 사람을 그의 빛나는 눈으로 한꺼번에 응시하였습니다. 그가 거기 서서 그냥 인상적으로 보인 것뿐이었는데도 불구하고 박수갈채가 터져 나왔습니다. 세상에는 그런 능력을 가지고 있는 사람들이 있습니다. 다른 사람들이 배고픈 사자 우리 위에서 외줄타기를 하는 걸 보는 것보다 차라리 그 사람이 신발을 닦는 것을 보고 싶어 하게 되는, 그런 사람들 말이지요. 사람들을 끌어당기는, 자석과 같은 힘 말입니다.

그가 손을 쳐들자, 박수갈채가 멈췄습니다.

* 금속으로 만든 원반형 타악기. 춤이나 연극, 노래 공연에서 마술적인 수호력을 지닌 것으로 여기기도 한다.

"친구들이여! 지금까지 당신들은 많은 유랑 극단을 봐 왔을 것입니다. 점쟁이나 할리퀸, 율리우스 카이사르, 햄릿인 척하는 얄팍한 배우들 말입니다. 저를 그런 사람들과 혼동하지 마시기 바랍니다. 저는 평생 지식을 향한 고독한 탐구에 정진해 온 사람입니다. 많은 왕족을 모실 기회도 있었습니다. 저는 인도 무굴 황제의 치료자였으며 브라질의 왕 고귀한 알폰소 전하의 참사관으로도 일했습니다. 인간의 발길이 한 번도 닿지 않은 먼 곳을 탐험하기도 했습니다. 저의 이 모든 연구의 열매와 제가 일생을 바쳐 모아 온 모든 보물이 바로 이 신기한 상자 안에 있습니다!"

다시 한번 공 소리가 울렸습니다. 관객들은 잠잠해졌습니다.

"우선, 여러분께 영혼의 세계에서 온 제 조수를 소개하겠습니다. 라플란드에서 온 악마, 스프링거, 나오너라!"

그는 딱 소리를 내며 손마디를 울렸습니다. 상자 속에서 연기가 피어오르더니 휙휙 하는 큰 소리와 함께 무언가 뿔이 달린 작고 빨간 수염이 난 물체가 상자의 한 구멍에서 빠져나와 박사의 손등에 정확히 내려앉았습니다.

그때 누군가 끼어들었습니다.

"스프링 달린 인형이잖아!"

카를슈타인 백작이 비웃으며 말했습니다.

"사기꾼이로구먼!"

관객 중 몇몇이 고개를 끄덕였습니다. 카다베레치 박사는 몹시 화가 나 보였습니다. 나는 박사가 관객의 관심을 잃는 것이 아닐까 잠깐 생각했습니다. 이 관객들은 수월한 사람들이 아닙니다. 이곳에서 실패하고 돌아간 유랑 극단도 많았습니다. 그러나 나는 카다베레치 박사를 잘 몰랐습니다. 박사의 얼굴에는 갑자기 어린이 같은 순진무구한 기쁨의 웃음이 피어올랐습니다.

"다음에는, 파리에서 페루까지 모든 관객을 놀라게 한 마술을 보여 드리겠습니다. 여기 누구 시계 있으신 분 계십니까?"

카를슈타인 백작이 소리쳤습니다.

"여기! 여기 있소! 내 걸 쓰시오!"

카다베레치 박사는 내키지 않는 듯 보였지만, 아무도 시계를 내놓지 않았기 때문에 카를슈타인 백작의 시계를 쓸 수밖에 없었습니다.

백작은 카다베레치 박사가 무대 앞으로 이동하는 사이에 신이 난다는 듯 말했습니다.

"뻔하지. 저자가 분명 시계를 부수는 척할 거야. 저 속임수는 이미 본 적이 있다고!"

카다베레치 박사는 빨간 점이 찍힌 커다란 손수건을 꺼내어 시계를 그 가운데에 놓았습니다.

"백작님, 시계가 바로 이 안에 있습니다."

박사는 말하며 시계를 쌌습니다.

"물론이지!"

백작은 한순간 한순간을 아주 즐겼습니다.

박사는 나무망치를 손에 들고 말했습니다.

"이제 제가 아주 무거운 나무망치를 들고 이 시계를 잘게 부수겠습니다."

백작이 커다랗게 웃으며 말했습니다.

"어디 한번 해 보시지! 스니블부르스트, 내가 저건 어떻게 하는 줄 안다고. 골디니가 저걸 하는 걸 봤지. 좋아, 해 보라고! 깨부숴!"

카다베레치 박사는 예의 바르게 말했습니다.

"백작님이 허락했으니, 그럼 이제 이 나무망치를 들고 시계를 산산조각 부숩니다."

"어서, 어서 부수어 봐!"

카를슈타인 백작은 참을 수 없다는 듯 손을 흔들었습니다. 카다베레치 박사는 수건에 싼 시계를 자기 옆의 조그마한 식탁에 놓더니 나무망치로 몇 번이나 세게 내리쳤습니다.

박사가 시계를 치는 사이사이 백작은 관객들에게 시계는 저 안에 있는 게 아니라 벌써 카다베레치 박사의 소매 안에 들어 있고, 좀 있다가 박사는 시계를 식당 반대편에서 가져오는 척하거나 어떤 사람의 모자 안에서 꺼내는 척할 거라고 설명했습니다. 그러는 동안 스니블부르스트 씨는 고개를 끄덕이고 싱글거리면서 카다베레치 박사가 당할 곤경을 기다리며, 기쁘게 손바닥을 비볐지요. 불쌍한 엄마는 모두의 구경거리를 망쳐 놓는 카를슈타인 백작의 행동에 너무나 화가 나 거의 정신을 잃을 지경이었습니다.

손수건과 손수건 속에 있는 물건이 정말로 잘 부서져 가루가 되었을 때 카다베레치 박사는 예의 바르게 수건과 수건에 싸인 내용물을 들고 카를슈타인 백작에게 가져갔습니다. 카를슈타인 백작은 좋아서 껄껄거렸습니다. 박사가 말했습니다.

"백작님의 시계입니다."

"하하! 내 시계라고! 내가 이런 속임수에 넘어갈 줄 알았지?"

카를슈타인 백작이 소리치며 수건을 받아 들고는 손을 높이 쳐들어 모두에게 보였습니다.

"이제 이 안에 든 걸 보자고."

그리고는 수건을 열어 보았습니다. 백작의 표정은 부서진 태엽과 용수철, 깨진 유리 조각들과 휘어진 은판, 긴 시곗줄을 꺼내면서 바뀌었습니다.

"이게 뭐야!"

카다베레치 박사가 말했습니다.

"백작님의 시계입니다. 제가 설명드렸듯이 말씀입니다. 제가 시계를 부수겠다고 했지요? 그리고 이 자리의 모든 신사 숙녀 여러분이 백작님이 제게 시계를 부수라고 한 것을 들었다고 증언해 줄 것입니다."

백작을 싫어하는 관객들이 중얼거리며 고개를 끄덕여 동의했습니다.

"하지만, 하지만……."

"그래서 바로 그렇게 한 것이죠."

카다베레치 박사는 세상 누구보다 점잖게, 하지만 조금 슬프게 어깨를 으쓱해 보였습니다. 하지만 그의 빛나는 눈동자와 관객들이 박사가 이 작은 도전에서 승리했다는 것을 말해 주었습니다.

그러나 멋진 결말은 아직 남아 있었습니다. 분노한 카를슈타인 백작이 자리에 앉아 스니블부르스트 씨에게 몸을 돌렸을 때, 박사는 어디선가 똑같은 빨간 손수건을 꺼내더니 바로 거기서…… 카를슈타인 백작의 시계를 꺼냈습니다! 박사는 지루하다는 듯, 하지만 자랑스럽게 시계를 바라보더니 자기의 앞가슴 주머니에 시계를 챙기고는 만족스럽게 툭툭 쳐 보였습니다. 고작 몇 초 소요된 이 작은 몸짓을 모든 관객은 목격하였고 관객들 사이에서는 찬성하는 웃음소리가 왁자하게 피어올랐습니다. 이 웃음소리는 카를슈타인 백작을 더욱더 화나게 했습니다. 사람들이 왜 웃는지 몰랐기 때문이지요.

카다베레치 박사는 공연을 계속했습니다. 관객들을 완전히 휘어잡은 채 말입니다. 이제 관객들은 그가 사기꾼이라는 사실을 알았습니다. 만약 그에게 등을 보인다면 그가 당장 주머니를 털지도 모르지요. 하지만 모두들 기분 좋게 들떠 있는 이런 상황에서는 아무런 상관이 없었습니다. 박사가 자신의 모든 연기를 즐기며 어찌나 능숙하게 해냈는지 모두들 흥이 났습니다. 우리는 모두 신기한 상자의 이상한 손잡이, 지렛대, 작동 단추 들이 무엇에 쓰이는지 보았습니다. 예를 들면, 어떤 구멍은 크로모에이도푸시콘이라는 장치에 쓰였는데, 한스 파페를이 맨 앞줄에 앉아 있다가 친구들에 떠밀려 그 구멍에 얼굴을 대고 보게 되었습니다. 카다베레치 박사가 신기한 상자 위쪽의 손잡이와 작은 바퀴를 빙빙 돌리니 상자 안에서 커다란 탕 소리와 핑핑 소리와 호각 소리가 들려왔습니다. 박사는 우리에게 지금 한스가 음악과 시각, 음향 효과가 모두 가미된 시계태엽으로 작동하는 보델하임 전투 모형을 보고 있다고 설명해 주었습니다. 한스가 비틀거리며 제자리로 돌아올 때, 한스의 얼굴은 마치 카다베레치 박사가 탐험했다는 오지의 야만인처럼 온통 색칠이 되어 있었습니다. 물론 사람들이 왜 웃는지 한스는 전혀 알지 못했지요.

공연은 정점으로 치달아 갔습니다.

중국의 공이 한 번, 두 번, 세 번 울렸습니다. 카다베레치 박사는 마치 초자연적인 사건이라도 일어날 것 같은 태도를 취했습니다. 그의 소개에 따르면 바로 그랬습니다. 박사는 엄숙한 목소리로 선언했습니다.

"이비스의 시간이 왔습니다! 고대의 달력에 예언된 바대로, 우리는 이제 이집트의 높은 제사장들에게 네프티스라고 알려진 성스러운 이집트 공주의 부활을 목격하게 됩니다! 공주는 피라미드 안에서 만 년 동안 잠들어 있다 오늘 밤에 부활하여 모국어인 상형 문자로 여러분에게 이야기를 걸 것입니다. 신사 숙녀 여러분, 네프티스 공주입니다!"

상자 안에서 소리를 죽인 하프가 연주하는 이상한 화음과 함께 연기가 피어올랐습니다. 그리고 연기 속에서 흰 천으로 온몸을 감싸고 이마에 다이아몬드 줄을 늘어뜨리고 두 손을 가슴 위에

엎고 신비롭게 하늘로 눈을 치뜬, 나에게 두 번째 놀라운 사건이 걸어 나왔습니다. 바로 루시 아가씨였습니다.

그렇다면 루시 아가씨가 이곳에 온 것입니다!

바로 그 순간에 카를슈타인 백작은 — 백작은 이미 자리에서 일어났습니다 — 당장 아가씨를 잡을 태세였습니다. 내가 할 수 있는 일은 단 한 가지밖에 없었습니다.

"불이야! 불이야!"

나는 소리를 지르고 뛰면서 식당의 문을 활짝 열어젖혔습니다.

"살려 주세요! 불이야! 불이야!"

효과는 좋았습니다. 순식간에 식당은 난장판이 되었습니다. 뒤쪽에 있던 사람들은 주변을 불안하게 둘러보았고 앞쪽에 있던 사람들은 뒤쪽으로 밀고 나가려고 발버둥을 쳤으며 가운데에 있던 사람들은 양쪽 사이에서 어찌할 바를 모르고 우왕좌왕했습니다. 나는 쟁반 두 개를 마주치며 바깥에 서서 목이 터져라 소리를 질렀습니다. 문은, 팔다리들과 소리치는 머리들이 모두 한꺼번에 빠져나가려 이쪽저쪽으로 격렬하게 달려드는 통에 꽉 막히고 말았습니다.

내가 소리를 지른 바로 몇 초 뒤, 나는 루시 아가씨가 놀란 눈으로 처음엔 나를, 다음 순간 공포에 질려 카를슈타인 백작을 바라보는 것을 보았습니다. 카다베레치 박사가 무엇을 하고 있었는지는 알 수 없습니다. 카를슈타인 백작과 스니블부르스트 씨는 모두들 뒤쪽으로 탈출하려고 하는 와중에 밀려오는 사람들에 맞서 식당 앞쪽으로 가려고 몸부림을 쳤습니다. 보이지 않아 알 수는 없었지만 나는 루시 아가씨가 정신을 차리고 이 틈을 타서 도망치기를 바랐습니다.

그러는 동안에도 사람들은 밀려들었고, 어떤 사람은 물동이와 불꽃에 덮어씌울 담요와 뒤쪽에 남은 사람들이 탈출할 수 있도록 문을 넓힐 도끼를 가져오라고 소리를 질렀습니다. 어떤 사람은 연기가 빠져나가도록 창문을 열라고 소리를 질렀고 다른 사람은 그렇게 하면 바람이 들어와서 불길이 더욱 거세질 거라고 더 크게 소리를 질렀습니다. 하지만 단 한 명도, 아무 곳에서도 불이 나지 않았다는 사실을 알아챈 사람은 없었습니다. 그것은 좋지 않은 광경이었습니다. 그렇게 유쾌하고 생기 넘치던 관객들이 순식간에 우왕좌왕하는 한 떼의 무리로 변하다니요. 나는 그 무리를 지나 부엌으로 들어왔습니다. 찬장과 창고를 지나면 바깥으로 나가는 길이 있었습니다. 나는 비틀거리며 다리를 양동이와 나무 상자에 부딪쳐 온갖 소음을 내며 빠져나왔습니다. 오빠가 이 난리에 지하실에서 빠져나와 바보같이 얼굴을 들이밀고 무슨 일이 났나 확인하지 않기만 바랄 뿐이었습니다.

나는 즐거운 사냥꾼 여관 뒤로 난 좁다란 길에 겨우 다다랐습니다. 그리고 그 길 끝에서 망토를 입고 높은 모자를 쓴 키 큰 사나이가 사라지는 것을 목격했습니다. 카다베레치 박사였습니다! 하지만 카를슈타인 백작이 근처에 있다가 혹시 들을까 봐 박사를 소리쳐 부를 수 없었습니다. 지금 백작도 박사를 찾고 있으니까요. 나는 다리로 이어진 길 끝에 다다라 가쁜 숨을 몰아쉬며 주위를 돌아보았습니다.

박사의 모습은 어느 곳에도 없었습니다. 내 뒤에서는 아직도 여관에서 외치는 성난 소리가 들려왔습니다. 길과 다리는 텅 빈 채 달빛에 하얗게 빛났습니다. 은빛 빛줄기를 토해 내며 빠르게 흐르는 강의 풍경은 조금도 도움이 되지 않았습니다. 나는 나무들이 서 있는 굽이 길에서부터 산이 시작되는 강 건너편 암흑을 자세히 들여다보았습니다. 저 나무 둥치 사이에 무언가 움직이고 있을까요? 너무나 어둡고, 너무나 멀었습니다. 숲은 그림자로 가득 차 있었습니다. 강의 이쪽 편에서는, 눈 덮인 지붕으로 가득한 마을과 진흙투성이의 길, 창문에서 새어 나오는 불빛, 살을 에는 듯한 찬 공기 중으로 하얗고 두껍게 솟아오르는 연기만 보일 뿐이었습니다.

나는 그들을 놓치고 말았습니다.

나는 뼛속까지 스며드는 추위에 몸을 떨며 절망으로 녹초가 되어 즐거운 사냥꾼으로 다시 돌아왔습니다. 카다베레치 박사님, 루시 아가씨를 잘 돌봐 줘야 해요. 당신은 루시 아가씨가 의지할 수 있는 유일한 사람이에요.

카를슈타인 백작과 사냥꾼의 악령에 맞서, 경찰에 쫓기는 유랑 극단의 사기꾼 배우에게 목숨을 의지해야 하다니, 가엾은 루시 아가씨, 가엾은 루시 아가씨!

경찰 보고서 번호 354/21

주제: 카라다리스티 박사의 상자의 체포와 관련한
카를슈타인 경찰서에서의 정황

본인은 이 보고서의 앞부분에, 경감 깔끔 복장상 수상자이며(2등을 한 바 있음) 현재 카를슈타인의 치안을 담당하고 있는 나, 요제프 스니치 경사가 직속 부하 경관인 알폰세 빙켈부르크에게 임무 중에 먹지 말라고 경고했다는 사실을 기록하기를 원한다.

내가 경관에게 특히 이 사실을 주지시킨 것은 경관이 과거에 동일 사항으로 문제를 일으킨 바 있기 때문이다. 경관은 자신의 맡은 바 소임을 완벽하게 수행하지 못한 적이 있는데, 그 이유는 임무를 맡은 손에 놓여 있던 고기 파이 때문이었다. 그리하여 우리가 쫓던 범죄자를 놓치고 말았다.

그래서 나는 상기의 경관에게 서를 비우기 전에 만반의 준비를 다 하고 긴장을 늦추지 말 것을 당부하고 그가 상자를 지키는 동안 단 한 조각의 빵 부스러기도 입에 넣지 말 것을 주지시켰다.

상기한 상자는 이탈리아 사람인 크라카누치 박사의 실종과 관련하여 경찰이 감시하게 되었다. 상기의 카치아니치 박사는 '즐거운 사냥꾼' 여관에서 일어난 가짜 화재 경보와 함께 매우 의심스러운 정황 속에서 실종되었다. 그가 실종되었기 때문에 그 대신 그의 상자를 체포해 경찰서에 두었는데 아래와 같은 사건이 일어난 것이다.

외국의 여러 장치와 의심스러운 물체들로 가득한 이 상자를 감시하는 것은, 빙켈부르크 경관처럼 머리가 명민하지도 몸이 가볍지도 않은 경찰에게는 매우 위험한 임무였으며 상자를 만지는 것 또한 고도의 조심성이 요구되었다. 우리가 상자를 경찰서로 이동시키는 동안 빙켈부르크 경관이 실수로 숨겨진 용수철을 건드렸고 이 용수철이 예상치 못한 잉크를 발생시켰다. 그러한 사태를 예견하지 못했기 때문에 본인은 그 잉크를 피할 수가 없었다. 근처에 있던 불량한 행인들은 이 사고를 매우 재미있다고 생각했는데 이들은 응당 처분을 받아야 할 것이다.

상기의 잉크는 본인의 얼굴에 한시적으로나마 임무 수행에 적당치 못한 자국을 남겼기 때문에 본인은 빙켈부르크 경관에게 이 보고서의 도입부에 설명한 바와 같이 근무 중 음식물 섭취를 엄격히 금지하고 상자의 감시를 맡겼다. 그리고 본인은 임무 수행을 불가능하게 만든 잉크 자국을 제거하기 위해 경찰서 화장실로 이동하였다. 본인은 서를 나서기 직전 헬멧을 벗어 헬멧걸이에 위치시켰다.(이 헬멧걸이는 본인의 발명품으로 그 모습은 그림으로 첨부되어 있다.* 본인은 이러한 헬멧걸이가 보편화된다면 경찰력을 백 배는 증가시킬 수 있을 것이라고 확신한다. 원칙은 간단하다. 해결되지 않은 사건에 관한 서류를 모두 헬멧 안에 집어넣는 것이다. 헬멧의 소유자는 사건이 해결될 때까지 헬멧을 쓸 수 없다. 이러한 발명에 당국의 주의를 환기시키는 것은 어떤 이익을 바라서가 아니라 효용성의 극대화를 위한 것이다.)

잉크의 상당 부분이 본인의 수염에도 스며들었다는 사실을 발견한 후, 본인은 화장실에서 약간의 시간을 더 보내었다. 본인이 화장실에서 나왔을 때 빙켈부르크 경관은 양심의 가책을 느끼는 듯한 태도를 보이며 치즈케이크를 최근에 섭취한 듯한 증거를 감추려는 듯 얼른 종이 가방을 숨겼다. 본인은 경관을 혹독히 책망하였다. 그러한 상황에서 본인은 다시 헬멧을 들어 본인의 머리에 단단히 고정시키기 전에 그 안의 내용물을 면밀히 조사할 수 없었다. 따라서 빙켈부르크 경관이 본인이 다가오는 소리를 듣고 아직 다 섭취하지 못한 치즈케이크의 커다란 일부를 본인의 헬멧 안에 떨어뜨렸다는 사실을 알 수 없었던 것이다. 이러한 해명이 체포 당시 본인의 경찰답지 못한 외양과 태도를 조금이나마 설명해 줄 것을 바라 마지않는 바이다.

[* 현재 그림은 없어진 상태이다.]

그러면 다음에 일어난 사건으로 넘어가겠다.

본인은 범죄자의 특성을 잘 알기 때문에 상기의 범죄자가 어떤 행동을 할 것인지 예상이 가능하였다. 칼라마럽시 박사는 자신의 상자를 다시 획득하기 위해 노력할 것이므로 본인은 빙켈부르크 경관에게 불을 모두 소등한 후 어둠 속에서 잠복할 것을 명하였다. 그러는 동안 본인 역시 무장을 모두 갖추고 벽장에 잠복하였다.

몇 시간이 지난 것 같았다.

우리의 면밀한 준비는 보상을 받았다.

매우 정교하게 제작된 외국의 열쇠를 이용하여 상기의 악당 카나카데스키 박사가 서의 입구에 모습을 드러냈다. 위에서 기술한 바와 같이 범죄자의 심중을 잘 파악하고 있는 본인은 그가 나타날 것을 예상했으나, 그가 유소년기의 여자아이를 대동하고 나타나리라고는 예상하지 못하였다.

본인은 여기에 그들의 대화를 면밀히 기록한다. 경찰 학교에서 기억력으로 에른스트 스터펠바움 상을 받은 본인은 이 대화 기록의 정확성에 확신을 가지고 있다. 대화는 다음과 같았다.

여: 칼라카비치 박사님, 당신이 정직한 사람이라고 여겼던 걸 생각하면
   정말 놀라워요.

남: 오, 난 낮이 긴 것만큼이나 정직하지.

여: 하지만 지금은 겨울이고 낮은 짧다고요.

남: 그래서 나는 여름보다는 겨울에 덜 정직한 편이지.
   이제 상자를 가지고 나가 근처에 있을 만한 안전한 장소를 찾아보자.

여: 하지만, 박사님, 제 눈으로 똑똑히 보았다고요.
   박사님에게 뭐라고 할 수밖에 없어요. 박사님이 시킨 대로 그 남자가
   구멍에 얼굴을 가져다 대었을 때 제가 그 얼굴에 온통 페인트를
   칠했잖아요. 대포가 발사되고 그럴 때 말이에요. 그때 당신은 그 남자
   주머니를 털었어요. 부정하실 순 없을걸요.

남: 물론 부정하지 않아. 여기 바로 그의 지갑이 있어.
   다행히도 말이야.

여: 그건 나쁜 행동이에요.

남: 대중이란 아주 신경이 곤두서 있는 데다가 수줍음이 많은 집단이지.
   신비한 상자 같은 위대한 발명품에는 언제나 투자가 필요해.

여: 남의 것을 훔치는 것을 희생자가 투자했다고 둘러댈 수는 없어요. 박사님이
   저를 도와주신 것은 감사하지만 박사님은 정직하지 못한 나쁜 사람이에요.
   이런 범죄에 연루될 줄 알았더라면 절대로 박사님을 돕지 않았을 거예요.

남: 아주 현명하군. 이제는 경찰이 없는 틈을 타서 상자를 가지고 나가자.

여: 그 뒤에 샬럿을 구하는 걸 도와주실 건가요?

남: 물론이야. 자, 이제 등불을 높이 들어. 내가 상자를 들지.

바로 그 순간이 적기라고 판단한 본인은 잠복하던 장소에서 뛰어나와 악당에게 접근하려고 의도하였다. 불행히도 벽장에 몸을 숨길 때 벽장 속에 놓여 있던 양동이의 존재를 파악하지 못한 본인은 그 안에 왼쪽 발을 넣고 있다가 뛰어나오는 순간 걸려서 헬멧을 찌그러뜨리며 넘어지고 말았다.

본인은 균형을 잡고 일어서서 악당에게 선언하였다.

"크라카웝시 박사, 당신을 법의 이름으로 체포하오."

그때 본인은 놀랍게도 내 앞에 서 있는 인물이 카라몰레스티 박사가 아닌, 신분을 감추고 있는 베네치아의 비밀경찰이라는 사실을 깨달았다. 그는 본인을 보고 이름을 부르며 인사를 해 왔다. 본인은 이때, 경찰 행동 지침서가 이러한 경우를 어떻게 다루고 있는지 확실하지 않아 적법한 절차를 수행하지 못하였다. 그 순간 본인은 드러누운 빙켈부르크 경관의 장화를 발견하였다. 경관은 임무 수행 중 잠이 든 것이었다. 본인은 눈을 의심할 수밖에 없었다. 본인은 빙켈부르크 경관을 깨워 그를 혹독히 책망하였으며 동시에 이러한 혼란한 정황 속에서 신속한 판단을 내려야만 했다.

본인의 경찰 훈련을 바탕으로 하여 본인은 베네치아의 비밀경찰과 카날라레스티 박사가 동일 인물이라는 것을 확신하고 둘 중 한 인물은 법에 저촉하며 다른 한 인물로 변장하고 있다는 결론에 이르렀다. 본인의 능력을 최대한 발휘할 수밖에 없는 기회가 온 것이다.

본인은 상기의 악당에게 그를 체포하겠다고 선언하고 경찰 행동 지침서에 나와 있는 그대로 그의 권리를 낭독하였다.

이때 범인은 다음과 같이 말하였다.

"루시, 불을 모두 꺼."

그러자 어린 여자아이는 교활하게도 그렇게 행하였으며 그 행동의 결과 서는 어둠에 휩싸였다. 빙켈부르크 경관에게 도와 달라고 소리를 친 후 본인은 용감하게 앞으로 나서서 그 범죄자를 붙잡았다. 범죄자로부터 몇 번의 타격이 날아옴에도 불구하고 치열한 몸싸움 끝에 경찰 행동 지침서에 나와 있는 그대로 그에게 수갑을 채우는 데에 성공하였다.

본인은 권위 있는 말투로 불을 모두 다시 켜라고 명령하였다.

본인의 명령이 실행되자 당황스럽게도 본인은 빙켈부르크 경관을 체포했으며 동시에 빙켈부르크 경관이 본인을 체포했다는 것을 깨달았다. 또한 본인과 경관은 상기에 언급한 수갑 때문에 서로 엉켜서 풀 수 없었다. 그러자 카라카페스트리 박사는 본인과 경관에게 권위를 존중하지 않는 무례한 발언을 했다.

그 이후 범죄자와 그의 공범은 상자를 가져가려고 시도하였으나 바로 그 순간 서의 문이 활짝 열리며 제네바 경찰 부대가 힌켈바인 경감의 지휘하에 입장하였다.

힌켈바인 경감은 빙켈부르크 경관과 본인이 경찰답지 못한 모습을 보이는 데 놀라움을 표시하였다. 본인이 그 이유를 설명하려고 하였으나 경감은 본인의 이야기를 끝까지 듣지 않았다. 본인이 불명예를 회복할 수 있었던 첫 번째 기회는 그렇게 사라졌다.

그 뒤 경감은 카라벨롭시 박사를 유명한 사기꾼 루이지 브릴리안티니라며 체포하였다. 경감이 신분 확인의 잘못을 저지른 것이 명백하였으므로 본인이 경감에게 그 사실을 설명하려고 하였으나 경감은 본인의 이야기를 끝까지 듣지 않았다.

이때 빙켈부르크 경관은 경감에게 그 소동 중에 여자 공범이 도망쳤다는 사실을 말했다. 경감은 두 명이나 되는 성인 경찰이 어린 여자아이 하나도 당해 내지 못했다는 사실에 놀라움을 표시하였다. 본인은 사실에 대한 그의 잘못된 해석을 바로잡으려고 애썼으나 경감은 본인의 이야기를 끝까지 듣지 않았다.

그 뒤, 범죄인은 감옥에 갇혔다. 빙켈부르크 경관과 본인은 수갑에서 풀려난 후 혹독히 책망을 당하였다. 이후 본인은 힌켈바인 경감에게 이제 황금 바나나 훈장을 수령하실 것이라고 말씀드렸으나 경감은 본인의 이야기를 끝까지 듣지 않았다.

그리하여 수감자 카라바닙스키 박사는 현재 서에서 감시를 받고 있으며 제네바로 압송되어 신분 위장에 대한 탐문을 받을 일을 기다리고 있다.

(서명)

Josef Sritsch

경사

데븐포트 양의 이야기

카를슈타인성을 떠날 때, 사실 나는 약간 당혹스러웠음을 인정하지 않을 수 없다. 투르케스탄의 야만적인 원주민들에게 둘러싸인 이후 그런 기분은 처음이었다.

그렇지만 나는 스스로에게 영국의 숙녀라면 지성과 장전된 권총을 가지고 있는 한 어떤 상황도 타개해 나갈 수 있다고 일렀다. 두 가지를 모두 갖춘 나는 후자를 토시 안에다 감춘 뒤 전자를 이용해 지금까지의 상황을 머릿속으로 정리할 조용한 장소를 물색했다.

곧 나는 바위가 뾰족뾰족 솟은 절벽을 내려다보는 옛 무덤을 발견하였다. 이 장소는 지질학적으로 특이한 풍경을 바라볼 수 있다는 장점 말고도 미신을 믿는 사람들이라면 바로 귀신이 나올 거라거나 재수 없는 곳으로 치부하여 발길을 들여놓지 않을 만큼 음산한 기운을 풍긴다는 장점이 있었다. 나는 혼자 있을 장소가 필요했던 것이다.

오후 시간이 지나자 나를 마을로 들어오지 못하게 한 어리석은 경찰에 대해 유감스러운 생각이 들었다. 왜냐하면 야영을 할 수밖에 없었기 때문이다. 다행히 나는 헤르메스 특허를 받은 접이식 카트를 가지고 있었는데 그 안에는 생존에 필요한 모든 것이 갖춰져 있었다. 그즈음, 나는 카를슈타인 백작에 대한 결론에 다다랐다.

나는 다시 도로로 내려가 텐트를 칠 만한 눈에 띄지 않을 장소가 있을 것이라 확신하고 숲으로 향했다. 하녀 엘리자가 나를 발견하지 못한 것이 매우 유감스러웠다. 엘리자는 아주 현실적인 아이로(좋은 점) 따뜻한 마음을 가지고 있지만(더욱더 좋은 점) 머리는 가끔 혼란스럽다.(이것은 좋은 점이 전혀 아니었다.) 아마 엘리자가 있었더라도 귀신이 나오든 안 나오든 아무도 찾지 않는 무덤가로 끌고 오는 것은 쉽지 않았을 것이다. 그런 일을 엘리자에게 하라고 할 수는 없다. 그럼에도 불구하고 나는 엘리자가 없는 게 아쉬웠다.

놀랍게도, 길모퉁이를 꺾어 들어간 그 순간, 나는 엘리자를 발견했다. 엘리자는 누군가의 하인처럼 보이는 어떤 젊은 남자와 대화에 깊이 빠져 있었다. 그의 얼굴은 어쩐지 낯익었다. 나는 엘리자를 소리쳐 불렀다.

엘리자가 소리쳤다.

"데븐포트 양! 무사하셔서 정말 다행이에요! 우리가 당신을 찾아내다니 정말 다행이에요!"

나는 내가 엘리자를 찾아낸 것이라고 정정해 주고 싶었으나 참고,

엘리자에게 성에서 있었던 일을 이야기해 주었다. 엘리자는 놀라 두 손을 마주 잡았다.

"세상에, 그런 나쁜 사람이! 그 사실을 알았더라면 우리는 절대로 아가씨들을 찾지 않았을 거예요! 인간의 탈을 쓴 괴물 같은, 교활한 작자 같으니라고."

그러고는 계속해서 이야기를 하기에 나는 엘리자가 무슨 얘기를 하는지도 잘 모른 채 그냥 내버려 두었다. 그러는 동안 나는 젊은 남자를 관찰했다.

나는 물었다.

"내가 자네를 만난 적이 있나?"

"이 험한 곳에서 제가 부인의 하녀를 보호하고 있었습니다. 그리고 부인을 모신 적도 있지요. 저는 부인이 제네바로 들어가실 때 마차를 운전한 마부입니다. 그때 엘리자 씨를 처음 만났습니다."

똑똑하고 말도 잘하는 예의 바른 젊은이였다. 두 사람이 사랑에 빠져 있다는 것은 명백한 사실이었다.

"이름이 뭐지?"

"막스 그린도프입니다, 부인."

"마부라고?"

"현재는 아닙니다. 지금은 신비한 상자를 가지고 있는 카다베레치 박사의 개인 비서이며 조수로 일하고 있습니다."

"흠, 알겠어요. 그런데 좀 전에 아가씨들을 찾는다고 했는데, 도대체 어떤 아가씨들을 말하는 거지?"

"물론 루시 아가씨와 샬럿 아가씨 말이지요."

"무슨 말인지 설명해 봐."

엘리자는 설명했다. 엘리자의 이야기를 들으니 카를슈타인 백작의 계획이 그 이유는 모른다고 해도 하나하나 내 눈앞에 드러났다. 백작이 두 소녀를 너무 심하게 다루어 그들이 도망쳐 버린 것이었다. 나에게 아이들이 아프다는 얼토당토않은 거짓말을 둘러대고 백작은 지금 그 아이들을 잡으려고 애쓰고 있었다.

"이 일은 어떻게든 조사해 봐야겠어. 그린도프, 자네는 그러니까 아침부터 소녀들을 찾고 있었지?"

"뭐, 그러니까……."

그는 발을 이리저리 움직였다.

"하지만 지금까지 아무 성과도 없었다?"

"그렇습니다. 전혀요. 하지만 이 숲은 너무 커서 아가씨들은 어디라도 계실 수 있습니다. 어쩌면 산을 넘어 다른 골짜기나 마을에 갔을지도 모르겠습니다. 이미 이탈리아로 간 건 아닐까요?"

"말도 안 되는 소리. 그렇게 멀리 갔을 리는 없어요. 할 수 있는 것은 한 가지뿐이야. 카를슈타인 백작이 이제 내가 뭘 원하는지 알았으니 내가 다시 성에 가 봤자 헛수고야. 하지만 백작은 당신을 모르니, 막스 당신이 성으로 가 주면 좋겠어요."

"뭐라고요, 부인? 제가요? 제가 가서 뭘 해야 하는지 여쭤봐도 될까요?"

"우선 아이들이 왜 도망쳤는지 그 이유를 알아봐요. 하인들에게 물어봐요. 부엌에 가서 자기소개를 하고 일하겠다고 하면 될 거예요. 당신이라면 그 정도는 충분히 해낼 수 있을 거라고 믿어요."

"하지만 제 주인이 지금 저를 즐거운 사냥꾼에서 기다리고 있는데요. 오늘 밤에 공연을 해야 해요."

"글쎄, 서두른다면 성에 갔다가 시간에 맞춰 돌아올 수 있지 않을까?"

"막시, 여기에 트롬본은 남겨 두고 가야 해요."

엘리자의 말에 막스가 대답했다.

"트롬본이 아니라 마차 나팔이야, 엘리자."

나는 그 물건을 바라보았다. 기다랗고 똑바른 동으로 된 악기였다. 나는 좀 더 자세히 볼 수 있겠느냐고 묻고는 막스에게서 그 물건을 건네받았다.

"남아메리카의 부는 파이프를 본 적이 있지. 클라렌스 정원에서 열린 롤리폴리오 경의 전시회에서 말이야. 이것과 아주 비슷하게 생겼어. 롤리폴리오 경은 친절하게도 내가 그 파이프를 발사해 볼 수 있도록 했는데 말이지……. 잠깐, 이렇게 좀 해 봐도 될까?"

내가 언제나 가지고 다니는 물품 중에 말린 콩 주머니가 있다. 나는 콩을 하나 꺼내 이 나팔의 주둥이 부분에 끼우고 앞쪽에 있는 어린나무를 겨냥했다. 콩은 정확하게 날아가 가는 가지의 중간 부분을 맞혔다.

"그런 건 처음 봤는데요, 부인. 아주 멋져요. 저희 박사님이라면 공연에서 해 보이고 싶어 하실 거예요."

"막시, 제발 조심해요. 백작에게 잡혀서 지하 감옥에 갇히지 않도록 몸조심해야 해요, 내 사랑."

"글쎄, 그러니까 난……."

"엘리자, 나를 따라와서 텐트 치는 걸 도와줘. 다음에 그린도프 씨를 만날 때는 좀 더 편안한 장소에서 만나야지."

"좀 전에 오다가 나무꾼의 오두막을 보았어요. 거의 다 허물어졌지만 거기에 텐트를 쉽게 칠 수 있을 거예요. 그리고 근처 시냇가에서 물도 구할 수 있고요. 거기서 봐요, 내 사랑 막시. 알았죠?"

막스는 뭐라고 말을 하려고 입을 한두 번 움직였지만, 엘리자를 향한 사랑의 힘 때문에 저항하는 게 불가능해 보였다. 막스는 포기한 듯 고개를 끄덕이고는 성 쪽으로 난 길로 향했다.

"아주 훌륭한 젊은이야, 엘리자."

"저는 저 사람과 제네바에서부터 사랑에 빠졌어요. 마차에 탄 그를 처음 보았을 때, 마구를 덜그럭거리며 멋진 제복을 입고 햇빛에 빛나는 트롬본을 든 그 모습에……."

"그래그래, 이해하고말고. 나 또한 그러한 소중한 감정을 경험한 적이 있지. 롤리폴리오 경이 3년 전에 내 마음을 사로잡았을 때 말이야. 하지만 이루어질 수 없는 일이었지. 운명이 우리를 갈라놓고 말았어."

"오, 너무 슬픈 일이에요. 그분에게도 말이에요. 그분은 아마 자신의 심장을 알 수 없는 먼 나라에 바쳐 버렸겠지요."

엘리자는 진심으로 말했다. 사랑에 대한 얘기가 조금이라도 비친다면 단순한 엘리자의 마음은 녹아 버리곤 한다.

"그렇겠지. 그럴 거야. 롤리폴리오 경은 성격에서나 대담함에서나 지성에서나 내 상대가 될 수 있는 세상에서 단 하나뿐인 남자였어. 하지만 서류인지 여권인지에 문제가 생겨 그는 나라를 떠나야만 했지. 그의 고향의 정치적 상황 또한 문제를 일으켰고⋯⋯. 아, 이런 슬픈 생각은 이제 그만 하기로 하자. 우린 할 일이 있으니까!"

그렇게 말하고 우리는 텐트를 칠 나무꾼의 오두막으로 향했다.

샬럿의 이야기

간사한 스니블부르스트가 젖은 손으로 내 손목을 꽉 움켜쥐었을 때 나는 절망한 나머지 기절할 것만 같았어요. 하지만 삼촌의 서재 밑에 있는 방에 갇혀 있는 동안 내 정신은 다시 목표를 향해 굳건해졌지요.

나는 바로 포로가 된 것이었어요. 일주일 전에, '아브루치의 포로, 마리안나'의 시련과 승리 이야기를 읽지 않았겠어요? 마리안나는 사악한 사촌에게 포로로 잡혀 재산을 넘기라고 강요받으며 갇혀 있었어요. 나와 얼마나 비슷한 운명인가요! 하지만 나는 나의 재산이 아니라(난 재산이 하나도 없으니까요.) 바로 나의 생명을 위협받고 있어요. 마리안나에게는 도움을 줄 친구들과 마리안나의 탈출을 위해 싸워 준 사랑하는 베로키오가 있었지만 나에게는 아무도 없었어요. 물론, 힐디만 빼고 말이에요.

문이 잠기고 수감 생활이 시작되자 나는 산을 타고 내려오는 물줄기처럼 흐르는 눈물을 인정하고 싶지 않았어요. 나는 마치 처형자들을 무시하는 공주처럼 앉아 있었어요. 허리를 꼿꼿이 펴고 맞잡은 양손을 무릎 위에 놓고 머리를 높이 쳐들고 데븐포트 선생님의 기억을 축복하면서요. 데븐포트 선생님은 언제나 젊은 숙녀들은 어떠한 고난에 빠지더라도 위엄과 용기를 잃어서는 안 된다고 가르치셨어요.

나는 스스로 위엄을 잃지 않도록 잠시 있다가 더 이상 참을 수가 없자 바닥에 쓰러져서 엉엉 울었어요.

정말 끔찍한 방이었어요. 창은 유리가 발명된 시점부터 단 한 번도 닦은 적이 없어 보였고, 창 위에는 녹슨 철창이 돌로 된 창틀 위에 단단히 박혀 있었어요. 아무것도 깔려 있지 않은 바닥에는 먼지만 자욱했어요. 대홍수 이전에 쓰던 것 같은 잡동사니가 이곳저곳에 가득했고요.

추위와 피로에 너무 지친 나는 잠을 자려고 했어요. 부러진 긴 의자의 등에 커다란 태피스트리가 덮여 있었는데 그 위에 그려진 그림만 아니었다면 몸을 따뜻하게 하기 위해 덮고 싶었어요. 태피스트리에는 나보다 훨씬 더 심한 고난을 견디고 있는 한 성녀의 그림이 그려져 있어서 차마 바라볼 수조차 없을 지경이었어요. 그래서 나는 태피스트리를 접어서 방 안에 놓여 있는 떡갈나무 장롱 뒤에 처박아 놓고 몸을 떨며 오랫동안 드러누워 있었어요.

하지만 잠은 오지 않았어요. 이 상황에서 벗어날 계획을 세워야 했지만, 내 머릿속에 떠오르는 것은 자유를 향해 날아갈 날개 같은 것밖에 없었어요. 그러려면 고소 공포증부터 없애야 했지요. 나는 창문의 먼지를 닦아 내고 무슨 희망이라도 있을까 싶어 바깥을 내다보았지만 뾰족한 바위로 가득한 끔찍한 절벽만 보일 뿐이었어요.

이 방 안에 탈출 도구로 쓸 만한 것이 없을까요? (나는 마리안나의 정신으로 생각해 보기로 했어요.) 마리안나는 자신의 상황을 곰곰이 돌아보고 도덕적인 결론에 다다르지요. 하지만 불쌍한 마리안나는 쇠사슬에 묶인 채 추운 지하 감옥에 갇혀 있었기 때문에 사실 할 일이 별로 없었어요. 만약에 문을 열려면 뭔가 도구가 있어야 할 것 같았어요. 그러나 이 방에 도구로 쓸 만한 것이라곤 도자기로 만든 양치기 소녀와 개밖에 없었고 그나마 부러져 있었어요. 나는 방을 뒤져 구부러진 망원경과 유리로 만든 문진, 찌그러진 인도의 신상, 죽은 나비가 널빤지에 핀으로 박혀 있는 채집 상자, 밑에 뭔가 끈적한 액체가 들어 있는 이 빠진 술병을 발견했어요. 병에 든 액체의 맛을 보니 너무 달았어요. 액체를 삼키는 순간, 갑자기 독약이 떠올라 목이 막혀 버릴 뻔했어요. 방 안에는 나방과 애벌레가 가득한 먼지투성이 드레스도 몇 벌 있었고 뚱뚱한 남자애와 여자애의 초상화도 있었어요. 둘 다 아주 불만스러운 표정을 짓고 있었지요. 액자도 없이 내팽개쳐진 지루한 네덜란드풍의 유화 풍경화 한 장, 역시 나방과 애벌레가 가득한 남자용 가발, 금칠이 벗겨져 나간 여러 가지 크기의 액자 틀, 가문 남자들의 초상화들, 그리고 끔찍하게도 인간의 머리를 발견했어요.

나는 비명을 지르고는 손으로 입을 막았어요. 아주 놀랐을 때 그렇게 하거든요. 하지만 나를 그렇게 놀라게 한 머리는 사실 마음씨 좋고 명랑한 표정이어서 자기 몸이 없어진 것에 대해 전혀 신경 쓰지 않는 것처럼 보였어요.

물론, 머리는 나무로 만들어진 것이었어요. 조금 뒤, 나는 그 머리가 가발 받침대로 쓰이는 것이라는 걸 알았어요. 머리는 작은 받침대 위에 놓여 있었는데, 밝은 색이 칠해져 있어 내가 이 성안에서 몇 달 동안 본 것 중 가장 재미있는 물건이었어요. 너무나 외로웠던 나는 머리를 소파 옆에 있는 작은 대나무 탁자 위에 올려놓고 가발을 잘 털어서 씌워 주었어요. 그랬더니 나를 돌봐 주러 온 명랑한 나이 먹은 영혼과 함께 있는 듯한 기분이 들어 마음이 가벼워졌어요.

나는 지금까지 생긴 모든 일을 그에게 말해 주었고 그는 놀라운 참을성으로 내 얘기를 들어 주었어요. 그리고 마치 그가 나에게 행운이라도 가져다준 것처럼 계단에서 발소리가 들려왔어요. 자물쇠 위로 열쇠가 돌아갔고요.

뮐러 부인이었어요. 나는 소파 위에 위엄 있는 자세로 앉아 앞을 똑바로 바라보았어요. 뮐러 부인은 아무 말도 하지 않았고 나 또한 아무 말도 하지 않았어요. 부인은 대나무 탁자 위에 쟁반을 올려놓고 몸을 돌려 떠났어요. 그리고 다시 문을 잠갔죠. 그러고는 아래로 내려갔어요.

음식이다!

쟁반 위에는 벤첼 부인이 만든 것이 틀림없는 아주 진한 수프와 빵 두 조각과 사과 하나, 물 한 잔이 놓여 있었어요. 나는 예의를 차리지 않고 허겁지겁 먹기 시작했어요. 음식을 입에 가득 넣고 이야기까지 했어요. 물론 나무 머리에게 말이에요. 머리는 그래도 불평하지 않았어요.

그러나 수프를 다 먹기도 전에 나는 놀라운 것을 발견했어요. 내가 수프 그릇에 숟가락을 담갔을 때 무언가 쨍 하고 부딪치는 소리가 났지요.

그것을 숟가락으로 그릇 옆으로 밀어 올렸는데 다시 가라앉아 버렸어요. 그것은 바로 열쇠였어요! 나는 빵 조각을 이용해 열쇠를 건져 올려 잘 마르도록 입으로 빨았어요. 힐디가 한 일이 분명했어요. 힐디 말고는 아무도 이런 일을 하지 않을 테니까요. 나는 힐디를 축복하고, 나에게 이런 행운을 가져다준 나무 머리 씨도 축복했어요.

신중하게, 나는 탈출 전에 수프를 모두 먹었어요.(수프를 낭비할 필요는 없으니까요.) 데븐포트 선생님께 언제나 비상사태를 대비하라는 교육을 받은 나는 빵과 사과는 참고 먹지 않았어요. 열쇠를 건져 올리는 데 쓴 빵 조각도 잘 말려서 (치마 옆 자락으로요.) 사과와 함께 다음에 먹으려고 주머니에 집어넣었어요. 그러자 더 이상 할 일이 없어져서 방을 나섰지요.

하지만 방을 나서는 것이 그렇게 단순한 일은 아니었어요. 무언가 걸칠 따뜻한 것이 없으면 숲에서 곧 얼어 죽고 말 테니까요. 그래서 나는 제일 두꺼운 드레스를 꺼내 온몸을 칭칭 감았어요. 그뿐만 아니라, 비록 실용적으로 생각하면 당연히 남겨 두어야만 했지만, 나무 머리 씨를 남겨 두고 나올 수가 없었어요. 나무 머리 씨는 나에게 행운을 가져다주었고 내 기분을 명랑하게 해 주니까요. 일이 모두 어그러지면 최소한 나무 머리 씨를 하인리히 삼촌에게 던질 수도 있어요. 그래서 나는 가발을 쓴 나무 머리 씨를 집어 들고 열쇠로 방문을, 소리가 나지 않게 아주 조용히, 열었어요. 그리고 가만히 귀를 기울이다 아주 조심스럽게 방문을 닫고 신경이 머리 끝까지 곤두선 채 아래층으로 내려왔어요.

아래층으로 내려오는 통로는 태어나서 걸어 본 길 중 가장 길게 느껴졌어요.

하인리히 삼촌의 서재가 바로 위층에 있기 때문에 삼촌이나 비서가 언제라도 서재로 올라오거나 서재에서 내려올 수도 있었어요. 뮐러 부인이 쟁반을 가지러 다시 올지도 몰랐어요. 다른 하인들이 지나갈 수도 있었고요. 아래층의 돌로 된 아치 통로를 지날 때 내 심장은 마치 '숲속의 마르타'에 나오는 붉은 인디언들의 북소리처럼 쿵쿵 울렸어요. 나는 내 심장 소리를 정확히 들을 수 있었어요. 가발에 눈 한쪽이 가리운 채 내 가슴에 꼭 안겨 있던 나무 머리 씨 역시 내 심장 소리를 들을 수 있었을 거예요. 그럼에도 불구하고 나무 머리 씨는 나를 보호하는 걸 멈추지 않았음을 알 수 있었어요. 왜냐하면 홀이 비어 있었기 때문이에요. 벽난로에서는 불이 활활 타올랐지만 홀은 어두웠어요.

많이 망설였지만 어쨌든 홀을 가로질러야만 했어요. 나는 내 안의 모든 용기를 끌어내어 달릴 수 있는 최대한의 속력으로 마치 쥐처럼 대문을 향해 달렸어요. 나무 머리 씨에게 대문이 잠겨 있지 않도록 해 달라고 빌면서 말이에요. 대문은 열려 있었어요. 나는 성 마당을 가로질러 성문을 지나 바람처럼 길로 달려 나왔어요.

아아, 날씨는 너무나 추웠어요! 나방투성이 옷 더미에서 내가 고른 드레스가 옆으로 마구 나부껴서 걷는 데 계속 거치적거렸어요. 하지만 드레스가 두꺼워서 다행이었어요. 나는 세 번이나 넘어져 굴렀고 곧바로 다시 일어나 계속해서 뛰었어요. 몇 시간 동안 눈이 더 내리지 않아서 다행히 길을 잃지는 않았어요. 마을로 내려오는 길을 반쯤 온 뒤에야 나는 겨우 숨을 골랐어요.

그때 나는 언덕 밑에서 분명히 내 쪽을 향해 다가오는 어떤 사람의 모습을 보았어요!

나는 길에서 얼른 벗어나 그 사람이 지나갈 때까지 몸을 숨겼어요. 잘 보이지는 않았지만 내가 아는 사람은 아니었고 나쁜 사람으로 보이지는 않았어요. 하지만 그가 지금 성으로 가는 길이라면, 나는 그와 마주치지 않는 편이 좋을 것 같았어요. 나는 그가 눈앞에서 사라질 때까지 숨도 쉬지 않았어요. 그리고 다시 길에 올라서서 더 이상 뛰지 않았어요. 온몸이 너무나 떨리는 데다가 이가 계속해서 딱딱 소리를 내며 마주쳐서 소리가 나지 않도록 빵 조각을 꺼내 입에 물어야 했어요. 하지만 이는 아무런 생각 없이 빵 조각을 먹어 버렸어요. 그리고 다음 빵 조각도요.

지금 제 얘기를 읽고 있는 독자 분이 한 번이라도 도망을 쳐 본 적이 있다면 (그런 적이 없으시길 바라지만) 분명 덤불도 나무도 바위도 굴도 그림자도 모두 나를 향해 튀어나오려고 하는 적을 숨기고 있는 것 같은 그 느낌을 아실 거예요. 수천의 사악한 영혼들이 사악한 새처럼 나뭇가지에 앉아 흐릿한 눈으로 일제히 노려보는 그 느낌 말이에요. 조그맣고 까만 어떤 형체일지라도 앞에 나타났을 때 가만히 있는 그 사악한 형체가 얼마나 무서운 악랄함을 숨기고 있는지, 얼마나 혼을 빼놓으며 온몸의 힘을 쭈욱 빠지게 하는지 말이에요. 머리에 쓴 두건을 벗겼을 때 드러날 그 끔찍한 얼굴, 도저히 말로는 형언할 수 없는 비인간적인 속내를 드러내며 나의 두려움을 즐길 그 형체가 승리의 함성을 지르며 바싹 마른 팔을 펴고 (혹시 뼈만 남은 유령일까요?) 당신 앞에 다가선다면, 그때는 비명을 지르며 도망칠 수밖에 없어요.

그러나 바로 그 무서운 유령이 당신의 이름을 부르면서 "멈춰."라고 외친다면, 그리고 그 유령이 바로 루시 언니의 목소리와 똑같은 목소리를 가지고 있다면…….

나는 몸을 돌렸어요. 믿을 수가 없었지요. 하지만 그것은 사실이었어요.

"루시 언니!"

"샬럿!"

"언니가 아닌 줄 알았어! 유령인 줄만 알았어!"

"무슨 일이 일어난 거니? 어디 있었어?"

"쉿, 조용! 숲은 악령으로 가득해……."

"하지만 어디에서 지금까지!"

"뭐라고?"

"아니 어떻게?"

"언제……."

그렇게 이야기는 시작되었고 내가 이야기를 하는 동안 루시 언니는 남은 내 빵을 먹었고 우리는 사과를 나누어 먹었어요. 그리고 나무 머리 씨는 누가 오나 길을 감시하며 우리 사이에 앉아 있었지요.

경찰서에서 도망친 후 언니는 무얼 해야 할지 몰랐어요. 마을을 방황했지만 마을 사람들이 자기를 스니치 경사나 하인리히 삼촌에게 넘겨 버릴까 봐 어느 집도 두드리지 못했지요. 그래서 결국은 마을에서 숨을 곳을 찾겠다는 희망을 모두 포기하고 다시 산악 안내원의 오두막으로 돌아갈 생각으로 숲으로 향하던 길이었어요. (우리에게는 그곳이 너무나 안전한 장소였어요. 포근하고 따뜻하고 젖어 있지 않은 장소, 그리고 여기서 너무나 멀리 떨어진 장소로 말이에요. 그곳을 떠나오다니, 우리는 얼마나 어리석었던 걸까요.) 그러나 그 어두운 길 한가운데에서 옛날 드레스를 입고 자신의 머리를 손에 들고 있는 끔찍한 유령을 만날 줄이야!

언니가 왜 몸을 돌려 도망치지 않았는지는 언니 자신도 나도 몰랐어요. 하지만 나무 머리 씨를 소개받은 뒤 언니 역시 나무 머리 씨가 전혀 끔찍하지 않다는 사실에 동의했어요. 또한 나무 머리 씨는 음식이 필요하지 않다는 뛰어난 장점을 가지고 있었지요.

"샬럿, 우리는 다시 오두막으로 돌아가야 해. 그곳만이 안전해. 내일까지만 그곳에 있으면 삼촌은 우리를 사냥 별장에 데리고 갈 수 없을 거야. 왜냐하면 이미 자미엘이 왔다 간 뒤일 테니까."

"쉿! 그 이름은 말하지 마! 나쁜 운을 가져올지도 몰라."

"뭐, 좋아. 어쨌든 하루만 더 숨어 있으면 돼."

"하루 낮과 하루 밤이야. 밤이 가장 중요해."

"그래, 하루 낮과 하루 밤."

루시 언니는 조바심을 내며 말하고는, 길가에서 자라난 눈 쌓인 덤불을 헤치며 덧붙였어요.

"여기 어디에 시내가 흐르고 있었는데. 곧 나오겠지."

나는 나무 머리 씨를 꼭 껴안고 언니를 쫓아갔어요. 헐떡거리면서 내가 말했어요.

"하지만 언니, 사실 우리는 돌아갈 수는 없어."

"왜 없어. 가면 되지."

하지만 언니의 목소리에는 힘이 없었어요.

"삼촌이 뭘 할지 생각해 봐! 이제 삼촌을 막을 수 있는 건 아무것도 없어. 삼촌은 무시무시하게 화를 낼 거야······. 아, 루시 언니, 난 성에 돌아가고 싶지 않아. 난 영원히 도망치고 싶어."

루시 언니는 걸음을 멈췄어요.

"나 역시 그래야 한다고 생각해. 좋아, 도망치자. 산을 넘어서 다음 골짜기로. 계속해서 가는 거야."

자유에 대한 기대에 너무나 들떠 잠깐 동안 추위도 잊었지요. 그래서 두 고아 도망자들은 숲을 향해 출발했어요. 자유를 향해, 또는 죽음을 향해······.

⚛ 막스 그린도프의 이야기 ⚛

　나는 글을 쓰는 일에 익숙하지 못해, 지금 한 젊은 사람에게 이야기를 하고 그 사람이 내 이야기를 받아 적고 있다.

　우선 시간순으로 사건을 정리해야겠다. 이것은 매우 힘든 일이다. 내가 마부 복장을 갖추고 있지 않다는 이유로 제네바에서 체포되었을 때, 물론 그것이 내 잘못만은 아니었으나, 어쨌든 비슷한 어려움을 겪었다. 나는 사람들과 잘 어울리는 사람으로 맥주 한잔과 담배와 함께 내가 들은 이야기를 늘어놓아야 하는 거라면 할 수 있다. '내가 만난 이상한 여행자들'이나 '브레너 통행로의 공포', '술 취한 수녀', '연대에서의 경험담' 같은 이야기 말이다. 하지만 차가운 지하 감옥에서 발목에 쇠사슬이 감긴 채 앉아 법정 기록을 위해 이야기를 정리해야 하는 코를 킁킁거리는 사팔뜨기 늙은이에게 소시지와 여관에서 일어난 사건에 대해서 말해야 할 때 역시 매우 힘들었다. 지금처럼 말이다. 하여튼 이 젊은 양반이 나에게 시간 낭비 그만 하고 이제 본론으로 들어가라고 방금 막 말한 참이다. 하지만 도대체 시작을 어떻게 해야 한담? 이야기라는 것은 제대로 잘 돌아가려면 시계처럼 처음에는 태엽을 감아 주어야 한다.

그러니 다시 시작하겠다. 이번에는 이렇게 말이다.

데븐포트 양은 정말 대단한 분이다. 굉장한 힘과 정신을 가진 숙녀란 말이다. 하지만 그 성격이 너무 강한 탓에 나는 도저히 데븐포트 양에게 내가 성에 가는 것은 좋은 생각이 아니라고 말을 할 수가 없었다.

그 이유는 나는 말을 잘하고 행동을 매끄럽게 하는 일엔 영 기술이 없기 때문이다. 내 주인인 카다베레치 박사라면 충분히 해낼 텐데. 박사는 도깨비가 가득한 병처럼 재간이 뛰어나다. 우리가 처음 알게 되었을 때 박사가 어떻게 감옥에서 빠져나왔는지 나는 기억하고 있다. 그런 건 정말 태어나서 본 적이 없다. 그러니까 박사는······.

내 옆에서 기록하는 젊은 사람은 아주 고집이 세다. 그러니까 빨리 본론으로 들어가라고 나를 계속 재촉한다.

그때 나는 빨리 결정하고 행동했어야 했다. 그러나 나는 그러지 못하고 성으로 올라가는 길로 접어들고 있었다. 그때 내가 생각한 것은 방향을 돌려 마을로 돌아가서 카다베레치 박사에게 이 이야기를 하는 것이었다. 그러면 박사는 "뭐? 그런 간단한 일이라고?

식은 죽 먹기지!” 한 뒤에 분명 손으로 턱을 괴고는 얼굴을 찌푸린 뒤 이렇게 말했을 것이다. “하지만 사건을 더욱 흥미롭게 하는 작은 문제가 있을 수도 있겠군.” 그러고는 나에게 물러가라고 한 뒤 그 문제를 혼자 생각하러 어딘가에 처박힐 것이 뻔했다. 그동안 나는 아마도 신비한 상자의 광을 내거나 날아다니는 악마를 수리해야 할 것이다.(그런데 그 날아다니는 악마라는 것은 정말 교묘한 물건이다. 이놈은 앞쪽에 스프링이 달려 있는데 고리에서 벗겨 내면 바로 상자에서 불꽃처럼 튀어 오른다. 이 악마는 자기 멋대로 날기도 했는데 그러니까 우리가 바젤에서 공연을 할 때……)

어이쿠, 내가 어디까지 이야기했더라?

그렇다. 나는 박사를 찾기로 했다. 그래서 방향을 돌려 마을로 내려갔다. 그러나 마을에서 내가 발견한 것은 온통 아수라장이 된 여관이었다. 마치 폭동이 일어난 것 같았다. 사람들은 즐거운 사냥꾼에서 물밀듯 거리로 뛰어나오며 ‘불이야!’를 외쳐 댔다. 하지만 그 ‘거리’가 바젤이나 제네바 같은 도시의 ‘거리’를 말하는 것은 아니다. 이곳의 ‘거리’는 그냥 사람들이 다니는 작은 길을 말한다. 하여튼 나는 여관에서 나오는 사람을 하나 붙잡고 무슨 일이 일어났는지 물었다. 박사가 걱정되어서 그런 것은 아니다. 박사는 원한다면 노아의 대홍수에서도 빠져나올 수 있는 사람이니까. 하지만 어쨌든…….

그 사람이 대답했다.

“직접 봐야만 해! 악마가 불을 지핀 것 같았어!”

나는 그가 손에 들고 있는 술병을 바라보며 물었다.

"어떻게 된 일인데요?"

"연기와 유황이 피어오른 거야! 거기다가 뾰족한 뿔과 용수철과 수염도 있었고! 게다가 그 꼬마 여자아이가 거기 한가운데 서 있었어. 공주라고! 당신 눈으로 직접 봤어야 해!"

공주? 이상한 일이었다. 내가 마지막으로 신비한 상자를 보았을 때 그 안에 공주 따위는 없었는데.

하지만 머리에 깃털을 꽂은 한 똥똥한 작은 남자도 진지하게 이야기에 끼어들었다.

"내가 두 눈으로 똑똑히 봤다고. 그 악마가 거기 서서 카다베레치 박사에게 긴 손가락을 흔들었어. 그러더니 마룻바닥이 열리고 붉은 빛과 연기가 솟아 나왔어. 그래서 악마가 카다베레치 박사와 공주를 지옥으로 끌고 간 거야. 터질 것 같이 웃으면서 말이야!"

"하지만 화재는요?"

키 작은 남자는 말을 계속했다.

"여관 전체가 불길에 휩싸여 있었어!"

옆을 지나던 초록색 옷을 입은 마른 남자가 말했다.

"아니, 전혀 그렇지 않았어. 그냥 연기가 좀 난 것뿐이야."

술병을 든 남자가 계속했다.

"지옥의 연기 그 자체였다고."

이야기는 끝이 없을 것 같았다. 이 시골 사람들은 마치 아이들 같았다. 각자 다른 소리를 하는 데다가 한 이야기가 끝나면 그것과 다른 또 다른 소문을 시작하는 이 사람들한테서 정보를 얻을 수 없을 것이 확실했다.

중요한 문제는, 도대체 박사가 어디로 갔느냐였다.

왜냐하면 아무도, '불이야!'라는 외침을 들은 뒤 박사를 본 사람이 없었기 때문이었다. 박사는 사라진 것이 분명했다. 누군지 모를 그 공주와 함께 말이다. 공주는 내가 들은 여러 가지 이야기에 모두 등장했다.

나는 사람들과 함께 다시 즐거운 사냥꾼으로 돌아와서 맥주와 소시지를 시켜 놓은 채 벽난로 옆에 편안하게 앉았다. (하지만 이번에는 내가 다 먹을 때까지 소시지가 접시에 머물러 있도록 만반의 주의를 기울였다.) 좀 분별력이 있어 보이는 어떤 사람이 말하길, 그 여자, 그러니까 공주는 느끼한 남자가 붙잡으려고 하자 억지로 뿌리쳤으며, 그 남자의 얼굴이 영 호감이 가지 않아서, 그러니까 내 말은 그 분별력 있어 보이는 사람이 그 느끼한 사람의 얼굴에 호감을 느끼지 않아서, 그 느끼한 남자의 목 뒤에 맥주 한 잔을 쏟아부어 그 여자애를 놓치도록 했다고 말했다.

내가 말했다.

"잘했군요. 맥주를 그렇게 쏟아 버릴 수 있다니, 정말 신사다운 행동이오."

"내 맥주라고? 절대 그럴 순 없지. 내 옆 사람 맥주잔을 잠깐 이용했지."

분별력 있는 사람이라고 내가 말하지 않았는가.

하지만 이 이야기는 나에게 여러 가지 생각을 하게 했다. 도대체 어디서 튀어나온지도 모르는 공주와 없어졌다는 소녀들 말이다. (물론 없어진 소녀는 둘이지만 우선 한 명이라도 말이다.) 무언가 꿍꿍이속이 있어 그 소녀들을 잡으려고 하는 어떤 삼촌과 공주를 붙잡으려고 했다는 느끼한 남자는 어떤 관계가 있는 걸까.

그 느끼하게 생겼다는 남자가 삼촌일까? 나는 삼촌이 없어 개인적인 경험에 근거해 이야기하기는 힘들지만, 남들의 삼촌을 관찰한 결과 두 가지 종류의 삼촌이 존재한다는 결론에 이르렀다. 뚱뚱하고 성격 좋은 삼촌들과 늙고 마르고 못된 삼촌들 말이다. 하지만 느끼한 삼촌에 대해서는 한 번도 들어 본 적이 없다. 아무래도 아닌 것 같다. 하지만 그럼에도 불구하고 그 공주가 사라진 두 소녀 중한 명이라면?

나는 바보는 아니다. 모두들 잘 알듯이 말이다.

그 공주가 조금 전까지 여기 있었다면, 아직 멀리 가지는 못했을 것이다.

그렇다면, 공주를 찾아낸다면, 사라진 소녀 중 한 명을 찾는 것일지도 모른다.

아니면, 박사를 찾아낸다면, 공주도 함께 찾을 수 있을지도 모른다.

아니면, 소녀를 찾는다면, 박사도 함께 찾을 수 있을지도 모른다.

이렇게 간단할 수가!

나는 소시지와 맥주를 다 먹고 수색에 나섰다. 그러나 수색을 시작한 지 5분도 안 되어 나와 똑같은 생각을 하는 두 명의 악당을 만났다.

마을 어귀의 공원에 시장의 커다란 집이 있었다. 멋진 나무 조각이 되어 있고 커다란 박공이 새겨진, 그런 잘 지은 오래된 집인데 창문으로 빛이 비쳤다. 그 빛이 집 안마당까지 퍼져 옆집도 조금 비추었다. 두 집 사이에는 조그마한 샛길이 있었는데 바로 그 자리에서 나는 다리 위에 서서 강 저쪽 편을 탐사해 보는 것이 좋을지 좋지 않을지 떨면서 생각하다가 길 아래쪽의 움직임을 감지했다.

마치 길 위로 누군가 슬쩍 미끄러져 들어온 것만 같았다. 바로 저거야! 박사님이 분명해. 그래서 나는 그를 따라갔다. 아주 조용히 말이다. 나는 이미 전과가 있는 몸이었고, 그것이 겨우 마부 복장을 잃어버렸다는 사소한 일 때문이었다고 하더라도 누구에게든 잡히지 않는 편이 나았다. 그렇지 않으면 찍소리도 못하고 무거운 형벌을 받게 될 것이기 때문이다. 나는 아주 조용히 따라갔는데 정말 잘한 일이었다.

시장 집의 뜰에 이르러 샛길로 들어서려고 할 때 속삭임 소리가 들려왔다. 고요한 밤이어서 잘못 들었을 리는 없었다. 그것은 카다베레치 박사의 목소리가 전혀 아니었다.

나는 덤불 속에 몸을 숨기고 가만히 들어 보았다.

첫 번째 남자가 말했다.

"그런 바보 같은 꼴은 태어나서 처음 본다. 여자애를 잡고만 있으면 되는 걸, 도대체 어떻게 놓칠 수가 있지?"

두 번째 남자가 이렇게 말했다.

"죄송합니다, 카를슈타인 백작님. 백작님의 깊은 이해와 관용을 구할 뿐입니다. 그러나 (여기서 재채기를 한 번 한 뒤) 누군가 제 목덜미에 맥주를 쏟아부어서…… (다시 재채기) 오늘 이미 제가 한 번 물에 빠져 죽을 뻔한 이후, 차가운 액체가 쏟아지자 순간적으로 다시 찬물에 빠지는 공포심에, 다만 목숨을 부지하기 위해 여자아이의 손을 놓아 버린 것입니다. 본능적인 반응이었습니다, 백작님. 정말 본능적인, 제어 불가능한 상황이었습니다."

그렇다면 바로 이 사람이 즐거운 사냥꾼의 분별력 있어 보이는 사람이 얘기한 느끼한 남자가 아닌가! 그리고 다른 사람을, 이 사람이 카를슈타인 백작님이라고 불렀다. 이들이 하도 조용히 이야기했기 때문에 듣느라고 너무 귀를 긴장시켜 귀가 아플 지경이었다.

첫 번째 남자가 말했다.

"그 애를 찾아야만 해, 스니블부르스트. 다시 한번 그 애를 손에 넣으면, 이번엔 절대 놓치지 않는 것이 좋을 거야. 눈사태가 자네 목에 쏟아진다고 하더라도. 알겠나?"

"네, 물론입니다! 알겠습니다, 백작님! (재채기) 잘 알아들었습니다! 하지만 백작님, 죄송하지만, (재채기) 우리가 한 명은 잡아넣지 않았습니까? 그렇다면 왜, 혹시 제가 여쭤봐도 된다면, 두 명 모두를 꼭 잡아야 하는 것입니까?"

"왜냐하면 내가 자미엘을 잘 알고 있지만, 자미엘은 한 명 가지고 성이 차지 않을 테니까. 자미엘은 풍족한 식사를 원해, 간식 따위가 아니라. 성인이라면 한 명이면 되겠지만 조그만 여자아이 하나로는 양이 차지 않아. 물론 자네를 그 위에 가져다 놓을 수도 있지. 일이 잘 안 되면 말이야, 스니블부르스트."

"안 돼요! 안 됩니다! 백작님, 설마 그런 일을, 하, 하, 하, 유머 감 각도! 살려 주세요. 그런 농담을 하시다니, 맙소사."

"만약 아이를 찾지 못한다면, 누군가를 대신 거기에 데려다 놓아 야 할 거야."

"그렇다면 (재채기) 마을에서 젊은 처자를 데려다 놓으면 어떨까 요? 제 생각에는, 백작님 (재채기) 최근에 하녀로 고용하셨던, 힐디 켈마르라는 여자아이 말씀입니다."

"남의 일에 참견 잘하는 계집애 말인가. 오늘 오후에 해고해 버렸 네. 지금 그 계집애는 어디 있지?"

"즐거운 사냥꾼에 있습니다, 백작님. 아마 제가 잘못 본 게 아니 라면 그 여자애가 불이 났다고 처음 소리친 것 같습니다. 그래서 이 런 모든 문제를 일으켰죠. (재채기)"

"말썽쟁이로군. 그렇다면 그 여자애가 없어져도 아무도 문제 삼 지 않을 거야. 나쁘지 않아, 스니블부르스트."

이 이야기는 전후 사정을 모르는 사람들에게는 아무런 의미도 없을 것이다. 아마 위대한 카다베레치 박사가 들었더라도 아무 의 미를 찾지 못했겠지. 그러나 나에게는 여러 가지 실마리를 한꺼번 에 제공해 주었다. 왜냐하면 나는, 미신에 대해서는 세상에서 따라 갈 사람이 없는 늙은 보모들의 손에서 자랐기 때문이었다. 나는 고아로 자랐다. 내가 자란 제네바의 고아원에는 마리아 노이만이라는 늙은 보모가 있었는데, 이 보모가 우리 고아원의 모든 아이를 책임지고 있었다. 우리는 말을 전혀 듣지 않는, 통제 불가능한 말썽꾸러기들이었다. 불쌍한 보모! 우리는 하루가 멀다 하고 말썽을 부렸다. 보모가 할 수 있는 것은 무서운 얘기로 우리를 겁주는 것밖에 없었다. 그러니까 사냥꾼의 악령, 위대하고도 끔찍한, 산의 왕 자미엘 얘기로 말이다. 검은 말을 타고 번쩍이는 사냥꾼들과 해골 무리에게 채찍을 휘두르는 자미엘 얘기가 시작되면 우리는 그제야 입을 다물곤 했다. 보모는 우리 어린 악당들이 그 자미엘의 무서운 사냥개들에게 쫓기는 생각에 입맛을 다시곤 했는데, 우리는 피가 온통 오싹해질 지경이었다. 지금까지도 그 생각을 하면 몸이 조금 떨릴 정도라, 그때 덤불에 숨어 사악한 계획을 짜던 두 악당의 입에서 나온 자미엘이라는 이름은 나를 얼어붙게 하기에 충분하였다.

그 느끼한 남자가 다시 재채기를 했고, 백작은 샛길에서 나와 길로 내려갔다. 백작이 내 옆을 아주 가까이 지나가서 나는 그의 얼굴을 자세히 볼 수 있었다. 마르고 늑대와 같으며 배배 꼬인 종류의 사람으로 손톱을 물어뜯을 것만 같은 기분이 드는 인간이었다. 지금 생각해 보니 단장 끝을 잘근잘근 물어뜯고 있었을지도 모른다. 눈은 눈동자를 감싸고 있는 흰자가 다 보여 마치 그의 마른 심장처럼 곧 튕겨 나올 것만 같았다. 호감 가는 인상은 전혀 아니었다. 나는 백작이 길을 내려가는 것을 보고 덤불에서 튀어나와 느끼한 남자의 뒤를 쫓았다. 나는 느끼한 남자가 강가 근처로 가길 바랐는데,

정말 그는 강가 쪽으로 갔다. 나는 다리 옆에서 튀어나와 그에게 손짓을 하며 손가락을 입술에 올리고 말을 걸었다.

"쉿!"

그는 실내화를 신은 황새처럼 발끝을 올리고 걸으며 물었다.

"무슨 일입니까?"

내가 속삭였다.

"저기 아래쪽에요! 쉿!"

"뭐라고요?"

그는 다리 아래를 내려다보았다.

나는 계속 속삭였다.

"아래쪽 어두운 구석이에요."

"뭐라고요?"

"저기 누군가가 움직이고 있어요. 보세요! 조금 더 몸을 굽혀서……."

"안 보이는데……."

그는 몸을 더욱더 굽혔고 나는 그를 강으로 밀어 넣었다. 꼴 좋다. 나는 그가 비명을 지르며 물장구를 치도록 잠시 내버려 둔 뒤, 나 자신도 비명과 고함을 질러 그가 스스로 지금 물에 빠져들고 있고 떠내려갈 것이라고 생각하게 했다. 나는 강둑으로 내려와 그를 건져 내었다. 그는 흠뻑 젖어 입으로 거품을 내뿜고 있었다. 나는 일부러 뾰족한 바위를 골라 그를 잘 누이고는 물을 좀 짜내겠다고 말한 뒤 그의 몸 위에 올라앉았다. 그가 다시 비명을 지르기 시작하자 근처에 있는 집들의 창문이 열리면서 자고 있던 사람들이 머리를 내밀고는 우리에 대해 어떻게 생각하고 있는지 말해 주었다. 지금까지 한 번도 들어 보지 못한 단어들도 많이 쏟아졌다.

내가 물었다.

"보셨나요?"

"누, 누굴 말이오!" (재채기를 연달아 해 댔다.)

"어떤 이탈리아 사람처럼 보이는 남자와 작은 소녀 말이오. 저쪽 강둑으로 기어 올라가고 있었어요. 마구 서두르던데요."

"어어어어디라고요? (재채기) 그그그그들을 꼭 찾아야만 해요. 비비비상사태라고요! (재채기)"

나는 아무 데나 가리켰다. 그는 물을 뚝뚝 흘리며 재채기를 연방하며 철벅거리며 몸을 덜덜 떨면서 그쪽으로 갔다. 불쌍하긴 했다. 하지만 저렇게 약아빠진 작자가 스스로의 안위를 포기해 가면서 이 추운 날 한밤중에 자기 주인의 일에 나서는 이유가 무엇일지 생각하니 오싹함을 감출 수 없었다. 무언가 엄청난 이유가 있어야만 했다. 그를 비웃기에 앞서 나 역시 조금 두려워졌다.

아하, 그렇다. 나 막스 그린도프는 나 자신도 가끔 두려움을 느낀다는 사실을 부끄러워하지 않는다. 가끔 무언가를 무서워할 수도 있다. 그리고 이 사건이 끝나기 전에 내가 두려워할 일은 훨씬 더 많이 일어났다.

어쨌든, 나는 그 둘의 대화를 다시 생각해 보며 골짜기로 돌아왔다. 둘은 만약 공주를 못 찾으면 공주 대신 여관의 힐디를 사냥꾼의 악령에게 바치겠다고 말했다. 그러니 이제 내가 가야 할 곳은 즐거운 사냥꾼이다. 브랜디 한 모금쯤 마시는 것도 괜찮겠지.

이것이 그때까지 생긴 일이다. 이제는 다음 사람에게 이야기를 넘겨 이를 기록하던 젊은이도 좀 쉬도록 해야겠다.

～ 힐디의 이야기 ～
계속

나는 우선 엄마를 마주해야 했습니다. 엄마는 화를 내지는 않았지만, 더욱더 좋지 않게, 마음의 상처를 받은 데다가 슬퍼하고 있었습니다.

"도대체 왜 그런 짓을 한 거냐? 난 그 공연을 정말 기대하고 있었는데, 네가 그렇게 망쳐 버리다니. 정말 너를 이해할 수가 없구나, 힐디. 넌 페터만큼이나 나빠, 가끔은. 정말 내가……."

엄마는 부엌 식탁에 털썩 주저앉아 앞치마로 눈가를 훔쳤습니다. 갑자기 엄마는 늙고 지치고 용기를 잃은 것처럼 보였습니다. 엄마의 기운을 북돋우기 위해 내가 할 수 있는 말은 하나도 없었습니다. 치울 것들은 산더미처럼 많았고요. 술을 파는 늙은 콘라드 아저씨는 아직 식당에 있었습니다. 아까부터 와 있던 한두 사람이 아직도 남아 이야기를 주고받으며 자신들의 사격 솜씨에 대해 자랑을 늘어놓고 있었기 때문입니다. 식당 곳곳에는 사람들이 남겨 둔 맥주잔과 컵들과 더러운 접시들이 널브러져 있었습니다. 나는 기진맥진한 채 온통 걱정에 휩싸였습니다. 친구도 없고 희망도 없고, 없는 것투성이였습니다.

내가 팔에 접시와 맥주잔들을 가득 안고 부엌으로 들어가려고 하는 순간 문이 열리며 카다베레치 박사의 하인인 막스라고 불리던 남자가 나타났습니다. 나는 놀라서 그를 쳐다보았지만, 더욱더 놀라운 일은 그가 마치 내가 여기 있을 것이라고 예상했다는 듯 바라보았다는 것입니다.

막스는 마지막까지 술을 마시고 있는 다른 손님들이 듣지 못하게 낮은 목소리로 말했습니다.

"조용한 데서 이야기 좀 나눌 수 있을까?"

내가 대답했습니다.

"부엌으로 오세요."

엄마는 이미 자러 간 뒤였습니다. 나는 맥주잔과 접시들을 식탁 위에 올려놓고 뒷문을 흘끔흘끔 바라보는 막스를 쳐다보았습니다.

"왜 그러시죠? 밖엔 아무도 없어요."

"마음을 놓을 순 없어. 그 접시를 씻을 거니?"

"뜨거운 물이 있으면요."

"내가 도와주마. 우선 접시들을 치우고, 조용히 이야기 좀 하자. 엄청 중요한 일이야. 그렇지 않으면 이렇게 부탁하지도 않을 거야."

그래서 우리는 그렇게 했습니다. 내가 구리 냄비에 뜨거운 물이 남아 있나 보자, 막스는 나를 위해 뜨거운 물을 구리 냄비에서 쏟아부어 주고는 내가 설거지를 하는 동안 우물에서 다시 물을 길어 와 냄비를 채웠습니다. 그리고는 행주를 가져왔고 촛불이 켜진 찬장 옆에 서서 그가 아는 모든 이야기를 해 주었습니다. 막스는 일도 잘했습니다. 빠르고 정확하면서도 깔끔하게 했습니다. 나는 막스가 점점 더 좋아졌습니다. 막스는 접시를 안정감 있게 쌓아 놓고 칼과 포크도 박박 문질러 닦았습니다.

나는 끼어들지 않고 막스의 이야기를 들었습니다. 그리고 막스에게 내가 알고 있는 사실을 말해 줄 때 막스 역시 방해하지 않고 내 얘기를 들었습니다. 막스가 카를슈타인 백작이 루시 아가씨를 찾지 못하면 대신 나를 자미엘에게 주겠다고 했다는 대목까지 말하자, 나는 공포로 몸을 떨었습니다. 하지만 막스가 내가 한 것과 똑같이 스니블부르스트 씨를 혼내 준 얘기를 했을 때는 크게 웃을 수밖에 없었습니다. 우리가 일을 모두 다 끝내고 불 옆에 앉자 막스가 말했습니다.

"하지만 이 모든 얘기를 종합하면 말이다. 우리는 데븐포트 양이 어디 있는 줄 알고, 샬럿 아가씨의 행방도 알고 있지만, 루시 아가씨와 카다베레치 박사는 어디 있는지 모른다는 거지. 그리고 데븐포트 양은 루시 아가씨가 어디 있는지 모르고, 카다베레치 박사는 내가 어디 있는지 모르고, 아가씨들은 둘 다 데븐포트 양이 여기 와 있다는 사실을 모르고, 또한 카를슈타인 백작이 마을을 휘젓고 다니면서 자기들을 찾고 있다는 사실을 모르지. 그리고……."

"뭐가 뭔지 모르겠어요. 우선 우리는 샬럿 아가씨가 탈출했는지부터 알아봐야 해요. 그게 제일 중요해요."

"왜? 수프 그릇에 열쇠를 넣었다고 했잖아. 그렇다면 아가씨는 분명히 탈출했을 거야."

"하지만 그때 바로 뮐러 부인이 내가 쟁반을 들고 있는 걸 보았거든요. 내가 무슨 짓을 하려고 했는지 눈치채고 열쇠를 찾아냈을지도 몰라요. 그렇지 않더라도 아가씨가 도망치다가 잡혔을 수도 있어요."

"흠, 글쎄. 하여튼 우린 루시 아가씨 먼저 찾아내야 해. 그게 가장 중요해. 왜냐하면……."

"아니에요, 왜냐하면 루시 아가씨는 그래도 자유롭잖아요. 그리고 카를슈타인 백작에게 잡혀 있지도 않고요. 하지만 샬럿 아가씨는 어쩌면 아직도 탑에 갇혀 있을지도 몰라요. 그러니까 우린 샬럿 아가씨를 빼내야만 해요."

"우선 카다베레치 박사를……."

"우선 백작을 여기서……."

"우선 성에 들어가서……."

"우선 산악 안내원의 오두막에……."

우리는 동시에 말했습니다.

"우선 데븐포트 양을 만나야 해."

우리는 작은 촛불이 희미하게 타고 난로의 마지막 재가 휘날리는 부엌 식탁에서 팔을 뻗어 엄숙하게 악수를 했습니다.

막스가 말했습니다.

"지금?"

내가 대답했습니다.

"네, 지금 당장."

나는 외투를 걸쳐 입었고, 우리는 바로 출발했습니다. 마을은 잠들어 있었습니다. 새어 나오는 불빛이라고는 우리 여관의 식당 불빛밖에 없었습니다. 그나마 다시 돌아다보았을 때는 흔들려 꺼지고 있었습니다. 콘라드 아저씨가 문을 닫는 모양이었습니다.

나무꾼의 오두막까지 올라가는 데 거의 한 시간이 꼬박 걸렸습니다. 처음엔 활달하게 얘기하던 막스도 이야기를 계속할 수는 없었습니다. 지친 데다가 사건의 전모를 알게 된 부담감에 나 또한 기진맥진했습니다. 결국 우리는 아무 말 없이 발을 끌며 산을 올랐고, 들려오는 것은 발밑에서 눈이 뽀드득거리는 소리와 가끔 숲의 정적을 깨고 울부짖는 부엉이 소리뿐이었습니다.

오두막에 거의 다 오자, 나는 발걸음을 멈추고 주위를 조심스럽게 살펴보았습니다. 왼쪽으로 통하는 작은 길이 있었지만, 잘 보지 않으면 눈에 띄지 않았습니다. 빽빽한 덤불과 눈 쌓인 풀들을 헤치며 나가는데 깜박거리는 작은 모닥불이 보였습니다. 드디어 오두막에 다다랐습니다.

그러나 아무도 없었습니다. 오두막은 비어 있었습니다.

막스가 말했습니다.

"어딜 가신 거지?"

"불이 아직 타는 걸로 보아 멀리 가지는 않았을 거예요. 이런 생나무는 오래 타지 않거든요."

막스는 불 속에서 타고 있는 나뭇가지를 집어서 마치 등불처럼 쳐들고 오두막 안으로 들어갔습니다.

"아무도 없는데. 하지만 데븐포트 양의 소지품은 여기 다 있어. 카트와 텐트와 다른 것들도 말이야."

막스는 나뭇가지를 높이 쳐들고 주위를 둘러보았습니다.

그때 아무런 경고도 없이 가까운 나무 사이에서 총알이 날아왔습니다. 너무나 가까이에서 날아와 소리와 함께 화약 가루가 보일 지경이었습니다. 막스가 들고 있던 나뭇가지는 마치 불꽃놀이에서처럼 뱅뱅 돌며 슉슉 소리를 내며 시냇물로 떨어졌습니다. 그 적막함 속에서 나는 작게 찰카닥하는 소리를 들었습니다. 우리 오빠, 페터는 사냥꾼입니다. 나는 아기일 때부터 총소리를 들어 와 그 소리를 너무나 잘 알고 있습니다. 그것은 공이가 총 안에 내장된 부싯돌을 치는 소리였습니다. 우리에게 총을 쏜 사람이 누구건 다음 사격을 준비하고 있는 게 분명했습니다. 나와 막스는 너무나 쉬운 목표물이었습니다.

데븐포트 양의 이야기
계속

　　나는 언젠가는 지금 수채화를 그리거나 피아노를 배우는 것처럼 젊은 숙녀들도 불을 지피거나 야생 동물을 사냥해서 가죽을 벗겨 요리하는 것을 당연하게 배울 시대가 올 거라고 믿는다. 내 경험상 대부분의 젊은 아가씨들은 피아노나 수채화 등을 형편없는 솜씨로 다루고 있다. 내가 첼트넘의 학교에서 가르칠 때에는 소녀들에게 모험심과 생산성을 불어넣으려고 애썼으나 큰 성공을 거두지는 못하였다. 유행을 거스르는 것은 언제나 힘든 일이다. 내가 살고 있는 이 시대의 유행은 젊은 아가씨들이라면 가녀리고 축 처져 기절이나 잘하면 되는 데다가 기분이 좋을 때는 작게 비명을 지르고 그렇지 않을 때면 정신을 잃는 것이다. 사실 열다섯이나 열여섯 살 먹은 건강하고 볼이 빨간 아가씨가 낭만적이고 가냘픈 여주인공인 척하는 것을 보는 것은 정말 어이없는 일이다. 하지

만 어떻게 보이건 간에, 아가씨들은 그렇게 하고야 만다. 왜냐하면 그
것이 바로 시대의 유행이기 때문이다. 나는 참을성을 가지고 이러한
유행이 전혀 다른 방향으로 바뀌길 기다리겠다. 그런 시대가 올 때까
지 나 오거스타 데븐포트가 살아남아, 그 시작을 맞이할 수 있다면 얼
마나 좋을까!

엘리자 역시 이러한 경우의 예외는 아니다. 엘리자의 애인, 젊은 막
스 그린도프가 우리를 떠나자 시간이 흐를수록 엘리자는 평정을 잃어
갔다. 그 모습을 지켜보는 것 역시 계속 볼 수만 있었다면 매우 교훈
적인 일이었을 것이다. 하지만 점점 어둠이 몰려와 엘리자의 상태는
대화로만 파악할 수 있었다.

"데븐포트 양, 유령이 있다고 믿으세요?"

"데븐포트 양! 전 귀신의 소리를 들은 것 같아요! 정말이에요!"

"데븐포트 양, 저 나무들 사이에 이상하게 시커먼 형체가 보이시나
요?"

"아아, 데븐포트 양! 저 무서운 소리 좀 들어 보세요!"

(물론 부엉이 소리였다. 그러나 엘리자는 내 말을 믿지 않았다.)

"데븐포트 양! 박쥐예요! 아아! 혹시 흡혈귀는 아닐까요?"

"들어 보세요, 데븐포트 양! 늑대 소리가 나는 것 같아요. 분명 늑대
예요."

우리가 나무꾼의 오두막에 다다랐을 때쯤엔 이미 엘리자는 공포
로 분별력을 잃은 상태였다. 진짜 공포가 아니라 상상에서 비롯된 공
포였다. 유행에 따른 공포 말이다. 엘리자는 진짜 위험이 닥쳤을 때는

용감히 맞설 줄 아는 좋은 아가씨였다. 엘리자를 혼내는 것은 아무런 의미가 없어, 오두막에 다다르자 엘리자에게 나뭇가지를 모아 불을 지피라고 이르고 나는 근처를 탐사하러 잠시 오두막을 떠났다. 근처를 탐사하는 것은 언제나 좋은 일이다. 투르케스탄에서 거의 굶어 죽을 뻔했을 때 나는 바로 그런 상황에서 놀란 염소 한 마리를 쏘아 잡은 적이 있다. 고기는 매우 질겼으나 나는 목숨을 건졌다.

그러나 이번에는 별로 영양가가 있는 것이 눈에 띄지 않아 나는 공포로 온몸을 떨고 있는 엘리자에게 다시 돌아왔다. 나는 조금 짜증이 나 날카롭게 말했다.

"엘리자, 정신 차려. 그만 징징거리는 게 좋겠어. 도대체 무슨 일이지?"

"소리가 들려요! 두 명의, 불쌍한 작은 유령들의 소리가요. 나무 사이를 떠돌아다녀요."

"지금 무슨 소리를 하는 거야?"

"작은 두 아가씨 말이에요."

"루시와 샬럿 말이야? 확실해?"

"살아 있는 건 아니에요! 영혼임이 틀림없어요! 이미 귀신이 된 거예요. 이 밤중에 구천을 떠돌며 세상 어느 곳에서도 쉴 곳을 찾지 못하는 유령! 왜냐하면 세상 끝까지 저주가 아가씨들을 쫓아다닐 테니까요! 그리고……."

"또 뭐니?"

"두 아가씨 중 한 명은 자기 머리를 손으로 들고 다녀요……."

"뭐라고?"

"머리가 잘린 것이 틀림없어요. 아아, 무서워요! 어린 꼬마가 자기의 잘린 머리를 들고 다니다니! 앙상한 목까지 코트를 둘러쓰고 있어요. 머리가 보이지 않았어요! 하지만 그 머리를 손에 들고 있었어요! 아아, 죽을 때까지 그 광경을 절대로 잊지 못할 거야……."

나는 잠시 동안 엘리자가 미쳤다고 생각했다. 머리를 들고 다니는 유령이라니! 이 이야기에는 무언가 설명이 필요했다. 나는 엘리자에게 더 꼬치꼬치 캐물었다.

엘리자의 대답을 종합해 보면 아이들인지 아닌지는 모르겠지만 누군가 5분쯤 전에 나무꾼의 오두막을 지나친 것이 분명했다. 그리고 두 명이라고 했다. 어쩌면 정말 아이들일지도 몰랐다. 뒤쫓아 가 봐야 할 일이었다. 나는 권총 두 자루를 모두 집어 들고 오두막을 나섰다. 떨고 있는 엘리자 역시 나를 따랐다.

그러나 우리는 아무도 발견하지 못했다. 눈이 너무 많이 와 있었고 온통 컴컴했기 때문이었다. 덤불이 무성했고, 아이들은 찾아내지 못했다. 실망은 했지만 사실 당연한 일이었기 때문에 나는 다시 야영 장소로 향했다. 그때 나는 어떤 사악한 인간의 형체가 횃불을 쳐들고 우리의 모든 소지품에 불을 붙이려는 것을 목격했다. 물론 그것은 바보 같은 생각이었지만. 나는 그를 향해 총을 쏘았다. 총알은 그 횃불을 맞혔다. 나는 다른 권총을 집어 들고 호된 경고를 보낼 준비를 했다.

그때 엘리자가 나섰다.

"막시!"

그리고 침입자에게 뛰어가 안겼다.

"엘리자!"

기쁨에 찬 막스 그린도프의 목소리가 들려왔고 다음 순간 그들은 포옹했다.

엘리자가 숨차게 외쳤다.

"이제 아무 일 없어요! 데븐포트 양! 막스예요!"

"그렇군, 그린도프. 총을 쏘아서 미안하네. 내가 어리석었어. 다친 건 아니지?"

"놀랐습니다, 부인. 하지만 다치진 않았습니다."

나는 야영 장소로 들어섰다. 열네 살쯤 된, 얇은 외투를 걸친 한 소녀가 거기 서 있었다. 카를슈타인성에서 본 아이였다. 나는 호기심을 가지고 아이를 관찰했다. 그린도프는 아이를 힐디 켈마르라고 소개했고, 지금까지의 이야기를 모두 해 주었다. 소녀 역시 이야기를 거들었는데, 첫 한마디를 듣고 나는 이 아이가 그린도프보다는 훨씬 조리 있게 상황을 설명한다는 것을 파악했다. 그린도프는 정신이 없는 반면 아이는 명석했고, 그린도프가 흥분할 때도 침착했고, 그린도프가 머리가 덜 좋은 만큼 아이는 더 머리가 좋았다.

나는 물었다.

"그러면 애들한테 무슨 일이 일어난 거라고 생각하니?"

"제 생각을 물으시는 건가요? 제 생각에는 샬럿 아가씨는 탈출했고 아마도 루시 아가씨를 찾아 마을 쪽으로 내려왔을 거예요. 그리고 둘은 아마도 만나서 제가 아가씨들을 처음 안내한 오두막으로 갔을 거예요. 아가씨들이 그곳에 있기만 한다면!"

"그래그래, 알겠어. 그랬을 거라고 나도 생각해. 그린도프, 내가 시킨 대로 성에 가지 않았다니 유감이네."

"저도 지금 생각해 보니 갔어야 했다는 생각이 듭니다. 하지만 정말 그때는 카다베레치 박사가 저보다 훨씬 그 일을 잘할 수 있을 거라고 생각했어요."

"자네 얘기만 들어도 카다베레치 박사는 정말 뛰어난 분인 것 같군."

사실은 나는 카다베레치 박사가 그렇게 뛰어난 사람이라면 루시를 그런 위험에 노출시키지 않았을 거라고 생각했다.

"하지만 사라졌다고?"

"네, 완전히 사라져 버렸습니다. 마치 박사가 공연 중에 하던 마술처럼요. 제목은 '사라지는 더비시'인데 태엽을 감는 장치랍니다. 아주 신기한 물건이에요. 박사가 태엽을 감아 주면 식탁에서 빙글빙글 돌다가……."

"알았네, 알았어. 박사가 잠시 잠적한 곳에서 다시 우리 앞에 나타난다면 '사라지는 더비시'를 직접 보여 줄 수도 있겠지. 하지만 우선 당장은 아이들을 찾아 산악 안내원의 오두막으로 갈 수밖에 없겠어. 힐디, 그곳은 여기에서 얼마나 머니?"

"몇 시간은 걸어야 해요."

힐디가 대답하면서 나를 미심쩍은 듯이 바라보았다. 나는 그 눈길의 의미를 정확히 이해했다. 눈길은 '당신은 늙고 뚱뚱해서 아마 가시지 못할걸요.'라고 말했다. 나는 이를 도전으로 받아들였다.

나는 자리에서 일어나며 말했다.

"그럼 출발하도록 하자. 지친 사람이 있다면 따라오지 않아도 된다. 억지로 따라오는 열 사람보다는 한 명의 지원자가 더 나으니까."

나는 자신감을 담아 말했다. 속으로 모두들 힐디와 같은 생각을 하고 있었기 때문에 내가 출발하는 것을 보고는 뒤에 남아 있을 수가 없을 것이다. 그래서 자연스럽게 세 명 모두 자원하여 함께 가게 되었다. 나는 만족해서 말했다.

"아주 좋아."

달이 질 때쯤 우리는 산악 안내원의 오두막에 도착하였다. 좀 있으면 새벽이 시작될 것이다. 작은 힐디는 내 팔에 기대고 있었다(자신은 느끼지 못했지만).

산꼭대기에 있는 오두막은 쓸쓸하고 험한 곳이었다. 오두막에서 보는 풍경은 장엄하고도 무시무시했다. 거대한 빙하, 끝없이 펼쳐진 눈, 날카롭게 찢어진 듯한 벼랑, 굴러가는 바위들, 이 모든 것이 스러져 가는 달빛에 은빛으로 빛났고 추위는 창처럼 날카롭게 우리를 찔렀다. 추위는 비단 물리적인 것만은 아니었다. 공포 때문에 우리는 더 추웠다. 이런 험난한 장소에서 누가 살아남을 수 있을까? 나는 이번에는 아이들이 현명하게 오두막 안에 남아 있길 바랐다. 이곳까지 오는 길에 사고를 당하지 않았기를, 우리가 그들의 얼어붙은 시체를 지나쳐 온 것이 아니기를 간절히 바랐다.

그래서 내가 오두막 문을 열었을 때 우리 모두는 마음을 졸였다. 실망스럽게도 오두막은 텅 비어 있었고, 감당하기에는 그 충격이 너무 컸다. 그러나 나는 절대 희망을 잃어서는 안 된다고 마음을 추슬렀다. 그리고 그린도프와 엘리자에게 오두막 안을 찾아보라고 일렀다. 아무 것도 나오지 않을 것이지만, 적어도 할 일은 만들어야 했기 때문이다. 그동안 나는 망원경을 들고 아이들이 남긴 어떤 흔적이라도 찾아보기 위해 바깥으로 나갔다.

눈 위에 아이들의 발자국이 찍혀 있었다. 그러나 아이들이 이전에도 이곳에 왔던 것을 생각하면 전혀 놀랄 일이 아니었다. 다른 발자국은 아마 힐디 것 같았다. 나는 확인해 보려고 힐디를 불렀다. 일치했다. 하지만 힐디는 오두막 근처에 아이들의 발자국이 더 많다는 것을 지적했다.

"제가 여길 떠난 후에 새로 생긴 발자국 같아요. 분명히 아가씨들은 여기 다시 와서 주위를 둘러본 거예요. 그전에는 이런 발자국이 없었어요!"

그것은 사실이었다. 오두막에서 조금 떨어진 쪽의 눈 위에 발자국들이 찍혀 있었다. 다행히도 아이들의 발자국 외에 다른 발자국은 없었다. 힐디는 산 쪽으로 좀 더 가 보았다. 그러더니 갑자기 앞쪽으로 더 나아가 땅을 주의 깊게 살폈다. 힐디는 몸을 돌려 소리를 쳤다.

나는 힐디 옆으로 가 보았다.

"뭐지?"

굳이 힐디가 대답할 필요는 없었다. 그쪽으로 두 쌍의 발자국이 명확하게 나 있었으니까.

힐디가 말했다.

"아가씨들은 가 버렸어요!"

"산으로 말이지. 아, 정말 복잡하구나, 복잡해."

"그렇게 멀리 가지는 못했을 거예요."

바로 그때 엘리자가 오두막에서 무슨 종잇조각 같은 것을 흔들며 나왔다.

"모두들 보세요. 우리가 찾았어요!"

그것은 편지였다. 루시의 글씨임을 나는 바로 알아보았다. 루시를 가르칠 때, 나는 루시에게 격조 높게 편지를 쓰는 법을 가르치려고 노력했으나 헛수고였다. 다른 많은 여자아이들처럼 루시 역시 또박또박 글씨를 쓰는 것은 재미가 없으며 흘려서 쓰는 글씨가 훨씬 매력적이고 흥미롭다고 생각했다. 나는 그런 생각을 이해할 수가 없다. 유행이었다. 나는 루시가 그래도 맞춤법은 제대로 알고 있다는 사실로 스스로를 위로했다. 편지는 다음과 같았다.

이 편지를 읽는 분에게
운명의 시험에 들어 희망에게 좌절당하고,
친절함과 우정으로 대해 줄 것이라고 믿었던 분의
잔인함을 피해 도망치다가
우리는 스스로를 만년설의 힘에 맡기기로 하였습니다.
우리에게는 어떤 자비도 베풀어지지 않겠지요.
마지막 보금자리였던 카를슈타인성의 태피스트리와

돌벽 사이에서나 빙하와 절벽 사이에서나 똑같이······.

영원히 안녕

나는 모닥불 근처에 앉아 모두에게 편지를 읽어 준 뒤 바닥에 놓았다. 힘이 빠지는 건 어쩔 수 없었다.

그린도프가 물었다.

"도대체 무슨 속셈이지? 도대체 이해할 수가 없습니다. 도대체 무엇을 피해 도망치는 거지요?"

힐디가 말했다.

"내가 말했잖아요! 자미엘을 피해서 도망치는 거라고요."

막스는 고개를 절레절레 저었다.

"내가 너무 지쳤나 봐. 완전히 잊고 있었어. 그걸 잊을 수 있다니······."

내가 물었다.

"자미엘이라고? 설명을 부탁해."

힐디가 설명했다. 힐디는 자기가 들은 모든 이야기를 다 기억해 냈고 그린도프는 카를슈타인 백작이 물에 빠지기 좋아하는 비서에게 한 이야기를 되풀이했다.

"알겠다."

나는 생각하기 좋도록 기대앉아 눈을 감았다.

중부 유럽의 여러 곳 — 영국의 몇몇 장소도 마찬가지이다 — 에 사냥에 대한 전설이 있다. 윈저 파크 역시 헌이라고 하는 유령 사냥꾼의 저주에 걸려 있다고 전해 온다. 사냥꾼의 악령은 매우 오래되고 흥미로운 미신이다. 미신이라? 내가 미신이라 표현하면 나는 그것을 믿지 않는다는 뜻인가? 그렇지는 않다. 닫힌 지성은 죽은 지성이다. 나는 믿지 않는다고 해도 카를슈타인 백작은 이 미신을 믿고 있으며 바로 그 믿음을 바탕으로 하여 사악한 계획을 실행에 옮기려고 하고 있다. 이미 백작의 계획이 실행되고 있는 만큼, 이것을 말도 안 되는 것으로 치부할 수는 없었다. 또한 이것이 사실이라는 몇 가지 논거도 찾을 수 있다. 하지만 모든 사악한 힘에는 그것을 치료할 수 있는 방법이 존재한다. 부적이나 방어막, 그 어떤 것이라도 말이다. 나는 지금까지 내가 읽은 것들을 기억해 내려고 애썼다.

그러나 지금 가장 시급한 문제는 무엇을 해야 하는가였다. 카를슈타인 백작과 악령 사이에 어떤 거래가 있다. 백작은 자기가 과거에 받은 무언가 때문에, 또는 미래에 얻을 어떤 이익 때문에 그 거래에 동의했다. 그래서 희생 제물 한 명이나 여러 명을 사냥꾼의 악령 자미엘에게 바치기로 했다. 제물은 만성절 전날 자정에 가져다 바치기로 했다. 잠깐 눈을 떠서 나의 '숙녀의 열대 달력'을 찾아보니 지금 밝고 있는 오늘이 바로 그날이었다. 나는 다시 눈을 감고 문제를 숙고했다.

사냥꾼의 악령은 자정에 제물들을 걷으러 백작의 사냥 별장에 나타날 것이다. 백작이 루시와 샬럿을 잡아들일 수 없다면 힐디라도 대신 바치겠다고 한 것으로 보아 그 제물이 꼭 누가 되어야 한다는 법은 없는 것이 확실했다. 만약 열두 시를 쳤을 때 사냥 별장에 아무도 없다면 어떻게 될까? 분명 카를슈타인 백작 자신이 약속을 지키지 않은 대가로 잡혀갈 것이다. 그래서 백작이 저렇게 광기에 사로잡혀 난리를 치는 거겠지.

그러나 사냥꾼의 악령의 분노가 백작 한 명에만 미치는 것이 아니라면 어떻게 될까? 그렇다면 문제는 더 복잡해진다. 숲 근처에 있는 사람이라면 누구라도, 농부든, 나무꾼이든 누구든 위험에 처할 수 있다. 굶주림을 해결한 악령은 카를슈타인 백작을 내버려 둘지도 모른다. 악령의 습성에 대한 더 자세한 정보 없이 결론을 도출하기는 불가능한 일이다.

나는 주의를 카를슈타인 백작에게 돌려 아이들과의 관계에 대해 생각해 보았다. 백작은 아이들의 불쌍한 엄마의 사촌이라고 했다. 아이들의 엄마가 남편인 퍼시벌 경과 함께 조난 사고로 돌아가셨을 때, 아이들에게 그 슬픈 사실을 알려 주고 스위스로 갈 채비를 갖추라고 내가 말해야만 했다. 카를슈타인 백작은 아이들의 살아 있는 유일한 친척이었다. 백작은 아이들을 자기 집에 들이고 싶어 하지 않았으나 가족의 담당 변호사이며 진정으로 훌륭한 신사인 하이피슈 씨의 설득으로 마음을 바꾸었다. 나는 걱정스러운 마음으로 아이들이 스위스로 떠나가는 것을 지켜보았다.

다시 기대어 눈을 감자 무언가 생각이 나려고 했다.

하이피슈, 카를슈타인, 아이들…… 제네바에 가야 한다!

나는 눈을 뜨고 일어서서 손뼉을 쳐서 다른 사람들을 깨웠다. 힐디의 충혈된 눈이 나를 바라보았고 계속되던 코 고는 소리가 일시에 멈추며 그린도프가 벌떡 일어나 입을 커다랗게 벌리고 하품을 했다. 어찌나 크게 입을 벌렸는지 턱에서 뚝 소리가 들리는 것만 같았다.

엘리자가 졸린 목소리로 물었다.

"무슨 일이세요?"

나는 자세히 설명했다. 모두들 동의했다. 그래서 우리는 각자 다른 방향으로 출발했다. 할 수 있는 대로 최대한 빨리 말이다. 이제 일은 더욱더 심각해졌다. 이전에는 단지 두 명의 아이가 실종된 사건이었다. 그러나 지금은 삶과 죽음이 걸린 문제였다. 한시가 급했다.

❧ 루시의 이야기 ❧
계속

높은 낭떠러지에서 떨어져도 바닥에 닿기 전에 절벽의 튀어나온 부분에 다행스럽게도 발을 걸칠 수 있었다면, 놀라긴 했지만 다치지는 않았다면, 절망이 안도의 한숨으로 바뀌는 걸 느낄 수 있을 것이다. 그러나 발을 걸친 바로 그 부분이 부스러져 심연으로 다시 떨어진다면 아마 처음에 느꼈던 절망은 두 배로 깊어질 것이다. 그리고 그런 상황이 또다시 되풀이된다면 이제 무언가 사악한 힘이 나의 운명을 조종하고 있다고밖에 생각할 수 없다. 카다베레치 박사가 체포된 뒤 내가 경찰서에서 나올 때, 바로 그런 기분이었다.

카를슈타인성에서 도망 나온 뒤 우리는 어리석게도 산속의 오두막을 떠나 서로 헤어지고 말았다. 샬럿은 인간의 모습을 한 구더기인 아르투로 스니블부르스트에게 걸려 바로 다시 잡혀갔지만 나는 카다베레치 박사를 발견해 잠시 동안 안전하게 있었다. (그리고 공주 역을 하는 것도 좋았다.

나는 배우가 되면 잘할 수 있을 거라는 생각이 든다. 또는 유랑 극단을 해도 좋고 방랑자나 야바위꾼을 해도 잘할 것 같다.) 그러나 이후 다시 위험이 닥쳐왔다. 카를슈타인 백작이 여관에서 나를 발견했기 때문이다. 그리고 다시 안전. 힐다가 거짓으로 불이 났다고 외쳐 우리 모두 도망칠 수 있었다. 그러나 이후에 또다시 위험. 가엾은 카다베레치 박사가 체포된 것이다. (그러나 내가 아는 박사라면 오랫동안 갇혀 있지는 않을 것이다. 나는 박사를 아주 잠시 동안 겪었지만, 아마도 몇 시간쯤? 그 짧은 시간에 박사는 그의 천재성으로 옛날 데븐포트 선생님보다도 더 깊은 인상을 남겼다. 마치 그의 정신은 우리가 살고 있는 이 세상보다 더욱더 크고, 자유롭고, 더 영광스러운 우주의 지배를 받는 것 같았다. 그의 잘못에 대해 한마디 하려고도 했지만, 사실 나는 그런 일 따위는 그의 상상력과 속박되지 않는 정신의 광채에 비하면 아무것도 아니라는 것을 알고 있다. 나는 샬럿이 아직 들어 보지 못한 중독성의 소리를 이미 경험했다. 그것은 관객의 박수갈채였다.)

그러나 우리는 절망에 빠져 있었다. 우리가 무슨 일을 할지 결정하는 것은 어려운 일이 아니었다. 한 시간도 안 되어 우리는 산악 안내원의 오두막에 다다랐다. 그러나 그곳에 머무를 수는 없었다. 왜냐하면 백작이 힐디를 잡아 아는 것을 모두 말하라고 고문할 것이 뻔했기 때문이었다. 힐디는 버틸 수 있을 때까지 버티겠지만 불에 달군 인두와 손톱을 뽑는 고문 기구들이 압도할 테고, 절망의 마지막 순간에 기절하는 힐디의 입에서 우리가 숨은 곳의 이름이 나올지도 모른다. 그러면 백작은 으르렁거리며 개집으로 달려가 사나운 사냥개들의 가죽끈을 풀고…….

우리가 할 수 있는 것은 산을 오르는 것뿐이었다. 산을 넘으면 이탈리아가 나온다.

눈이 오지 않아 다행이었다. 밝은 달빛이 울퉁불퉁한 바위와 바위투성이 절벽과 깎아지른 낭떠러지와 반짝이는 얼음의 카라페이스*를 모두 비추어 주었다. 카라페이스가 먼지 나도 확실히는 모르지만 그런 것이 산에 있다는 것은 확실하다. 산을 오르고 있다는 사실만으로도 지친 우리에게 힘이 되었다. 이 세상의 것 같지 않은 아름다움, 즉 바이런이나 셸리 같은 시인의 작품에 나오는 환영이 우리의 마음을 알 수 없는 기대감으로 채웠다. 이런 비현실적인 배경 속이라면 민담에 나오는 영혼들과 악령을 믿기도 쉬울 것이다. 우리는 손발에 아무런 감각이 없어질 때까지, 숨을 한 번 들이쉴 때마다 폐에 찌르는 듯한 고통을 느낄 때까지 쉬지 않고 산을 오르고 또 올랐다. 쉬었다 갈 수는 없었다. 달이 날카로운 산등성이로 넘어갈 때까지 계속해서 산을 올랐다. 달이 지자 무서운 추위가, 지금까지 중 가장 지독한 추위가 어둠과 함께 찾아왔다. 그러나 하늘은 밝아지고 있었다. 빛이 하늘의 어둡고 푸른빛을 흡수하자 그 위에서 빛나던 별들은 우리 원쪽에서부터 희미하게 빛을 잃어 갔다. 마치 착용하지 않는 진주들이 그 빛을 잃어 가는 것처럼 말이다. (나는 진주를 가져 본 적은 없지만 우리 엄마는 아름다운 진주 목걸이를 가지고 있었다. 엄마가 탄 배가 가라앉았을 때 진주들은, 엄마가 자기가 온 곳을 영원히 떠난 것처럼, 자기의 고향으로 영원히 돌아갔다! 나는 보석에는 무언가 사악함이 깃들어 있다고 생

---

*일반적으로 극한의 추위로 인해 물체나 표면 위에 형성되는 두꺼운 얼음 층이나 덮개를 말한다.

각하기 때문에 보석을 착용하지 않는다. 아주 단순한 금반지조차 말이다!
나는 절대로 보석을 차지 않겠다고 맹세한 바 있다.)

그러고는 보지 않은 사람들은 절대로 이해하지 못할 장엄한 광경이 펼
쳐졌다. 알프스에 해가 뜬 것이다.

그때 우리는 빙판 위의 작은 평원 위에 있었다. 오른쪽으로는 거대한 눈
밭이 어두운 바위 절벽까지 펼쳐져 반짝였다. 앞에는 날카롭게 각진 얼음
덩어리들이 무수히 어지럽게 떨어져 있었다. 얼음 덩어리 중 작은 것은 샬
럿의 나무 머리 씨만 했지만 큰 것은 오두막만 한 것도 있었다. 왼쪽으로
는 참을 수 없을 만큼 밝은 태양이 불의 신을 태운 거대한 풍선처럼 날카
롭게 각진 눈 쌓인 풍경 위로 떠오르고 있었다. 이 얼음 세상에 그림자는
전혀 없었다. 마치 데븐포트 선생님이 첼트넘의 어느 화창한 아침에 프리
즘으로 보여 준 아이작 뉴턴 경의 실험처럼 눈은 빛을 숨기거나 가리지 않
고 굴절하고 분해하여, 그림자 대신에 찬란한 무지개만 온통 걸려 있었다.

우리는 정신이 혼미해진 채로 계속 걸었다. 샬럿은 한 손으로는 가발을
쓴 머리를 꼭 안고 한 손으로는 내 손을 꼭 잡은 채로 걸었다. 햇빛이 너
무나 눈부셨기 때문인지, 아니면 걸으면서도 조는지, 샬럿은 눈을 감고 비
틀거리며 걸었다. 나도 앞이 잘 보이지 않았다. 눈자위 끝에서 반짝이는
것들이 계속해서 왔다 갔다 해서 그만 환각 상태에 빠지거나 정신을 잃을
것만 같았다.

그때 샬럿이 말했다.

"루시 언니, 이제 한 발짝도 더 못 걷겠어! 기절할 것만 같아."

"여기 누우면 우린 죽을 거야. 아마 당장 꽁꽁 얼어붙어서 롤리폴리오

경의 전시회에서 본 미라처럼 될걸."

샬럿은 몸을 부르르 떨며 나무 머리 씨를 더욱더 꼭 껴안았다.

"주름이 쪼글쪼글 진 끔찍한 미라처럼 말이야?"

"그래, 주름이 아주 많이 쪼글쪼글 진 아주 끔찍한 미라 말이야. 그러니까 안 돼, 샬럿. 계속 걸어야만 해."

"하지만 여기에서 길을 발견할 순 없어."

샬럿은 빙하를 가리키며, 빙하에서 반사되는 빛 때문에 눈살을 찌푸리며 말했다.

"우린 크레바스*에 떨어질 거야. '북극의 비밀'에 나오는 오토처럼 말이야. 그래서 산산조각으로 부서져 버릴 거야. 우리는 계속 같은 자리를 빙빙 돌다 미쳐 버리고 말 거야. 루시 언니, 이렇게 멀리 왔잖아. 우리를 절대 발견하지 못할 거야. 제발 이제 좀 쉬었다 가자……."

나도 지치고 힘들었지만, 언니로서 그렇지 않은 척해야만 했다. 그것은 바로 경험과 나이에서 오는 책임감이었다. 그렇다고 무슨 보상이 따르는 것은 아니지만, 그래야만 한다.

"안 돼! 계속 움직여야만 해. 남쪽을 생각해 봐, 샬럿!"

"이제 못 가겠어……."

"가려고만 하면 갈 수 있어. 오렌지 나무와 올리브 숲 같은 걸 상상해 봐."

"난 올리브가 싫어."

"좋아, 그렇다면 멜론을 생각해 봐. 뜨거운 것들을 말이야."

---

*빙하의 표면에 생긴 깊은 균열.

"멜론은 차가워……."

나는 엄하게 말했다.

"너, 정말 피곤하게 구는구나, 샬럿."

"나도 노력하고 있어."

그래서 나는 더 이상 말하지 않고 샬럿을 앞으로 끌고 갔다. 샬럿은 세 번이나 넘어져 다리에 멍이 들었고 울기 시작했다. 나무 머리 씨의 가발도 벗겨져 나가 다시 씌워야 했고 샬럿의 옷은 다 젖었고 내 옷은 찢어졌다. 게다가 나는 얼음에 미끄러져 다리를 삐었고, 샬럿은 네 번째 넘어져 더 이상 일어나려고 하지 않으면서 아직도 울고 있다. 나는 생각했다. 안 돼! 이제 끝장이야. 우린 이제 죽을 거야. 우린 죽어, 죽어…….

주위가 어쩐지 어두운 것 같았다.

점점 더 추워졌다. 나는 주위의 어둠을 마치 담요처럼 말아 덮었으면 좋겠다고 생각했다. 그 어둠이 죽음이라는 것을 알았다. 하지만 알면서도 할 수만 있다면 그 어둠을 끌어 내려 덮고 싶었다.

그때 목소리가 들려왔다. 내 어깨 위에 손이 올려져 있었다. 샬럿이 나를 흔들어 깨웠다.

"루시 언니! 루시 언니! 저기 내가 숲에서 본 남자가 있어! 루시 언니, 일어나!"

우리 앞에는 어떻게 얼지 않은 작은 개울이 흐르고 있었다. 개울은 졸졸 흐르며 다이아몬드처럼 반짝이는 물보라의 작은 분수들을 토해 냈다. 그 개울 뒤편으로 우리를 부르는 한 남자가 있었다. 남자는 정직한 얼굴에 눈이 아주 밝은 푸른색이었다. 우리가 깨어난 것을 본 남자는 손을 흔들더니 바위들을 뛰어 개울을 건너왔다. 남자는 지쳐 보였다. 남자는 우리 앞에 서서 말했다.

"누구냐고 물어볼 필요도 없군요. 이 산에 있을 만한 소녀들이라곤 아가씨들밖에 없으니까요. 자, 여기 내가 편지를 가져왔어요."

나는 꿈을 꾸는 것만 같았다. 그러나 안주머니에서 그가 꺼낸, 온기가 남아 있는 종이는 정말 종이였다. 정말 종이였을 뿐 아니라 내가 산악 안내원의 오두막에서 쓴 바로 그 편지였다.

"이건 제가 쓴 건데요?"

내 목소리가 떨렸다.

"뒷면을 보세요."

나는 종이를 뒤집었다. 그리고 필체를 알아보자 바로 펄쩍펄쩍 뛰었다.

"샬럿! 봐! 데븐포트 선생님이야!"

샬럿도 펄쩍 뛰며 고개를 수그려 종이를 들여다보았고, 우리는 재빨리 함께 읽었다.

편지는 다음과 같았다.

사랑하는 루시와 샬럿에게
이 편지를 가져가는 사람에게 너희의 목숨을 맡겨도
된단다. 이 사람과 함께 바로 내려오도록 해라.
만나서 앞으로 할 일들에 대해 의논하도록 하자.
루시, 너의 글씨체는 끔찍하구나.

교정하도록 노력 좀 해야겠다.

너희들의 좋은 친구

오거스타 데븐포트

샬럿이 소리쳤다.

"루시 언니! 정말 데븐포트 선생님이야! 정말이야!"

나 역시 기뻤지만 샬럿과 똑같은 마음은 아니었다. 나는 내 글씨체에 자부심을 가지고 있다. 내 생각에 내 글씨체는 예사롭지 않으며 성숙하고 흥미롭다.

남자가 말했다.

"그럼, 이제 갈까요?"

나는 대답했다.

"아, 죄송해요! 네. 물론이죠!"

남자는 팔을 휘저으며 발을 구르면서 마치 눈 쌓인 산 몇천 킬로미터 정상에 서 있는 것이 아무렇지도 않은 척했다.

내가 물었다.

"이름이 뭐지요? 나는 루시예요. 그리고 여기는 내 동생 샬럿이에요."

"막스 그린도프."

그가 말했고 우리는 악수를 했다. 그는 가발이 비뚤어진 채 웃고 있는 나무 머리 씨를 가리켜 보였다.

"저기 저걸 세워 놓길 참 잘했어. 그렇지 않았더라면 아가씨들을 발견하지 못할 뻔했어요. 오다가 저걸 보았거든. 아가씨들은 누워 있어서 전혀 보이지 않았고."

샬럿은 신이 나서 나무 머리 씨를 꼭 껴안았다. 그러고는 의기양양하게
말했다.

"봐! 우리한테 행운을 가져다줄 거라고 했지!"

막스가 말했다.

"아가씨들 덕분에 최근에 아주 신기한 사건들을 겪고 있어요. 내려가면
서 내가 무슨 일이 있었는지 이야기해 줘도 될까? 그렇다면 아가씨가 공
주인가?"

"네! 어떻게 알았어요? 카다베레치 박사를 보셨나요? 박사는 감옥에서
나왔나요?"

"아하, 그렇다면 박사는 감옥에 있구나. 그럴 거라고 짐작했어야 했는
데. 나는 박사의 하인이야. 만약 박사가 감옥에 있다면 걱정할 건 하나도
없어. 마음먹는 대로 곧 나올 수 있을 테니까. 아마 경찰들에게 무슨 이야
기를 늘어놓고 아무렇지도 않은 듯 경찰서 문을 걸어 나올 거야. 보통 사
람이 아니지, 박사님은."

그리고 우리는 함께 산을 내려오며 막스에게서 그간에 있었던 모든 이
야기를 들었다. 내 마음속에서는 또다시 이상한 감정이 자라났다. 그렇게
뿌리 뽑히고 짓밟혀 이제 다시는 생기지 않을 것이라고 생각했던, 희망 말
이다.

⌒ 힐디의 이야기 ⌒
계속

아가씨들이 막스와 함께 내려올 때쯤 데븐포트 양은 휴대용 볼록 렌즈를 이용하여 불을 붙였습니다. 데븐포트 양의 재능으로도 허공에서 먹을 것을 만들어 낼 수는 없었기 때문에 우리는 모두 배가 고팠지만, 그래도 몸은 따뜻했습니다.

데븐포트 양이 아가씨들을 맞이한 따뜻함과 아가씨들이 데븐포트 양을 만난 기쁨은 모닥불보다도 훨씬 뜨거웠습니다. 내가 만약 극한 위험에 처해 엄마와 떨어졌다가 다시 만난다면, 데븐포트 양과 아가씨들 같은 기쁨을 느낄 거라고 상상해 보았습니다. 하지만 신께 감사하게도 나는 한 번도 그런 적이 없습니다. 그냥 상상만 할 수 있을 뿐이었지요. 그러나 데븐포트 양이 자기의 계획을 설명하자, 아가씨들의 표정은 다시 차가워졌고, 그 생각만으로도 나의 피는 차갑게 얼어붙기 시작했습니다.

"가장 핵심이 되는 건 바로 자미엘의 복수가 카를슈타인 백작을 향하게 하는 일이야. 그건 사냥꾼의 악령이 제물 때문에 속았을 때에만 가능하지. 그러니까, 너희들이 아니라면, 백작은 다른 사람으로 제물을 대치할 거야. 그러면서 죄 없는 생명을 희생시켜 자기 자신은 빠져나가는 거지."

루시 아가씨가 물었습니다.

"그러면 우리는 어떻게 해야 하죠, 데븐포트 선생님?"

"너희들은 성으로 돌아가서 백작이 너희를 사냥 별장에 데려다 놓도록 해야 해."

샬럿 아가씨가 소리 질렀습니다.

"뭐라고요!"

"그렇지. 백작이 너희들이 사냥 별장에 있기 때문에 자기는 안전하다고 믿게 하는 것이 이 계획의 핵심이야. 그러면 아마 백작은 아무런 조심도 하지 않을 거야. 자미엘이 성에 당도했을 때 장애물은 하나도 없는 거지."

내가 말을 꺼냈습니다.

"하지만……."

데븐포트 양은 손을 올렸습니다.

"네가 뭐라고 말할 줄 알아, 힐디. 그러니까 왜 자미엘이 사냥 별장에 있는 제물들을 놔두고 백작에게 향하느냐, 이거지? 그리고 어떻게 아가씨들이 살아 나올 수 있을지 말이지? 대답은 간단해. 너와 너의 오빠가 사냥 별장에 가서 아가씨들을 구하는 거야."

나는 놀랄 수밖에 없었습니다.

"원칙은 아주 간단해. 세상엔 악령 같은 초자연적인 존재들을 쫓는다고 알려진 물질들이 있어. 그중 하나가 마늘이지. 트란실바니아의 흡혈귀들에 대한 마늘의 효능은 널리 알려져 있어. 또 다른 물질은 은이야."

나는 이해가 가기 시작했습니다. 막스는 머리를 긁적였고, 충혈된 눈만 봐도 얼마나 피곤한지 짐작이 가는 엘리자는 데븐포트 양을 멍하니 바라보며 이 학식 높은 숙녀의 설명을 따라가려 노력했습니다.

내가 말했습니다.

"우리 여관 부엌에도 마늘이 있어요."

"많겠지. 그럼 이제 은을 구해야 해. 누구 은 장신구 가지고 있는 사람 없나?"

루시 아가씨가 말했습니다.

"나는 장신구를 하지 않아요. 원칙의 문제라서요."

샬럿 아가씨 역시 고개를 저었지만 엘리자는 목에서 작은 목걸이를 꺼냈습니다.

"제가 이걸 가지고 있어요. 하지만 이것은 아주 소중한 거예요. 막시가 저한테 준 거거든요."

그것은 반으로 갈라진 작은 은 동전이었습니다. 데븐포트 양은 그것을 자세히 관찰했습니다.

"정말 신기한 물건이군. 하지만 우리가 쓰기에는 너무 작은 것 같아. 그렇다면…… 할 수 없지. 이걸 쓸 수밖에."

이렇게 말하며 데븐포트 양은 커다랗고 매우 멋진 은팔찌를 자기 팔에서 빼내었습니다. 아름다운 팔찌였습니다. 단단한 체인처럼 보였지만 섬세하게 조각된 구슬들이 이슬처럼 둥근 은테 양쪽에 달려 있었고 깊은 색깔에 광채가 났습니다.

"이것은…… 나에게는 매우 소중한 사람이 준 선물이야."

엘리자가 외쳤습니다.

"롤리폴리오 경이군요! 죄송해요, 데븐포트 양."

"괜찮아. 그리고 네 말이 맞아. 하여튼 지금은 이 물건의 화학적 성분이 중요한 거지, 감상적인 기억이 중요한 것은 아니니까. 네 오빠가 이걸 총알 형태로 가공할 수 있을까, 힐디?"

"페터 오빠 말이에요? 하지만……."

"페터라면 할 수 있을 거야. 사냥꾼은 모두 총알을 만들 줄 아니까. 하지만 은의 녹는점은 납보다는 훨씬 높아. 그러니 시간이 좀 걸릴 거야. 지금 바로 시작하는 게 좋겠군."

데븐포트 양에게 대들어 봤자 소용이 없었습니다. 아무래도 오빠에게 가서, 오빠의 총에 은으로 만든 총알을 장전하고 내 주머니에는 마늘을 가득 넣고 아가씨들을 사냥 별장에서 구해 와야 할 것 같았습니다. 은 총알은 최후의 보루였습니다. 왜냐하면 계획은 자미엘을 없애는 것이 아니고 (나는 개인적으로 그러기를 바랐지만) 자미엘을 혼돈시켜 백작에게 향하게 하는 것이었으니까요. 우리에게는 말도 필요했습니다. 아가씨들을 안전하게 데려오기 위해서 말이지요.

엘리자가 물었습니다.

"그러면 마님은 뭘 하실 건가요?"

"이 사건은 조사를 하기 전에는 종결지을 수 없어. 개인적으로 조사를 좀 해야 할 것 같아. 그래서 지금 당장 제네바로 떠나야겠어. 엘리자와 그린도프는 아이들을 데리고 성으로 가는 게 좋겠어. 백작의 손에 직접 넘기고 숲에서 길을 잃은 아이들을 발견했다고 꾸며 대. 루시와 샬럿, 너희는 아주 불만스러운 표정을 짓고, 절대 의심스럽게 보여서는 안 돼! 힐디, 네가 맡은 역할은 아주 위험하다. 그 사실을 부정할 순 없어. 하지만 난 너를 믿는단다. 자, 이제 이 편안한 오두막을 떠나서 각자 산 아래로 내려가도록 하자."

산 아래로 내려오며 (지쳐서 비틀거리는 와중에도 잃어버리지 않도록 팔찌를 손에 꼭 쥐고) 내가 생각한 것은 오직 하나였습니다. 도대체 오빠가 어디서 총알을 만들지?

하지만 그 문제는 나의 임무 중 가장 쉬운 것으로 밝혀졌습니다. 눈에 졸음이 가득한 데다가 아직 면도도 하지 않은 오빠는 아무 말도 하지 않고 내 이야기를 듣더니 내 손에서 팔찌를 받아 들고 부엌으로 갔습니다.

"오빠! 엄마는 어떻게 하려고! 그리고 스니치 경사가 나타나면?"

"그들이 못 오도록 네가 다 막아."

이것이 오빠가 말한 전부였습니다. 그러고 나서는 불을 지피기 시작했습니다. 아직 이른 시간이었습니다. 음식을 나르는 한네를과 바를 지키는 콘라드 아저씨만 나와 돌아다녔습니다. 엄마가 내려오기 전 나는 잠들고 말았습니다. 재와 연기 냄새를 풍기는 누군가가 나를 안아다 침대에 눕히고 거위 솜털로 만든 이불을 덮어 준 것이 어렴풋이 기억났습니다.

나는 오후 늦게 잠에서 깨어났습니다. 차가운 회색의 빛이 창문으로 들어오는 시간에 말입니다. 내 머리는 온통 혼란스러웠고 두통이 왔습니다. 그리고 무언가 심하게 걱정이 되었지만 걱정의 정체가 무엇인지 알 수가 없었습니다……. 그 순간 나는 뭔가를 기억해 내고 아래층으로 뛰어 내려갔습니다.

부엌은 대장간처럼 뜨겁게 달아올라 있었습니다. 창문에서는 김이 나고 공기는 연기로 자욱했습니다. 벽난로 앞에는 발목 높이까지 잿더미가 쌓였습니다. 식탁에는 온 얼굴이 재투성이가 되고 연기로 눈이 빨개진 오빠가 앉아 있었습니다. 그 앞에는 오리알 크기로 동그랗게 진흙을 뭉친 것이 놓여 있었습니다. 오빠는 그 뭉치를 손바닥으로 조심스럽게 벗겨 냈습니다.

"무슨 일이지? 엄마는 어디 있어?"

"식당에."

"총알은 어떻게 되었어? 다 만들었어?"

"이제 꺼내 볼 참이야."

오빠는 칼을 꺼내어 칼날을 손으로 잡고 진흙으로 된 틀을 톡톡 쳤습니다. 아무런 일도 일어나지 않았습니다. 오빠는 잠시 멈추고는 나를 똑바로 바라보았습니다. 그러고는 말했습니다.

"오늘 내가 너를 따라가면, 무슨 일이 생길지 알고 있니?"

나는 고개를 끄덕였습니다.

"사격 대회."

"맞아. 힐디, 난 사격 대회에서 우승을 해야만 해. 내 마지막 기회야. 무슨 일이 있어도 이겨야 해."

오빠의 말이 맞았습니다. 나는 오빠가 어떤 위험을 감수하고 있는지 알고 있었습니다. 오늘 밤 나와 나가서 벌일 일은 내일 아침에 열릴 사격 대회의 준비로는 최악이었습니다. 나는 할 말이 없었습니다. 오빠는 다시 한번, 이번에는 더 세게 진흙 틀을 쳤습니다. 진흙 뭉치에 금이 가더니 쩍 하고 갈라졌습니다. 두 쪽으로 갈라진 진흙 뭉치가 식탁 위에서 흔들거렸습니다. 마치 복숭아 씨처럼 그중 하나에 반만 둘러싸인 채, 완벽한 은 탄환이 모습을 드러냈습니다.

"정말 아름다워!"

오빠가 외쳤습니다. 그러더니 진흙 뭉치 반쪽을 조심스럽게 잡고 은을 거푸집에 녹여 넣었던 좁다란 줄기에서 탄환이 떨어져 나올 수 있도록 틀을 톡톡 쳐서 떼어 내었습니다.

"하루 종일 걸렸어. 첫 번째 틀이 부서져서 반은 건지지 못했지. 하지만 정말 잘 만든 탄환이야!"

오빠는 붙어 있는 줄기의 나머지를 갈아 내기 시작했고 나는 내 주머니를 마늘로 채웠습니다.

"오빠, 말은 어떻게 되었어?"

"한네를이 해결하기로 했어."

"말이 필요 없으면 좋을 텐데……."

"말은 필요해. 먼 데다가 올 때는 아가씨들도 태우고 와야 하잖아. 잊지 마. 그리고 너무 늦게 출발하면 안 돼."

오빠는 오래된 괘종시계를 올려다보았습니다. 네 시 반이었습니다.

지금 출발하면 별문제는 없을 것입니다. 하지만 다섯 시가 넘어서 출발한다면, 좀 서둘러야 할 것입니다. 다섯 시보다 더 늦으면 아마 자정 전에는 도착하지 못할지도 모릅니다. 그러느니 아예 나가기 전에 포기하는 게 나을지도 모르지요. 하지만 나는 그래도 말이 필요 없었으면 하고 바랐습니다. 나는 말이 싫었습니다. 어쩌면 말들이 나를 싫어하는 것일지도 모릅니다. 늙은 팬지가 내가 탈 수 있는 유일한 말이었는데, 팬지가 걷기만 하고 뛰지는 못했기 때문이었죠.

페터 오빠는 다시 한번 총알을 들어 감탄하고는 마구간에서 나와 부엌문을 열고 들어오는 한네를을 쳐다보았습니다. 한네를은 부드럽고 착한 열여섯 살의 소녀로 오빠를 사모하고 있었습니다. 오빠는 약간 험상궂은 분위기로 잘생긴 데가 있었습니다.

한네를이 말했습니다.

"말 두 필을 구해 놓았어. 안장도 올려놓고."

오빠가 물었습니다.

"누구네 말들이야?"

우리 마구간에 말이 두세 필 넘게 있을 때는 거의 없었습니다. 하지만 지금은 여관이 꽉 차 열두 필도 넘게 있는 것 같았습니다.

"정확히 누구 말인지는 모르겠지만 오늘 밤에는 아마 아무도 말을 쓰지 않을 거야. 모두들 식당에 파이프를 물고 자리 잡고 앉아 있거든."

"잘했어."

오빠의 이 말에 바보 같은 한네를 얼굴이 빨개졌습니다.

나는 엄마에게 여러 가지로 양심의 가책을 느끼며 인사를 하러 식당으로 나갔습니다. 손님의 말을 타고 가는 것 역시 양심에 가벼운 일은 아니었습니다. 엄마는 콘라드 아저씨가 맥주 통 마개를 딸 때 내 옆쪽에 있었습니다. 오빠가 뭐라고 엄마한테 말해 놓은지 몰라서 조심스럽게 이야기를 해야 했습니다.

엄마는 말했습니다.

"그래?"

"우린 좀 나갔다 와야 해요. 숲으로요. 엄마, 아주 중요한 일이에요."

"좋다. 더 이상 묻지 않으마. 네 오빠는 나에게 하루 종일 아무 말도 하지 않았다. 정말 이해할 수가 없구나. 맙소사, 도대체 무슨 일이 벌어지고 있는지 모르겠지만, 힐디, 네가 오빠를 잘 돌봐

쥐야 한다."

"제가…… 오빠를요?"

"오빠가 제발 경찰을 쏘는 일이나 없도록 네가 잘 보고 있어라. 그렇게 되면 몇 주 감옥에 가는 게 아니라 평생 감옥에서 썩을지도 몰라. 그렇다면 이 엄마는 죽어 버릴 거다. 정말, 난 견딜 수가 없구나."

그러더니 엄마는 갑자기 아주 조용히 울기 시작했습니다. 나는 엄마를 위로하려고 했지만 엄마는 눈물을 닦더니 나를 밀쳐 냈습니다.

"그게 내가 너한테 부탁하는 거야. 그럼 이제 가, 가라."

탁한 목소리였습니다.

엄마는 나를 다시 밀어냈고 엄마를 놔두고 나왔지만 내 마음은 온갖 종류의 불행한 감정으로 가득했습니다. 엄마 때문에 내 머릿속은 갑자기 상상으로 본 오빠의 모습으로 꽉 찼습니다. 머리를 박박 깎고 죄수복을 입고 쇠사슬에 묶여 한쪽에는 감시인이, 한쪽에는 검은 옷을 입은 목사가 함께 선 모습 말입니다. 차가운 회색의 아침 공기가 무정한 단두대를 비출 때…… 나는 이 그림을 머릿속에서 몰아내려고 애쓰며 다시 부엌으로 돌아왔습니다.

오빠가 말했습니다.

"빨리 가자. 도대체 무슨 일이야?"

"오빠, 경찰은 절대로 쏘면 안 돼."

"뭐야? 그거였어? 빨리 나가자, 어서."

하지만 우리는 부엌문 앞까지밖에 나갈 수 없었습니다. 갑자기 얼굴이 새하얗게 질린 한네를이 들어와서는 문을 닫아 버렸기 때문입니다.

"뭐야?"

오빠가 묻자 한네를은 절망적으로 속삭였습니다.

"경사가 여기 와 있어. 여기 마구간에! 지금 마구간에 누군가와 함께 들어와 말을 보고 있어. 나는 그 두 말에서 안장을 내리고는 치우는 척하고 있었어. 빨리 숨어! 이리로 들어올지도 몰라!"

오빠의 얼굴은 어두워졌습니다. 오빠는 시계를 바라보았습니다. 다섯 시 15분 전이었습니다. 경사가 얼마나 더 있을까요?

내가 속삭였습니다.

"지하 창고로 내려가. 빨리. 내가 어떻게든 경사를 해결할게. 제발 숨어 있어."

오빠는 내키지 않는 듯 지하 창고로 내려갔고 나는 마구간으로 들어갔습니다. 하지만 그때 경사는 부엌으로 들어가 헬멧을 벗고 이마의 땀을 훔치고는 식탁에 앉았습니다.

경사가 말했습니다.

"후유! 이게 다 뭐야? 부엌을 통째로 태우려고 했나?"

나는 물었습니다.

"뭘 드릴까요?"

"좀 앉아서 맥주 한잔했으면 좋겠는데. 너희 엄마와 얘기도 좀 해야겠다. 엄마 어디 계시냐?"

"엄마랑 무슨 얘기를 하시려고요?"

그는 대답 대신 자기의 커다란 붉은 코를 쳐 보이고는 아무 말도 하지 않았습니다. 한네를은 마구간 입구에서 불안하게 서성거렸습니다. 오빠는 아마 지하 창고로 내려가는 계단 맨 위에 웅크리고 앉아 이 모든 대화를 듣고 있을 것입니다.

그때 엄마가 들어와 경사를 보고 당황해서 말했습니다.

"아이코! 정말 좋지 않은 때 오셨군요. 지금은 여관에 손님이 꽉 차 있어요. 하루 종일 사람들이 들어왔다 나갔다…… 게다가 일을 도울 사람도 없고. 그런데 경사님은 아주 한가운데에 떡하니 자리를 잡으셨군요. 경사님, 뭘 어떻게 해 드릴까요?"

경사는 달래듯 말했습니다.

"아이고, 부인. 그냥 뭐 이야기나 좀 하려고 들렀습니다."

엄마는 쏘아붙였습니다.

"지금은 시간이 없어요. 이제 가세요! 나가라고요. 당신은 방해만 될 뿐이에요!"

엄마는 소스 팬을 경사의 팔꿈치가 놓인 식탁에 쾅 하고 내려놓고는 밀가루를 흔들어 커다란 양푼에 담으면서 일부러 경사의 제복에 튀게 하였습니다. 나는 한네를과 마구간에 들어가 문을 닫고 말했습니다.

"빨리, 아까 그 말들에 안장을 얹어 줘. 엄마가 경사를 쫓아내자마자 출발할 거야."

"안 돼. 아까 저 사람이 말을 사러 왔다고 했단 말이야. 이제 여기 왔다 갔다 하며 말을 볼지도 몰라."

"뭐라고! 도대체 그게 언제쯤 끝나는 거야?"

한네를이 고개를 저을 때 교회의 종이 다섯 시를 알렸습니다. 나는 계단에 주저앉았습니다. 소스 팬이 쾅쾅거리는 소리와 엄마의 쏘아붙이는 소리 사이사이로 경사의 목소리가 문 뒤에서 새어 나왔습니다. 시간은 계속해서 흘러갔습니다.

나는 한네를에게 말했습니다.

"안 되겠어. 아무래도 어떻게 되건 간에 말에 안장을 얹고 위험을 감수해야 해. 같이 말을 데리고 나가서 샛길에서 기다리자."

"하지만 만약……."

"그들이 안 들어올 거라고 바라는 수밖에 없지. 네가 고른 말이 어떤 거지?"

한네를은 나에게 거대한 검은 짐승과 변덕스러워 보이는 갈색 말을 가리켜 보였습니다. 두 말의 생김새가 모두 마음에 들지 않았지만 한네를과 함께 안장을 올리고 다시 문 쪽으로 갔습니다. 경사는 아직도 앉아 있었습니다. 게다가 다른 사람의 목소리까지 함께 들려왔습니다. 콘라드 아저씨가 뭐라고 말했습니다.

시계는 다섯 시 반을 쳤습니다.

내가 속삭였습니다.

"맙소사, 저 사람 도대체 언제 갈 거야? 한네를, 가서 어디에 도둑이 들어서 당장 경사가 가 봐야 한다고 말 좀 해."

바로 그때 의자가 뒤로 젖혀지는 소리가 나고 경사의 웃음소리가 들려왔습니다.

한네를이 속삭였습니다.

"이제 가나 보다. 아마 이쪽으로 나올 거야."

우리는 기다렸습니다. 또 시간이 흘렀습니다. 나는 거의 절망했습니다. 급기야 나는 더 이상 참을 수가 없어 문을 열고 부엌으로 들어갔습니다. 엄마는 불 앞에서 바쁘게 일했고 얼굴은 화가 나서 굳어 있었습니다. 경사는 식당으로 통하는 문 앞에 서서 누군가와 이야기를 했습니다.

나는 속삭였습니다.

"엄마! 문 좀 닫아 주세요. 오빠를 나오라고 해야겠어요!"

엄마는 고개를 끄덕이고 경사를 밀쳐 내더니 문을 닫았습니다. 나는 지하실로 통하는 문을 열었습니다. 계단 맨 위쪽에 앉아 있던 오빠가 튀어나왔습니다.

"경사는 어디 있지?"

오빠의 물음에 내가 속삭였습니다.

"빨리! 이제 가자!"

문을 닫기 전에 시계를 보았습니다. 여섯 시 15분 전.

오빠는 화가 나서 욕설을 퍼부으며 검은 말 위에 올라탔습니다. 그리고 한네를은 내가 말에 올라타는 동안 갈색 말을 잡고 있느라 안간힘을 썼습니다. 오빠의 말이 성질을 부리는 동안 나는 "착한 말아…… 정말 착하구나……. 이제 자, 부드럽게……." 같은 말도 안 되는 소리를 했습니다. 말은 나를 무시하듯 머리를 쳐

들었고 한네를이 문을 열어 주자 우리는 출발했습니다.

이미 어두워졌습니다. 우리가 말을 타고 지나오는 집들에는 불이 켜졌습니다. 눈이 조금 내리고 있었습니다. 내려앉을까 더 날아다닐까 마음을 정하지 못한 것처럼 눈은 우울하게 휘날렸습니다. 오빠는 오른쪽도 왼쪽도 바라보지 않고 똑바로 달렸습니다. 내 말은 눈길을 좋아하지 않았습니다. 말을 탓할 수는 없었지만 좀 껑충껑충 뛰지 않았으면 하고 바랐습니다.

우리가 다리에 다다를 때까지 나는 그런대로 잘 버텼습니다.

다리를 건너는 것이 가장 위험했습니다. 다리는 언제나 사람들로 붐볐는데, 왜냐하면 몇 킬로미터 안에서 강을 건널 수 있는 길은 이 다리밖에 없었기 때문이었습니다. 다리로 통하는 길 또한 중요한 길이었습니다. 그 길은 언제나 여행자들이 오갔고 마을 사람들과 성에 사는 사람들이 이용했기 때문에, 지금처럼 두세 사람이 이곳을 거니는 광경은 전혀 이상하지 않았습니다. 그들은 낯선 사람들이었습니다. 마치 산책이라도 나온 것 같았습니다. 짐도 없었고 먼 여행을 떠나온 차림새도 아니었습니다. 그중 한 명은 등불을 들고 있었습니다. 그들은 우리가 지나가도록 길을 비켜 주었습니다. 그들 중 한 명이 갑자기 등불을 들고 있는 사람의 팔을 붙잡았습니다.

그러더니 오빠가 탄 검은 말을 가리키며 소리쳤습니다.

"저건 내 말인데!"

오빠는 욕설을 내뱉고 말의 옆구리를 차며 더욱더 속력을 높였습니다. 남자는 길 한가운데로 뛰어들었습니다.

"링글! 링글!"

남자가 외치며 팔을 휘두르면서 오빠가 탄 말의 고삐를 잡으려고 했습니다. 하지만 오빠는 속력을 내며 남자를 지나쳐 달려갔습니다. 중심을 잃은 남자는 꽁꽁 언 길 위로 넘어져 바닥에 벌러덩 눕고 말았습니다. 남자가 바로 내 말 밑에 쓰러졌기 때문에 나는 비명을 질렀습니다. 앞쪽에서 오빠가 뭐라고 소리치자 다른 두 남자도 소리를 질렀습니다. 내가 탄 말이 펄쩍 뛰어 옆으로 피해, 누워 있는 남자를 밟지는 않았습니다. 하지만 나는 안장 옆으로 밀려나 마구를 거의 놓치는 바람에 공포에 질린 채 한 손으로는 말갈기를 붙들고 다른 한 손으로는 재갈을 붙들었습니다. 내가 마구에 똑바로 앉아 균형을 잡으려고 몸을 비트는 순간 한 남자가 앞으로 뛰어나와 재갈을 잡아챘습니다. 말 머리가 갑자기 휙 꺾이는 와중에 나는 말에서 떨어졌습니다.

너무 놀라서 아프지도 않았습니다. 두 남자가 멈추라고 외쳤지만 나는 절뚝거리며 마구 달렸습니다. 공포와 흥분에 휩싸인 말은 울며 날뛰었습니다. 뒤에서 다른 소리들이 들려오는 것으로 보아, 마을의 다른 사람들도 이 소동을 들었다는 것을 깨달았습니다. 경찰이 언제쯤 당도할까요? 걱정 때문에 속이 울렁거렸습니다.

오빠는 사라지고 없었습니다. 나는 오빠가 내게 일어난 일을 보았기를, 그래서 나를 기다리지 않기를 바랐습니다. 우리는 너무 많은 시간을 낭비해 버렸습니다. 모든 것이 알려질 것임이 분명합니다. 말들을 조사하면 즐거운 사냥꾼이 나올 것이고 엄마도 심문을 당할지 모릅니다.

나는 어둠이 내리는 가운데 나무들 아래의 눈 속에 누웠습니다. 울고만 싶었습니다. 시작도 하기 전에 우리의 계획은 실패하고 만 것입니다. 다리에서는 사람들이 오빠가 사라진 쪽을 가리키며 날뛰는 말을 잡고 쓰러진 남자를 일으켜 세우며 도움을 청하면서 다리 위아래를 수색했습니다. 사람들을 지휘하는 경사의 모습도 보였습니다. 사람들은 무장을 하고 있었습니다.

나는 그 자리에 계속 누워 있었습니다. 옷을 통해 느껴지는 추위가 바로 내 심장을 찔렀습니다. 주머니에는 아무 쓸모가 없게 된 마늘이 꽉 차 있었습니다. 이제 오빠에게 모든 것이 달려 있습니다. 그리고 은으로 만든 작은 탄환에 말입니다. 하지만 오빠가 시간에 맞추어 갈 수 있을까요?

～✦ 루시의 이야기 ✦～
계속

승리라는 것에는 음울한 구석이 있다. 특히 승리가 나 자신의 것이 아니라 다른 사람의 것일 때는 말이다. 게다가 그 다른 사람이 손마디를 깨물고 온몸을 비비 꼬며 차가운 눈을 한, 으르렁거리는 호랑이처럼 웃는 삼촌일 때는 더욱더 그렇다. 삼촌은 우리를 환영했다. 여기서 우리란 나와 샬럿, 막스와 엘리자이다. 우리를 서재로 안내하는 삼촌의 의기양양하고 탐욕스럽고 교활한 모습에 나는 바로 몸을 돌려 도망치고 싶었다.

나와 샬럿은 아무 말도 하지 않기로 했다. 막스가 이야기를 했고 하인리히 삼촌은 손을 쓱쓱 문지르며 우리에게서 단 한순간도 눈을 떼지 않았다. 나도 삼촌을 쏘아보았지만, 삼촌의 으스스한 눈빛은 내가 감당하기는 너무나 강해 나는 눈을 내리깔아야만 했다.

막스가 말했다.

"우리는 아가씨들을 산에서 발견했습니다. 길을 잃은 것 같았지요. 당연히 집으로 모셔다 드리는 것이 마땅하다고 생각했습니다."

"아주 잘했어, 아주……. 불쌍한 것들! 너희들을 다시 보게 되어서 얼마나 기쁜지! 내 귀여운 아가들, 이제야 하인리히 삼촌의 집에 왔구나……."

주절주절, 주절주절. 차가운 눈을 빛내며 우리 머리에서부터 발끝까지 계속 쏘아보며, 슥슥 소리가 나도록 손을 비비는 걸 멈추지 않은 채, 입가에 어색한 미소를 띤 채 삼촌은 계속해서 말했다.

엘리자가 말했다.

"아가씨들은 겁에 질려 있었어요, 백작님. 누군가 아가씨들에게 무서운 이야기를 해 주었나 봐요. 아가씨들은 자기들이 무얼 하는지도 모르고 집을 나갔음이 분명해요."

"그렇지, 맞아. 그 말이 맞다고. 불쌍한 것들! 얼마나 춥고 배가 고팠을까? 배고프지? 응? 뭐라고 대답 좀 해 봐라. 배고프지?"

"네, 하인리히 삼촌."

나는 대답을 할 수밖에 없었다. 삼촌은 내 볼을 엄지와 다른 손가락으로 꼬집었는데, 멀리서는 아주 친밀한 행동처럼 보였을 것이다.

삼촌은 겨우 손을 내려놓았다. 삼촌이 종을 쳐서 하인을 부르는 동안 나는 뺨을 문질렀다. 삼촌은 막스와 엘리자를 향하더니 자기 책상 서랍을 뒤졌다. 그러고는 돈을 얼마 꺼내어 그들에게 주었다.

"여기, 이것 받으시오. 내 감사의 표시요."

"감사합니다, 백작님."

막스는 말하며 이마에 힘을 주었다. 나는 막스가 이 역할을 좋아하지 않는다는 것을 알 수 있었다. 막스의 연기력은 형편없었다. 그동안 도대체 어떻게 카다베레치 박사 옆에서 공연을 하고 다녔는지 의심스러울 지경이었다. 하지만 하인리히 삼촌은 너무나 의기양양해서 그런 건 전혀 눈치채지 못하는 것 같았다. 삼촌은 막스의 어깨를 툭툭 치더니, 이번에는 (소름 끼치게도!) 샬럿과 나 사이로 들어와 한 팔로 우리 둘을 모두 감싸더니 우리를 안았다. 우리는 꼼짝도 하지 않고 서 있었다.

잠시 뒤, 못된 밀러 부인이 들어와 우리를 데려가 음식을 주겠다고 했다. 나는 그 말이 우리를 데려가 필요할 때까지 가둬 놓겠다는 뜻이라는 걸 알 수 있었다. 마치 배 위의 짐짝처럼 말이다. 우리는 막스와 엘리자에게 작별 인사를 하지 못했다. 그럴 시간이 없었다. 하지만 엘리자는 하인리히 삼촌이 밀러 부인과 이야기하느라 몸을 돌렸을 때 우리에게 재빠르게 미소를 날렸으며 막스는 한쪽 눈을 찡긋해 보였다. 하지만 두 사람은 우리의 기분만큼이나 걱정스러워 보였다. 나는 90번째로, 우리가 지금 잘하고 있는 걸까 하고 생각했다.

우리를 구해 준 것으로 되어 있는 두 사람이 시야에서 사라지자마자 우리는 곧바로 죄수가 되었다. 밀러 부인은 우리에게 못되게 이야기했으며, 밀러 부인의 무서운 방에서 허여멀건 수프와 마른 빵을 먹는 동안에는 언제나 말들을 심하게 대하는 성격 나쁜 마부 빌헬름이 들어와 우리를 감시했다. 밀러 부인은 우리에게 포도주도 한 컵씩 주었는데, 목이 말랐던 우리는 포도주를 모두 마셨다. 마지막 씹은 음식이 목으로 넘어가기도 전에 우리는 하품을 하며 꾸벅꾸벅 졸았다. 이런 생각을 하던 것이 기억난다.

정말 이상해. 우리를 계속 보고 있잖아? 누군가 다른 사람이 왔네. 스니블 부르스트구나. 샬럿을 향해 재채기하며 침을 다 튀기는데도 샬럿이 가만히 있잖아. 샬럿이 자고 있구나. 누군가 나를 들어 올리네. 나도 잠이 들 것 같아……

그러고는 이상한 느낌으로 가득히 몰려오는 어둠만이 꿈처럼 다가왔다가 사라졌다. 추위, 덜컹거리는 불편함, 말들의 소리, 마른 가죽이 삑삑거리는 소리, 내 얼굴 앞에 들이대는 다른 사람의 얼굴에서 나는 고약한 브랜디 냄새, 볼을 긁는 거친 담요의 느낌, 다시 고요, 나는 잠에 빠져들었다. 내 생애 가장 깊은 잠에……

몇 시간이 지났는지 모른다. 시계의 똑딱거리는 소리가 나를 깨웠다. 시계 소리 중에도 이상하게 잘 들리는, 개성 있는 소리가 있다. 그 소리는 친절하게도, 사악하게도 들리기도 한다. 생명의 신비까지 밝혀지고 있는 놀라운 이 시대에 기계의 심성에 대해 부정할 생각은 없다. 하여튼 내 귀에 들린 시계 소리는 그리 좋지 않았다. 소리에 뭔가 악의 있는 울림이 있었다. 몸체 깊숙한 곳에 숨겨진 섬세하고 오래된 삐걱거리는 소리가 다음의 딱 소리를 내기 위해 온 힘을 다하고 있는 듯한 그 느낌, 그 똑딱 소리는 느리고도 엄숙했다. 한 번 한 번이 마지막이 될지도 모른다는 듯……

그것은 사냥 별장의 시계 소리였다. 우리는 붙잡혀서 사냥 별장에 와 있었다!

그 순간 잠이 확 깼었다. 나는 담요에 둘둘 싸인 채 난로 앞 양탄자에 누워 있었다. 너무 꼭 싸여서 움직이기가 힘들었다. 혹시 묶여 있는 걸까? 나는 겁에 질려 몸부림을 쳤다. 다행히 밧줄로 묶여 있지는 않았다. 난로에는 불이 없었고, 아주 추웠다. 나는 일어나 앉았다. 내 옆에는 비슷하게 꽁꽁 싸인 샬럿이 누워 있었다. 나는 샬럿을 흔들었다. 하지만 몸을 움직이자 울렁거림과 심한 두통이 머리를 울렸다. 샬럿은 일어나려고 하지 않았고 나는 샬럿을 깨울 만한 힘이 없어 몸을 떨며 다시 누웠다.

완전히 깜깜한 것은 아니었다. 빽빽이 서 있는 검은 나무들 쪽으로 나 있는 작은 창문으로 졸린 듯 이상하게 슬픈 달빛이 새어 들어왔다. 머리의 욱신거림이 조금 가시자 일어나 앉아 그 희미한 달빛을 통해 주위를 둘러보고 이곳에 우리 둘만 있다는 사실을 알았다. 거친 나무판자 벽에는 흉한 그림자 덩어리들이 가고일처럼 불쑥불쑥 튀어나와 있었다. 승리의 증표, 백작과 그의 조상들이 죽여 온 곰과 사슴들의 머리였다. 상상이었지만, 유리로 만들어 박은 동물들의 눈은 하인리히 삼촌의 눈처럼 사납고 차갑게 빛났고, 모두들 여러 가지 목소리로 조용히 울부짖는 것만 같았다. 희생 제물, 희생 제물! 우리처럼 너희도…….

나는 샬럿의 손을 찾아 세게 꼬집었다. 샬럿은 작은 소리로 비명을 지르며 나처럼 일어나 앉았다. 그러고는 손을 머리에 가져다 대었다.

"루시 언니? 여기가 어디야? 아아, 머리가 아파…… 토할 것 같아……."

그러더니 다시 양탄자에 쓰러져 옆으로 몸을 휙 돌렸다. 나는 잠시 동안 샬럿이 토하는 줄 알았다. 하지만 잠깐 시간이 지나자 샬럿은 안정을 되찾았다.

"루시 언니, 머리가 아파."

"샬럿, 우리는 약을 먹은 것 같아. 그 포도주에 말이야."

"오, 안 돼⋯⋯. 독약!"

"아니, 독약이 아니라 잠재우는 약 말이야. 음식을 먹은 이후로는 기억이 하나도 안 나."

"기억나. 스니블부르스트가 나한테 침을 튀기면서 온통 재채기를 했어. 더러운 사람이야. 언니, 이제 어쩌면 좋지?"

나는 이번에는 정색을 하고 똑바로 앉아 시계를 쳐다보았다. 거의 열한 시 반이었다. 자정이 되려면 30분밖에 남지 않았다.

샬럿이 말했다.

"루시 언니! 시간! 지금쯤은 와야 하잖아!"

"시계가 빠를지도 몰라. 분명히 그럴 거야. 어떻게 벌써 열한 시 반이 되었겠어."

나는 차분하게 들리게 말하려고 애썼다.

하지만 샬럿 역시 일어나 시계를 들여다보았다. 샬럿이 시계를 들여다보자, 시계는 마치 우리들이 자기를 보고 있다는 것을 알아채기라도 한 듯, 그 악한 심장 깊숙이 있는 용수철 하나를 소리를 내며 흔들었다. 우리는 깜짝 놀라 뒤로 물러섰다. 시계는 한 번 울려 30분을 알리더니 다시 용수철이 풀리며 기분 나쁘게 만족한 한숨을 쉬는 것 같았다.

샬럿이 말했다.

"이제 어떻게 하지?"

샬럿은 창문 쪽으로 뛰어갔다. 나는 문 쪽으로 가 보았다. 문은 잠겨 있었다. 창문에는 철창이 쳐 있었다. 나갈 수 있는 방법은 없었다. 우리는 방 한가운데에서 이쪽저쪽 두리번거리며 겁에 질려 정신을 잃을 지경이었다.

"샬럿, 우리는 생각을 해야 해. 포기하고 울고 있어서는 안 돼. 데븐포트 선생님은 그런 걸 원하지 않을 거야. 굴뚝은 어떨까? 타고 올라갈 수 있을까?"

우리는 당장 무릎을 굽혀 굴뚝 속을 들여다보았다. 아아, 굴뚝 안이 그렇게 어둡지만 않았더라면, 그리고 제발, 모든 어둠이 그렇게 무섭게 느껴지지만 않는다면. 검댕이 가득한 굴뚝 속을 아무리 만져 보아도 나갈 구멍은 없었다. 굴뚝은 진짜 굴뚝이 아니라 벽돌 옆으로 벽에 파 놓은 얇은 통로였을 뿐이었다. 커다랗고 친절한, 타고 올라가면 옆집으로 빠져나갈 수 있는, 그런 종류의 굴뚝은 아니었다.

그렇다면 이제 어떻게 해야 할까? 문을 부수고 나갈 수 있을까?

안 된다. 문은 너무 튼튼했고, 우리에게 그럴 힘이 있다고 해도 집 안에는 문을 부술 만한 것이 아무것도 없었다.

창문은? 철창 사이로 빠져나갈 순 없을까?

그것도 불가능했다. 유리를 깰 수는 있겠지만 쇠창살이 너무나 촘촘했다. 더구나 새로 만든 것이었다. 그때 나는 삼촌의 사악함을 명확하게 깨달았다. 삼촌은 우리가 도망치려 할 것을 미리 안 것이다. 그래서 도망갈 수 있는 모든 방법을 미리 막아 두었다. 창문에 새 철창을 해 달았을 만큼 작은 일에도 철저했던 것이다. 나는 거의 절망했다. 삼촌은 모든 것을 예상한 것만 같았다. 우리에겐 희망이 없었다.

샬럿이 속삭였다.

"루시 언니, 그가 우리를 어떻게 할까?"

누구를 그라고 하는지는 물어볼 필요도 없었다. 물론 자미엘이다.

"몰라. 모른다고."

너무 무서운 나머지 내 목소리는 마치 화내는 것처럼 들렸다.

"우리를 갈기갈기 찢어 버릴 거야! 사냥개들이 동물들에게 하는 것처럼……. 본 적이 있어."

샬럿의 목소리는 너무 작아서 잘 들리지 않을 지경이었다.

"그래! 나도 봤어! 그만 좀 해, 샬럿. 아무 일도 없을 거야. 데븐포트 선생님이 그러셨잖아……."

샬럿은 바닥에 주저앉아 담요를 끌어당겨 덮었다. 추위 또는 공포 때문이었을 것이다. 나도 춥고 무서웠다. 샬럿과 똑같이 담요를 끌어당겨 덮고 싶었다. 하지만 나는 데븐포트 선생님과 우리를 구하러 오고 있을 힐디를 생각했다. 그러다 창밖에 음울하게 늘어선 소나무들을 바라보았다. 설혹 우리가 밖으로 나갈 수 있다고 하더라도 바깥 역시 이곳이나 똑같이 위험했다.

시계는 계속해서 똑딱거렸다. 산 너머 아주 멀리서 거대한 천둥소리가 들려왔다. 잔뜩 긴장한 탓인지 갑자기 모든 소리가 다 들리는 것 같았다. 잘난 척하는 시계의 윙윙거림 같은 진짜 소리와, 사냥꾼의 악령을 피해 공포에 질려 몸을 감추는 숲의 작은 동물들의 움직임 같은 상상의 소리까지, 모든 소리가 들려왔다. 나는 증오심을 담아 시계를 노려보았다. 자미엘이 나타날 것이다. 15분 뒤면…….

다시 한번 천둥소리가 울려 왔다. 그런데 이것은 무슨 소리일까? 요란한 말발굽 소리일까? 저 멀리서 들려오는, 죽은 자들의 물가에서 어린아이들의 유령이 내는 울음소리 같은 이 소리는 사냥꾼의 악령이 몰고 오는 사냥개들 소리일까?

아니다. 나의 상상일 뿐이다.

하지만 말발굽 소리는 상상의 소리가 아니었다. 소리는 점점 더 커졌다. 진짜 말발굽 소리였다. 나는 샬럿에게 달려가 샬럿을 꼭 껴안았다. 바깥에서 말발굽 소리가 멈추고 말에 탄 사람이 말을 멈추는 동안 우리는 아무 말도 할 수 없었다. 자미엘일까? 바로 사냥꾼의 악령일까? 하지만 아직 자정이 되지 않았는데. 말은 스스로 겁을 집어먹은 듯 울부짖으며 땅바닥을 찼다.

잠시 조용해졌다가 갑자기 문에 무언가가 쿵 부딪쳤다. 마치 자미엘이 오기 전에 잠시 짬을 이용해 우리를 잡아먹으려는 다른 악령이라도 나타난 것처럼.

희망보다는 절망에 사로잡혀 나는 외쳤다.

"힐디!"

하지만 다른 목소리가 대답을 했다. 남자였다. 그러나 그 남자의 말은 알아들을 수가 없었다. 의심의 여지가 없었다. 그의 목소리 뒤로 사냥개들의 섬뜩한 으르렁거리는 소리가 가까이 다가왔다. 샬럿은 내 손을 쥐어짰다. 우리는 공포에 질려 문을 바라보았다. 바깥의 남자는 더욱더 소리를 지르며 육중한 문을 맹렬하게 쳤다.

바로 그때, 너무나 분명하게 오싹하며 피를 얼어붙게 만드는, 가장 무서운 소리가 들려왔다. 사냥 뿔피리가 내는 단 한 음의 분명한 소리…….

카를슈타인성

3부

다시 힐디

1

　나는 계속해서 나 자신에게 일러야 했습니다. 오빠는 경찰을 따돌릴 수 있을 거야. 오빠는 경찰보다 똑똑하니까. 그들은 오빠를 절대로 찾을 수 없을 거야……. 이렇게라도 하지 않았다면 나는 울음을 터뜨렸을 것입니다.

　모든 것이 오빠에게 달려 있었습니다. 내가 할 수 있는 일은 아무것도 없었습니다. 끔찍한 일이 일어날 것이라는 것을 알면서도 아무런 도움도 줄 수 없는 나의 처지가 너무나 괴로웠습니다. 나는 어둠 속에 앉아 몸을 떨며 점점 잦아드는 수색대들의 고함 소리를 들었습니다. 말에서 떨어질 때 부딪친 어깨와 팔이 욱신거리며 아파 왔습니다. 바로 그때 한 번도 느껴 보지 못한 어떤 감정을 알게 되었습니다. 그 감정은 너무나 낯설었기 때문에 처음에는 그것이 무엇인지 알지 못했습니다.

나는 머릿속을 한참 뒤져서야 그것에 딱 어울리는 단어를 찾아냈습니다. 그것은 바로 복수심이었습니다.

네, 아주 이상한 일이었습니다. 우리는 모두 시칠리아의 도둑들에 대해 알고 있습니다. 피투성이의 원한과 명예를 지키기 위한 앙갚음 같은 것 말입니다. 그리고 이렇게 생각하지요. 남쪽 사람들은 역시 달라. 우리보다는 열정적이지. 스위스에 사는 우리는 좀 더 둔감합니다. 그런 식으로는 살지 않지요. 하지만 빌헬름 텔*은 스위스인이 아닌가요? 텔이, 만약 자기의 첫 번째 화살이 빗나가 자기 아들을 죽인다면, 독재자 게슬러를 쏘기 위해 두 번째 화살을 허리띠에 꽂은 것만큼이나 용감하고 명예로운 행동이 또 있을까요? 어쩌면 우리 스위스인들도 그렇게 둔하지 않을지도 모릅니다. 우리도 자극을 받으면 열정적일 수 있을지도 모릅니다. 나는 자극을 충분히 받았습니다. 무얼 할지는 몰랐지만, 나는 무언가 할 것입니다. 카를슈타인 백작은 게슬러보다 더 악하면 악하지, 못하진 않습니다. 누군가 그 사실을 그에게 알려 줄 때가 된 것입니다. 나는 성을 향해 출발했습니다.

그때 어떻게 걸어갔는지는 잘 기억이 나지 않습니다. 별로 놀라운 일은 아닙니다. 나는 성에 아주 많이 올라갔으니까요. 아마도 눈을 감고도 낭떠러지로 떨어지지 않고 성으로 올라갈 수 있었을

---

* 활을 잘 쏘는 사냥꾼 빌헬름 텔이 폭군 게슬러 총독을 몰아낸 스위스의 이야기. 게슬러 총독의 모자에 절을 하지 않았다는 이유로 아들의 머리 위에 사과를 올려놓고 쏘라는 명령을 받은 빌헬름 텔은 화살 두 개를 허리춤에 꽂고 첫 번째 화살로 사과를 명중시킨다. 실패하면 두 번째 화살로 게슬러를 쏠 생각이었던 것이다. 실러의 희곡과 로시니의 오페라를 통해 널리 알려졌다.

것입니다. 기억나는 것은 천둥 번개가 모두 내 속에 들어 있는 듯한 느낌뿐입니다. 분노와 노여움. 온몸은 더우면서도 추웠고 머리는 핑핑 돌고 피곤했습니다. 지금 생각해 보니 제정신이 아니었습니다. 어쨌든 순식간에 성문 앞에 도달한 것 같았습니다.

나는 백작의 서재에 불이 켜졌나 탑 쪽을 먼저 쳐다보았습니다. 불은 꺼져 있었습니다. 만약에 지금 자리에 없다면 내가 먼저 가서 기다려 주지. 그리고 백작이 들어오면 놀라게 하는 거야.

나는 아주 조용히, 컴컴한 곳으로만 성문으로 미끄러지듯 들어가 마당 끝까지 닿았습니다. 성에서 기르는 개 두어 마리가 나를 쳐다보자 잠시 동안 숨을 쉴 수 없었지만, 개들은 내가 성에서 쫓겨났다는 것을 몰랐기 때문에 개들에게 나는 아직도 성의 일원이었습니다. 개들은 나를 알아보고는 다시 제자리로 돌아갔습니다.

마구간에 다다랐을 때 성의 시계가 여덟 시를 알렸습니다. 나는 빗장을 올려 마구간 안으로 들어가 벽을 더듬어 빗자루며 비누, 양초를 보관하는 작은 창고를 찾았습니다. 서랍 속을 뒤져 양초 한 자루를 찾아낸 뒤, 성 뒤편에 나 있는 계단을 올랐습니다. 성에서 내가 맡은 일은 마구간과는 상관이 없는 일이어서 이쪽으로는 다녀 본 적이 별로 없었지만 길은 잘 알고 있었습니다. 계단은 좁고 가팔랐으며 더러운 데다가 완전히 캄캄했습니다. 성에는 층마다 조그마한 창문이 나 있긴 하지만 이쪽은 햇빛이 들지 않는 쪽이라 더러운 창문을 통해서는 아주 희미한 빛만이 새어 들어왔습니다.

나는 다락방들 사이의 통로로 기어갔다가 홀로 향하는 계단을 내려갔습니다. 이 부분이 가장 위험했지요. 나는 숨을 멈추고 기다렸다가 벽난로로 달려가 양초에 불을 붙였습니다. 그리고 탑으로 가는 돌로 된 아치 통로를 재빨리 지나 벽의 돌 틈 사이에 나부끼는 유령의 깃발 같은 외풍에 촛불이 꺼지지 않도록 가리면서 서재로 통하는 계단을 올랐습니다. 백작이 아가씨들을 사냥 별장에 데려다 놓고 다시 돌아올 때까지 얼마나 시간이 걸릴까요. 스니블부르스트 씨와 함께 갔으니 조금 늦어질 것 같기도 했지만 아마 근처에 왔을 것입니다. 하지만 성에 온다고 해도 바로 서재로 올라오지는 않을 것입니다. 아마 몸도 좀 녹이고 먼저 무언가 먹겠지요.

나는 처음에 백작의 사악한 계획을 엿들었던, 좁다란 창문이 나 있는 꼭대기 층의 좁은 통로에 서 있었습니다. 이제 어떻게 하지요? 일단 서재로 들어갔습니다. 재빨리 문을 닫고 서재를 둘러보았습니다. 한 번도 서재에 들어와 본 적이 없어서 안이 어떻게 생겼을지 궁금했습니다.

좁은 통로만 빼고, 서재는 탑의 꼭대기 층 전체를 차지하는 큰 방이었습니다. 한쪽 구석에 지붕으로 나갈 수 있는 통풍구가 나 있었습니다. 방의 세 면은 책장으로 둘러싸였고 책장에는 먼지 쌓인 가죽 장정의 책들이 빼곡히 줄지어 꽂혀 있었습니다. 방 한가운데에 서류들이 어지럽게 널린 책상이 있었고 방의 한쪽 면에는 거대한 참나무 장이 서 있었습니다.

갑자기 바깥에서 바람이 휘몰아쳐 들어와 나는 마름모 모양의 창살이 쳐 있는 창을 바라보았습니다. 커튼을 치는 것이 좋을 것 같아 커튼을 쳤습니다. 그리고 나서 백작의 의자에 앉아 몸을 뒤로 젖혀 보았습니다. 벨벳 쿠션과 넓은 팔걸이가 있는 의자는 푹신하고 안락했습니다. 이런 편안한 의자와 거기 앉을 만한 여유를 가진 부자가 되는 건 얼마나 좋은 일일까요. 나는 공상을 하기 시작했습니다. 그리고 잠드는지도 모르게 잠에 빠져들고 말았습니다.

깜짝 놀라 깨어났습니다. 양초는 다 타 들어가 반질반질 윤나게 닦인 책상 위에 연기 냄새와 흘러내린 뜨거운 촛농만 남기고 이미 꺼진 뒤였습니다. 갑자기 불빛이 사라졌기 때문에 내가 깨어날 수 있었던 것 같았습니다.

도대체 시간이 얼마나 흐른 걸까요! 커튼의 가운데가 딱 맞지가 않아 그 사이로 달빛이 흘러 들어와 완전히 어둡지는 않았습니다. 심장이 쿵쾅거리는 가운데 의자에 똑바로 앉았는데, 밖에서 성의 시계가 막 울리기 전 덜덜거리는 소리를 내었습니다. 나는 숨을 훅 들이켰습니다. 시계는 한 번 울렸습니다. 한 시일까요? 아니면 몇 시 반일까요? 알 수가 없었습니다. 전보다 훨씬 더 겁이 났습니다.

하지만 나에게는 생각할 시간조차 없었습니다. 아래에서 목소리가 들려왔기 때문입니다.

나는 황급히 일어섰습니다. 지금까지 가졌던 복수에 대한 용감한 생각들, 사악한 백작을 정면으로 마주하겠다는 생각은 내가 잠든 사이 모두 사라져 다시 불러일으킬 수 없을 것 같았습니다. 나는 공포에 질렸습니다. 어디에 숨지? 천장으로 통하는 통풍구 계단 옆의 장롱, 저 뒤에 들어갈 만한 틈이 있을까? 있었습니다! 나는 컴컴한 장롱 뒤로 가서 바닥에 누웠습니다. 바로 그때 문이 열리며 백작이 들어왔습니다.

나는 귀를 기울였습니다. 백작은 혼자가 아니었습니다. 누군가에게 말을 했지만 처음엔 그 목소리가 잘 들리지 않았습니다. 백작이 문을 닫자, 말소리가 또렷하게 들려왔습니다.

"오, 백작님의 표현력은 시인 바이런보다 더 훌륭하십니다."

느끼한 목소리, 물론 스니블부르스트 씨였습니다.

"예전부터 저는 백작님의 그 재능을 극작에 쓰시면 좋지 않을까 하고 생각해 왔습니다. 그러니까 (재채기) 꼭 희곡뿐만 아니라 시 쪽도⋯⋯ 시를 쓰신다면 이 시대 최고의 시인이 되실 것입니다. 정말, 백작님의 말씀은 듣는 것만으로도 즐겁습니다."

내가 있는 곳에서는 둘 다 보이지 않았지만 어느 쪽에서 목소리가 들려오는지는 확실히 알 수 있었습니다. 카를슈타인 백작은 내 쪽을 바라보면서 말했습니다.

"어리석은 소리."

이때 무언가 부드러운 것이 옷장 뒤로 떨어졌습니다. 백작의 외투였습니다. 외투는 옷장과 내가 숨은 곳 사이에 떨어져서 앞이 잘 보이지 않았습니다. 백작은 코를 쿵쿵거렸습니다.

"뭐가 타고 있나? 냄새가 나지 않나?"

"어이쿠, 저는 아무 냄새도 못 맡아서요, 백작님. (재채기) 하지만 여기 좀 보십시오. 책상 위요. 누가 촛불을 들고 들어왔었나 봅니다."

나는 그때 모든 것이 끝장이라고 생각했습니다. 곧 그들이 방을 뒤지고, 나를 찾아내어 지하 감옥에 던지거나 곧장 쏘아 버릴 것이라고 말입니다. 하지만 카를슈타인 백작은 그냥 웃기만 했습니다.

"뮐러 부인이 새 하녀를 들일 때가 된 것 같군. 지난번에 발목이 부러진 아이는 방에 드러누워 공짜로 내 음식을 먹으면서 일은 하나도 하지 않고, 여관의 그 아이는 아무짝에도 쓸모가 없어. 이곳저곳 캐고나 다니는 데다가 둔하고 말이야. 브랜디 좀 주게나, 스니블부르스트."

다행이었습니다. 백작이 의자에 앉는 소리와 발을 책상 위에 올리는 것 같은 소리가 들려왔습니다. 유리잔이 짤랑거리는 소리와 함께 액체가 출렁이는 소리도 들렸습니다.

"자네도 한잔 들게. 그리고 저장고에서 시가도 하나 가져오고."

"너무나 친절하십니다, 백작님. 영광입니다."

잠시 침묵이 흐르더니 내가 숨어 있는 틈 사이로도 희미하게 시가 연기 냄새가 들어왔습니다.

백작은 생각에 잠긴 듯 말했습니다.

"스니블부르스트, 난 지금 10년 만에 처음으로 안전하다는 기분이 들어. 정말 이상한 기분이군. 뭐라고 형언할 수가 없어."

"정말 그러시군요, 백작님."

"그렇지. 무슨 일을 하려고 하든 위험에 대비해야 해……. 하지만 다시 하라고 하면 이젠 할 수 없을 것 같아."

"무슨 일이셨는데요, 백작님?"

"그러니까…… 어둠의 왕과 계약을 맺은 거지."

"네? 계약……이라고요? 제, 제가 그런 걸 여쭤볼 처지는 못 됩니다만, 하지만 굉장히 궁금해지는데요, 백작님……."

백작은 잔인하게 웃었습니다.

"지금 뭐가 어떻게 된 건지 알고 싶은 거지? 그런 거지?"

"말씀해 주신다면 영광이겠지만……."

"좋아, 다 끝난 마당이니 말해 주지. 스니블부르스트, 10년 전 나는 가난한 사람이었네. 희망도 없고 미래도 없고, 아무것도 없었지. 나는 북쪽의 하르츠산맥의 브로켄의 병사였다네. 둘째 아들이라, 상속받을 영지도 없었지. 내 위로 바보 같은 형이 하나 있었는데 형이 모든 것을 상속받았어. 그래서 나는 자미엘과 계약을 맺었지. 내가 광활한 영지를 상속받고 작위와 이름도 이어받고 부유해지는 대신, 자미엘은, 자미엘이 뭘 가지는지는 자네도 이미 알고 있지 않나? 우리는 계약서에 서명을 했지. 피로 말이야, 스니블부르스트."

나는 느끼한 스니블부르스트 씨가 연극을 하듯 몸을 떠는 광경을 상상했습니다. 백작은 이야기를 계속했습니다.

"하지만 계약을 하고도 이것이 어떻게 성사될 것인지는 알 수가 없었어. 우리 아버지의 영지는 사실 별로 크지 않았거든. 말이 영지이지 거의 농장이나 다름없었어. 아무짝에도 쓸모가 없었지. 신앙심 깊은 형과 뚱뚱한 형수님이나 만족하고 살아가는 정도였어. 그런데 자미엘이 나에게 그들을 죽이라고 한 거야."

"뭐라고요!"

"그래서 난 그렇게 했어. 영지에 불을 놓아서 둘 다 잿더미가 되어 죽게 했지. 그러면 내가 상속인이 되는 거였어. 하지만 불에 탄 영지가 어디에 쓸모가 있는 건지는 여전히 알 수가 없었어. 하지만 자미엘은 아주 교활했지. 왜냐하면 바로 다음 날, 우리 가문을 카를슈타인 영지의 상속인으로 명하는 편지가 제네바에서 온 거야! 카를슈타인 영지는 우리 영지보다 훨씬 컸지. 그래서 여기 지금 내가 와 있는 거네. 그러나 앞서도 말했지만 다시는 못할 짓이지. 그런 식으로는 말이야."

"저 같으면 절대 그런 용기는 내지 못했을 것입니다, 백작님. 모자를 벗어 경의를 표하고 싶습니다. 백작님의 대담함을 존경합니다. 정말로 위험한 계약이었군요! 강철 같은 신경과 얼음처럼 차가운 심장으로만 이행할 수 있는 계약이었습니다!"

"하이피슈 변호사가 이 카를슈타인 영지의 상속을 주장하는 사람이 나타나지 않았다는 걸로 봐서 이제 이 영지와 작위는 영원히 내 것이야. 스니블부르스트, 영원히 말이야! 어떻게 생각하나?"

"백작님 자신이 이 영지와 작위를 빛내고 계십니다."

"오, 앉아. 절 좀 그만 하고 앉아 있으란 말이야."

백작은 지겹다는 듯 쏘아붙였습니다.

의자가 마룻바닥에 끌리는 소리가 났습니다. 카를슈타인 백작이 말을 이었습니다.

"이제 나도 결혼을 생각해 봐야겠어. 하! 내 뒤를 이을 아들도 생기겠지! 사실 몇 년 전에 이미 했어야 했지만, 계속 이 계약이 마음에 걸려 아무것도 하질 못했어. 그렇지……."

스니블부르스트 씨가 다시 말했습니다.

"영지와 작위는 이제 영원히 백작님 것입니다."

이번에는 좀 작은 목소리로요. 스니블부르스트 씨는 언제나 그래 왔듯이 백작의 기분을 맞추기 위해 노력하면서도 도대체 백작의 기분이 어떤지 파악하지 못했습니다. 나 또한 백작의 기분을 파악하지 못했습니다. 백작이 이렇게 옛 시절을 돌이켜 보는 모습을 처음 보았기 때문입니다. 그 모습은 추했습니다. 탐욕스러운 곰의 백일몽처럼요.

"영원이라니…… 얼마나 낯선 말인가. 그렇지 않나? 영원히 말이야. 하하, 영원히 내 것이라니!"

"네, 영원히 백작님 것입니다."

"그렇다면 이제 나의 여생을 좋은 일을 하는 데 쓰는 게 어떨까?"

"너무나 기발한 생각이십니다! 아주 특이하군요!"

"뭐라고, 특이하다고?"

백작은 날카롭게 되물었습니다. 마치 발톱을 드러내어 스니블부르스트 씨를 위협하면서 즐기는 것처럼 말입니다.

스니블부르스트 씨가 서투르게 대답했습니다.

"오, 그러니까 아주 독창적이고도…… 뜻밖이라는……."

"바보 같으니라고. 안 될 것이 뭐 있단 말인가? 좋은 일을 하면 기분이 어떨지 몹시 궁금해……."

"좋은 일을 하면 기분이 어떨지라고요?"

스니블부르스트 씨는 아무렇지 않다는 듯 최대한 세련되게 웃어 보이려고 노력했습니다.

"좋은 일을 하는 것에는 말이야, 분명 무언가 있는 게 틀림없어. 그렇지 않다면 아무 대가도 없이 사람들이 좋은 일을 할 리가 없단 말이지. 별로 그럴 것 같지는 않지만, 선행을 베푸는 것 속에 뭔가 즐거움이 있는 것이 틀림없어. 마치 올리브처럼 말이지. 올리브 어때, 스니블부르스트?"

"감사합니다, 백작님."

"멍청하긴. 내가 지금 올리브를 주겠다는 게 아니라 올리브에 대해 어떻게 생각하느냔 말이다! 캐비어는 또 어떤가? 캐비어 좋아하나?"

"캐비어는 아주 맛있지요, 백작님……."

"하지만 맨 처음 올리브나 캐비어를 먹을 땐 어땠지?"

"전혀 맛을 몰랐습니다, 백작님."

"그렇지만 계속 먹었잖아, 어? 남들이 좋아하는 걸 보고 분명

이게 맛있는 거라고 생각하면서 말이야. 그러다 보니 캐비어나 올리브가 좋아졌지?"

"바로 그렇습니다, 백작님! 훌륭한 분석이십니다!"

"그래, 그렇다면 분명 좋은 일을 하는 것도 비슷할 거야."

잠시 동안 침묵이 흘렀습니다. 나는 스니블부르스트 씨가 이 대화를 생각해 보면서 이게 사실인지 아닌지보다 이걸 믿어야 할지 말아야 할지 고민하는 모습을 상상했습니다. 그리고 그런 백작의 결심이 자신의 개인사에 어떤 영향을 미칠지도요. 나로 말하자면, 나는 백작의 이런 결심이 백작이 자기 형을 죽였다는 이야기보다 더욱더 끔찍해졌습니다. 그때 가진 의문은 지금도 남아 있습니다. 그렇다면 선행은 선행을 위해서만 행해져야 하고, 다른 목적을 위해서 행해져서는 안 되는 걸까요? 누군가 이상한 호기심을 충족하기 위해 선행을 베풀 수 있다는 생각은 나를 오싹하고 두렵게 만들었습니다. 그러한 선행의 쾌감에 싫증이 난다면, 그들은 쾌감을 위해 아무 생각 없이 잔인한 짓을 하게 될까요?

백작은 이야기를 계속했습니다.

"이 마을에도 해야 할 일이 아주 많네. 사람들은 가난하고 다 무너져 가는 집도 많지. 늙은이들은 일자리가 없고 할머니들은 따뜻한 옷도 없어. 내가 이 모든 것을 바꿀 수 있네. 즉시 말이야!"

스니블부르스트 씨가 조심스럽게 말했습니다.

"물론 바꾸실 수 있습니다, 백작님."

"내일 당장 사격 대회에서 시작하겠어! 상에 더해서 내가 특별

상금을 주는 건 어떨까? 카를슈타인 백작의 이름으로 증정하는 황금 한 자루는 어떻겠나? 아니면, 오, 이것이 더 좋겠군. 마을 사람들 전체를 위한 잔치를 열어 주는 거야. 분명 좋아하겠지? 그리고 마을 사람들 앞에서 연설을 하고 내 계획을 알려 주는 거지!"

"계획이라고요, 백작님? 벌써 계획이 서 있단 말씀이십니까?"

"브랜디 좀 더 따라 봐. 그렇지. 계획이 서 있지. 간단해. 나는 병원을 세울 거야. 어떤가?"

"너무나도 자비로우십니다! 훌륭하십니다!"

"마을 전체의 집에 새 지붕을 얹어 주는 것은?"

"최고입니다, 최고!"

"모든 아이에게 새 신발을 주는 것은?"

"숭고하십니다! 비할 데가 없으십니다!"

"교회에 새 종을 달아 주고, 늙은이들을 위한 구빈원을 만드는 거야. 말들을 위해 새 구유통도 만들고."

"너무나 뛰어난 계획입니다! 견줄 바가 없습니다!"

"아아, 이건 정말 새로운 경험이군, 스니블부르스트. 좋은 사람이 되는 것 말이네. 내 생각엔 평생 동안 할 수도 있을 것 같아. 정말 할 일이 많군! 정말……."

백작의 목소리는 미래의 성스러운 자신을 생각하며 잦아들었습니다. 침묵 속에서 나는 성의 시계가 종 치기 직전에 떨리는 소리를 들었습니다. 좀 전에는 한 번을 쳤습니다. 이번에는 몇 번을 칠까요?

한 번, 두 번…….

백작이 말했습니다.

"내가 죽게 되면 말이지……."

세 번, 네 번, 다섯 번…….

"꼬마 아이들이 모두 눈물을 흘릴 거야."

여섯 번, 일곱 번…….

"마을의 학교도 하루 동안 휴교를 하겠지."

여덟 번, 아홉 번…….

"그리고 아이들은 모두 성으로 달려올 거야."

열 번, 열한 번…….

"모두들 꽃다발을 들고 말이지. 자비로운 카를슈타인 백작님을
위해서 말이야!"

열두 번.

자정이었습니다!

멀리 숲에서는, 무슨 일이 일어나고 있을까요? 아아, 무슨 일
이 일어나고 있을까요? 바로 자미엘이 정한 시간이었습니다. 바
로 그때…….

부드럽게, 아주 희미하게, 어떤 꿈을 기억하는 꿈처럼 부드럽
고 희미하게 침묵을 깨고 사냥 뿔피리 소리가 들려왔습니다.

카를슈타인 백작이 갑자기 긴장한 목소리로 물었습니다.

"저게 뭐지?"

뿔피리 소리는 다시 들려왔습니다. 숲의 햇볕과 신선한 공기와 잎사귀로 물든, 밝고 명랑한 뿔피리 소리가 아니었습니다. 야성적이고 차갑고 무서운 소리였습니다. 자미엘의 뿔피리 소리입니다!

나는 비서가 방을 가로질러 뛰어가 커튼을 치는 소리를 들었습니다.

백작이 으르렁거렸습니다.

"가만 놔둬! 이 바보야!"

"하지만 소리가……."

"조용히 해!"

그때 불과 수 킬로미터 밖, 너무나 가까이 그리고 너무나 위쪽, 텅 빈 무서운 하늘이 아니고는 들릴 곳이 없는 어디선가 뿔피리 소리가 다시 한번 들려왔습니다. 그리고 마치 천둥의 으르렁거림처럼 우르르 울리는 소리가 들려왔습니다. 말발굽 소리일까요?

"자미엘……. 그럴 리가 없는데."

백작의 목소리에는 공포가 섞여 있었습니다.

"아아, 가슴이 뛰어! 스니블부르스트! 이리 와서 내 가슴 위에 손을 얹어 보게! 느껴 봐! 마구 뛰는 게 느껴지나?"

"네, 마치 북처럼 쿵쾅거립니다, 백작님. 의심의 여지가 없군요. 아무래도 누우시는 것이 좋을 것 같습니다. 브랜디 한 잔 하십시오."

백작은 화내는 듯 말했습니다.

"내가 웬일이지? 진정해! 두려워할 것 없다고! 정신 차려. 다 잘되어 가고 있는 거야……."

몸을 틀어 백작의 외투를 조금 들어 올리자 아래에서 볼 수 있었습니다. 얼굴이 새하얗게 질린 스니블부르스트 씨가 백작을 부축해 의자에 앉히고 있었습니다. 백작의 모습은 정말로 끔찍했습니다. 얼굴이 온통 흑색이 되어 미친 듯이 노려보면서, 의자의 팔걸이를 꽉 잡은 손은 초조하게 부들부들 경련을 일으켰습니다. 머리카락은 쭈뼛 솟아 있었습니다. 나는 사람이 저렇게 겁에 질린 모습은 한 번도 본 적이 없습니다. 온몸에 소름이 돋았습니다.

한편, 바깥에서는…….

백작이 스니블부르스트 씨를 옆으로 확 밀치자, 쥐새끼 같은 비서가 바닥으로 쓰러졌습니다. 쓰러지며 몸을 비틀어 꿈틀거리며 백작을 피했습니다. 카를슈타인 백작은 의자에서 일어나 창가로 달려갔습니다. 그러더니 얼굴을 감싸고는 재빨리 몸을 돌려 벽에 붙이고는 말했습니다.

"하긴 자미엘도 무슨 소리를 내긴 할 거야."

백작은 자기 자신을 안심시키려는 듯 빠르고 작게 수군거렸습니다.

"제물을 덮친다면, 조용히 덮치지는 않겠지? 하지만 왜 소리가 이쪽으로 다가올까? 사냥이 끝났으면 브로켄 쪽으로 가야 하는 게 아닐까? 분명히 지금쯤이면 아이들을 발견했을 텐데. 자정이 지났으니……."

이때 마치 성난 욕심으로 가득한 듯한 생물의 날카롭고 야성적인 울음이 긴장된 공기를 뾰족하게 가르며 들려왔습니다. 사냥개들이었습니다! 백작 역시 그 소리를 듣고 갑자기 비틀거렸습니다. 마치 보이지 않는 커다란 손이 그의 가슴속에서 심장을 꽉 잡고 비트는 것처럼 말입니다. 백작은 태피스트리에 기대어 한 손을 들어 올렸습니다. 백작의 얼굴은 천둥 구름처럼, 보랏빛과 성난 검은빛의 멍 색깔과 같았습니다. 나는 백작이 발작을 일으킬 것이라고 생각했습니다. 그때 백작의 한쪽 눈이 갑자기 충혈되어 마치 선홍빛 폭포 같은 피가 흘러나올 것만 같았습니다.

"아니야, 아니야! 나의 상상일 뿐이야! 자미엘이 이리로 올 리가 없어. 자정이 이미 지났단 말이야. 나한테 올 리가 없어! 나를 데리러는 아니야! 나는 이미 자미엘에게 제물을 바쳤단 말이야! 아니야, 아니라고!"

탁자 밑에서 뭔가 소리가 나서, 나는 끔찍한 카를슈타인 백작에게서 눈을 뗐습니다. 탁자 아래에서는 스니블부르스트 씨가 완전히 공포에 사로잡혀 무릎을 덜덜 떨며 탁자보를 덮어쓰려고 끌어당기며 낑낑거리고 있었습니다.

사냥개들의 소리는 또다시, 너무나, 너무나 가까이에서 들려왔습니다. 인간의 목에서는 나올 수 없는 고함 소리와, 단단한 땅을 밟는 어떤 말발굽보다도 강한 발굽 소리와, 번개의 혀처럼 길고 악랄하게 울리는 채찍 소리가 하늘을 갈랐습니다. 탑 밖의 공기는 소리로 가득 찼고, 자미엘의 사냥 무리는 계속해서 다가왔습니다. 미친 듯 짖어 대는 사냥개들의 울음소리는 공기를 울리고 성의 돌벽을 잡아 흔들며 무서운 힘으로 모든 것을 흔들어 대었습니다. 나는 기도문을 외웠습니다. 백작은 태피스트리를 붙잡고 소리쳤습니다.

"안 돼! 안 돼! 나는 안 돼! 나는 착하단 말이야! 나는 이제 착한 사람이 되려고 결심했어! 나는 회개했다고!"

바로 그때 모든 산맥의 뿌리처럼 깊고 그 산들 사이를 내리치는 천둥처럼 위엄 있는 목소리가 말했습니다.

"너무 늦었다!"

창문의 유리가 흔들렸습니다. 촛불은 거세게 타오르다가 꺼졌고 태피스트리들은 성의 돌벽에서 힘센 바람이 나와 흔드는 것처럼 바람에 나부꼈습니다. 카를슈타인 백작은 비틀거리며 울부짖었습니다.

"아니야, 아니야! 늦지 않았어!"

"너무 늦었다! 자정은 이미 왔다 갔다! 내 사냥감은 어디에 있느냐?"

"사냥 별장에 두었어. 거기에 가둬 놨어. 맹세해!"

목소리가 다시 한번 외쳤습니다.

"너무 늦었다! 너무 늦었다!"

"아니야, 아니야!"

"10년 동안 이 밤을 기다려 왔다. 내 사냥감은 어디에 있느냐?"

"내가 직접 데려다 놓았어! 문을 잠갔다고!"

"사냥 별장은 비어 있었다, 하인리히 카를슈타인."

"믿을 수 없어! 그럴 리 없다고!"

천 년 동안 성의 탑을 때린 바람 중 가장 강한 바람이 마치 어린 나무를 남자의 주먹이 움켜잡고 흔들듯 성을 휘잡고 양쪽으로 흔들었습니다. 카를슈타인 백작은 무릎을 꿇더니 한쪽은 핏발이 가득 서고 한쪽은 공포로 너무나 커져 금방이라도 튀어나올 듯한 두 눈으로 도망칠 구석을 찾았습니다.

그러나 도망칠 곳은 없었습니다. 왜냐하면 거대한 오르간처럼 울리는, 그러나 오르간 소리보다는 잔인하게 날카로운, 비웃음의 불협화음으로 가득 찬 사냥꾼의 악령의 목소리가 마치 다 부서진 난파선을 연달아 공격하는 폭풍우 치는 바다의 파도처럼 다시 한 번 작은 방을 채웠기 때문입니다.

"벌써 자정은 지났다, 카를슈타인 백작."

"아니야, 아니야, 제발!"

"10년 전 우리는 계약을 했다. 나는 내 것을 거두러 왔다."

"안 돼! 안 돼!"

창문의 유리창이 터지더니, 무거운 커튼이 말려 올라가 거대한 손처럼 걸렸습니다. 커튼은 더 이상 커튼의 형상도 손의 형상도 아닌, 목을 이글이글 불타는 불로 고정한 펄럭이는 외투가 되었습니다. 그 외투를 입은 거대한 존재는, 얼굴도 몸도 팔도 다리도 없는, 꿰뚫어 볼 수 없는 무한한 어둠 그 자체였습니다. 그 어둠이 웃자, 방은 울부짖는 사냥개들의 목소리로 가득 찼습니다. 그

소리와 어둠이 카를슈타인 백작에게 달려들어 그를 들어 올려 종 잇조각처럼 짓이기더니 숨이 끊어진 그를 바닥에 내동댕이쳤습니다.

그 뒤에 어떤 일이 일어났는지는 모릅니다. 나는 바로 기절했기 때문입니다. 하지만 1~2분도 채 흐르지 않아 다시 정신이 들었을 때, 촛불은 꺼졌고 유리가 깨어져 나간 차가운 은빛의 창틀 사이로(양쪽으로 갈기갈기 찢긴 커튼이 펄럭이는 가운데) 달빛이 들어와 뒤집어진 탁자 위를 비추었습니다. 카를슈타인 백작은 얼굴을 바닥에 댄 채 (다행이었습니다!) 한가운데 쓰러져 있었고, 비서는 이미 도망친 뒤였습니다. 어쩌면 내 상상일지도 모르지만, 빙빙 도는 소리는 먼 하늘로 사라지고 있었습니다. 그리고 적막이 흘렀습니다.

나는 온몸을 떨며 일어나 손을 짚으며 문까지 갔습니다. 이런 광경을 목격한 뒤, 성의 하인들에게 들키면 어쩌나 하는 두려움 정도는 모두 사라져 버려, 그냥 계단을 달려 내려왔습니다. 큰 홀에는 아무도 없었습니다. 조금 남아 타고 있는 벽난로의 불이 홀을 비추었습니다. 나는 등불이나 양초를 찾아 벽난로의 불을 붙여 보려 주위를 두리번거렸습니다. 그때 겁에 질린 새된 목소리가 들려와 누구인지 돌아보았습니다.

마치 한 쌍의 더러운 쥐새끼들처럼 홀을 서둘러 가로지르는 뮐러 부인의 뒤를 스니블부르스트 씨가 바싹 쫓아갔습니다. 뮐러 부인은 융단으로 만든 가방을 들고 잠옷에 잠잘 때 쓰는 모자 바람이었습니다. 얼굴이 어딘가 이상했습니다. 얼굴이 확 가라앉은 것처럼 보였고 코와 두 뺨이 가운데로 붙어 있었습니다. 밀러 부인은 정신 병원의 환자들만큼이나 혼란하고 미친 것처럼 보였습니다. 나를 본 밀러 부인은 꽥 소리를 지르며 화가 나서 나를 가리키며 뭐라고 중얼거렸습니다. 그때 나는 밀러 부인의 이가 하나도 없는 것을 알아챘습니다. 틀니를 끼고 있었구나! 나는 전혀 모르고 있었습니다. 서두르다 침실에 틀니를 놔두고 온 것이 분명했습니다. 어쨌든 다시 잠옷을 추스른 밀러 부인은 도망쳤습니다. 스니블부르스트 씨의 모습은, 내가 본 것 중 가장 기괴하고도 한심했습니다. 내가 그를 좋아하건 싫어하건 간에 스니블부르스트 씨는 다 큰 성인 남자였습니다. 그런 그가 공포로 훌쩍거리며 밀러 부인을 쫓아가며, 어떻게든 밀러 부인의 손을 잡으려고 하고 있었던 것입니다.

둘은 육중한 대문 사이로 사라졌습니다. 나는 그들을 두 번 다시 보지 못했습니다.

2

햇볕과 새들의 노랫소리, 반짝
이며 흐르는 강물, 그 위에 펼쳐
진 푸른 하늘……. 세상은 자미
엘도 없고, 어둠도 존재하지 않
으며, 자정이라는 시간 또한 없
는 것처럼 보였습니다. 마을은 최
고의 모습을 자랑했습니다. 아침
햇볕에 녹은 서리가 돌다리와 집들을 새로 칠한 페인트처럼 밝게
빛냈고, 공기는 마치 골짜기 아래 안더스바드에서 파는 탄산수처
럼 보글거렸습니다.

나는 벤첼 부인이 성을 맡는 것을 보고 성에서 내려왔습니다.
내가 부엌으로 내려왔을 때, 벤첼 부인은 탑에서 나는 무시무시
한 소리를 듣고, 수지 데트바일러와 요한과 아돌푸스와 함께 떨

고 있었습니다. 뮐러 부인과 스니블부르스트 씨가 사라진 지금 나이 든 요리사인 벤첼 부인이 성을 감독해야 했습니다.

하지만 나는 성에 머물 수 없었습니다. 아가씨들에게 무슨 일이 일어났는지 알아봐야 했으니까요. 우리는 데븐포트 양의 계획에 따라 모든 일이 끝나면 마을 공원에서 만나기로 했습니다. 게다가 오늘은 바로 사격 대회 날입니다. 오빠……. 호기심과 조바심으로 몸이 떨려 왔습니다.

하지만 마을 공원에는 아무도 없었습니다. 즐거운 사냥꾼에서는 늙은 콘라드 아저씨가 양동이와 대걸레를 들고 여관의 계단을 씻어 내고 있었습니다. 계단은 너무나 깨끗해서 그 위에 바로 아침 식사를 올려놓고 먹어도 될 정도였습니다. 아침 식사! 갑자기 나는 배고픔으로 쓰러질 것 같았습니다.

"어딜 갔다 온 거냐?"

아저씨는 내가 들어갈 수 있도록 비켜 주며 물었습니다.

"계단 조심하라고. 그 먼지투성이 치마는 좀 들고, 물 묻은 데에 안 닿게 해. 넌 진흙투성이인 데다가 더럽기 짝이 없구나. 도대체 어디에서 오는 길이냐?"

"이곳저곳에서요. 오빠는 왔나요?"

아저씨는 얼굴을 찌푸리고 주위를 살피더니 입술에 손가락을 얹었습니다. 나는 그제야 오빠가 아직도 범법자의 신분이라는 것을 기억해 냈습니다.

아저씨가 중얼거렸습니다.

"난 아무것도 모른다. 부잡스러운 놈이야, 페터는."

교회의 종이 일곱 시를 알렸습니다.

나는 다시 물었습니다.

"누구 있나요? 모두들 자고 있나요?"

"넌 어제 어딜 갔다 온 거냐? 어제 같은 날 어떻게 해야 한다는 걸 모른다는 거냐?"

나는 순진하게 물었습니다.

"뭔데요?"

"어제는 만성절 전날이었어! 네가 무사한 걸 다행으로 생각해라. 만성절 전날 밤에는 돌아다니는 게 아니야. 집 안에 틀어박혀 기도문을 외어야 하는 거야!"

"글쎄요, 하지만 지금 여기 무사히 있잖아요. 엄마는 일어나셨어요? 아직까지 자는 건 아니겠죠?"

"너희 엄마를 그렇게 모르니? 빨리 가서 도와드려라. 지금 밥 먹일 손님들이 집에 꽉 차 있어. 넌 도대체 뭐가 되려는지 모르겠다. 저 위 성에서 그렇게 좋은 일자리를 뺏기고 해고당하지 않나, 그것도 모자라 밤새 쏘다니질 않나. 너와 네 말썽쟁이 오빠 때문에 너희 엄마는 속상해서 죽겠을 거야……."

나는 콘라드 아저씨가 혼자서 투덜거리게 놔두고 서둘러 부엌으로 들어갔습니다. 엄마는 커다란 팬에 달걀을 휘저었고 한네를은 커피를 끓일 물을 데우고 있었습니다. 엄마와 한네를은 나를 보자 작게 소리를 지르며 하던 일을 멈추고 나에게 달려왔습니다. 이상하게도 나는 민망한 기분이 들었습니다.

"힐디! 내 딸아! 무사했구나! 하느님, 감사합니다. 하느님, 감사합니다!"

엄마가 나를 너무 세게 껴안아 숨이 막힐 지경이었습니다. 한네를은 커다란 푸른 눈에 질문을 가득 담고 손을 맞잡은 채 나를 바라보았습니다. 엄마가 나를 꼭 붙들고 있어서 한네를의 질문에 어깨를 으쓱하는 것으로 대답을 할 수밖에 없었습니다.

나는 엄마가 나를 놓아주자마자 물었습니다.

"그럼 오빠는 아직 안 온 거야?"

엄마는 걱정이 가득해 물었습니다.

"너도 페터를 못 본 거니?"

나는 고개를 저었습니다.

"금방 올 거예요. 엄청 배가 고파서 올 테니 아침이나 준비하세요."

"맙소사, 달걀!"

엄마는 불로 달려갔습니다. 다행히 달걀이 숯덩이가 되는 것은 막을 수 있었습니다.

한네를이 물었습니다.

"힐디, 페터에게 아무 일도 없겠지?"

"분명 별일 없을 거야. 지금 어디 있는지는 모르지만, 오빠는 확실히……."

죽지는 않았다는 말을 할 수는 없어서 나는 말끝을 흐렸습니다. 하지만 확실할까요? 무시무시한 사냥꾼의 악령의 목소리가 사냥 별장은 비어 있었다고 말한 것을 듣기는 했지만, 그것이 무언가를 증명할 수 있을까요? 어쩌면 자미엘은 첫 번째 먹이가 너무나 맛있어서 두 번째 먹이를 찾으러 왔는지도 모릅니다. 나는 그냥 두 손을 펴 보였습니다. 한네를은 코를 훌쩍이며 눈물을 참다가 다시 일을 시작했습니다.

엄마와 한네를에게 어젯밤에 무슨 일이 있었는지 말해야 할까요? 나는 생각했습니다. 안 돼. 그럴 순 없어. 지금은 그럴 때가 아니야. 그뿐만 아니라, 할 수만 있다면 나 역시 어젯밤에 있었던 일들을 잊고 싶었습니다. 그 기억은 너무나 어둡고 충격적이었습니다. 그래서 나는 요리에 동참했습니다. 그날 아침, 즐거운 사냥꾼은 가장 거창한 아침 식사를 준비했습니다. 여관은 터질 것만 같았습니다. 잘 알고 있는 접시들, 숟가락과 포크와 칼들, 부엌의 따뜻하고 정다운 냄새와 소리에 악몽 같은 어젯밤의 기억이 마치 따뜻한 목욕물에 때가 벗겨지듯 씻겨 없어지는 것 같았습니다. 한네를과 나는 아침을 나르고 설거지를 했습니다. 일할 사람이 둘밖에 없어서 정말 빨리빨리 해야 했지요. 손님들 대부분은 앉아서 여유를 부릴 생각은 전혀 없는 듯했습니다. 모두들 사격 대회에 마음이 가 있었으니까요.

부엌일을 끝내자마자 나는 밖으로 나와 어떻게 되어 가는지 살펴보았습니다. 사격 대회는 마을의 공원에서 열리기로 되어 있었는데, 이미 몇몇 사람들이 시장을 위한 연단을 세우고 있었습니다. 나는 자리에 서서 그들을 잠시 바라보다가 다시 걸었습니다. 마음이 불안해서 가만히 서 있을 수가 없었습니다. 오빠도, 벤첼 부인과 수지도 걱정이 되었습니다. (뮐러 부인과 비서는 다시 돌아왔을까요?) 무엇보다 걱정되는 것은 루시 아가씨와 샬럿 아가씨였습니다.

연단을 세우러 나온 사람들과 나 말고 공원에 온 사람들은 바로 막스와 엘리자였습니다. 나는 처음엔 두 사람을 알아보지 못했습니다. 둘은 의기소침하여 나무 밑에 앉아 있었죠. 나는 달려가서 인사를 했습니다. 둘의 얼굴은 어두웠습니다.

"어젯밤 어떻게 되었어?"

둘이 물었고 나는 어젯밤 일을 모두 이야기해 주었습니다. 둘은 감탄사와 비명을 연발하며 들었지요. 하지만 둘은 아가씨들도 오빠도 보지 못했다고 했습니다. 이야기를 끝낸 나는 자연스레 의기소침한 분위기에 전염되어 옆의 긴 의자에 앉았습니다.

막스가 말했습니다.

"정말 우리 큰일 났어, 엘리자, 내 사랑."

엘리자가 말했습니다.

"어쩜 좋지요, 막스! 당신 주인은 체포되고……."

내가 말했습니다.

"카다베레치 박사 일은 잊어버리고 있었어요."

"정말 불공평한 일이야, 힐디. 어떻게 이렇게 나쁜 일들이 한꺼번에 일어날 수 있지?"

막스에 이어 다시 엘리자가 말했습니다.

"데븐포트 양도 절대 돌아오지 않을 거야."

내가 물었습니다.

"왜 안 돌아온다는 거죠?"

"어제 떠나실 때 아주 이상한 기분이 들었거든. 가슴이 묘하게 막 뛰는 거야. 옛날에 새끼 고양이를 길렀는데, 그렇게 가슴이 뛰고 나서 3주 후에 고양이가 죽었어. 이유를 알 수 없는 정말 이상한 죽음이있어. 데븐포트 양도 절벽에서 발을 헛디뎠을지도 몰라……."

막스가 우울하게 말했습니다.

"데븐포트 양이 어디 있든 간에, 난 수중에 돈이 한 푼도 없어. 이젠 어쩔 수 없어, 엘리자. 우리는 또 헤어져야 해. 지금은 당신과 결혼할 수가 없어. 어떻게 당신에게 거지와 같은 생활을 하자고 할 수 있겠어."

"거기, 일어나시오! 거기 앉아 있으면 안 돼요!"

뒤를 돌아보니 빵집의 군터 아저씨가 나무로 만든 복잡하게 생긴 기구를 들고 오며 말했습니다. 아저씨는 나를 향해 으스대며 고개를 끄덕여 보였습니다.

내가 물었습니다.

"그게 뭐예요?"

"이게 바로 표적이야! 사격 대회에 쓰일 표적이지. 바로 이 자리에 세울 거야. 총에 맞고 싶지는 않겠지?"

"그것도 나쁘진 않겠어."

막스가 하도 우울하게 말했기 때문에 나는 웃을 수밖에 없었습니다.

엘리자가 물었습니다.

"상은 뭐지요?"

군터 아저씨는 가져온 나뭇조각을 땅 위에 세우고 여러 부분을 떼고 짜맞추면서 말했습니다.

"금돈 50크라운이야. 그리고 우승자는 이 산림 감시원이 되는 거지. 아주 영광스러운 자리야."

"막시, 당신도 참가하세요! 혹시 우승할지도 모르잖아요?"

"그럼 좋겠지만, 난 총도 없어. 알잖아?"

엘리자가 다시 슬프게 말했습니다.

"아아, 그렇군요. 잊고 있었어요. 참가도 못 하겠군요."

우리는 군터 아저씨가 표적을 세울 수 있도록 옆으로 비켜 주었습니다.

잠시 후에 막스가 물었습니다.

"아가씨들이 돌아온다면, 어떻게 되는 걸까?"

엘리자가 말했습니다.

"이제 아가씨들을 돌봐 줄 사람은 아무도 없어요. 법에 따라야 하는 거죠."

"아가씨들은 고아지? 나와 똑같군. 나도 고아원에서 컸어. 가족도 없었고. 불쌍한 아가씨들……. 정말 고생을 많이 했는데. 내가 이 대회에서 우승할 수만 있다면……. 아냐, 관두자. 총도 없으니 생각해 봤자 아무 소용 없어."

그때 갑자기 엘리자가 말벌에라도 쏘인 것처럼 펄쩍 뛰더니 소리를 질렀습니다. 그리고 막스의 팔을 꽉 잡았습니다.

"막시!"

"왜 그래?"

"막시! 당신한테는 트롬본이 있잖아요!"

"그건 트롬본이 아니라 마차의 나팔이라고……."

하지만 엘리자는 벌써 몸을 돌려 군터 아저씨에게 열성적으로 말을 걸었습니다.

"저어, 선생님 죄송한데요……."

그리고 나서 예를 갖춰서 아주 예쁘게 절을 하였습니다. 군터 아저씨도 하던 일을 잠깐 멈추고 무슨 일인가 하고 엘리자를 바라보았습니다.

"이 사격 대회의 규칙을 좀 알려 주실 수 있을까요?"

"물론이지, 아가씨! 저기 깃털이 꽂힌 지푸라기 보이지? 바로 저 지푸라기가 아래쪽의 용수철과 연결되어 있단 말이야. 하여튼 표적 가운데를 정확히 맞히면 저 깃털이 하늘로 날아가는 거야. 하지만 보이는 것처럼 쉽지 않다고."

막스가 물었습니다.

"모두들 돌아가면서 쏘나요?"

"그렇지, 하지만 누군가 표적을 맞히면, 그걸로 사격 대회는 끝이야. 어쩌면 첫 번째 사람이 맞힐 수도 있지. 아니면 아무도 못 맞힐 수도 있고. 그러면 다시 돌아가면서 쏘아야지.”

엘리자가 물었습니다.

“장총으로만 쏘아야 하나요?”

“장총이나 권총이나 대포나, 아무거나 상관없어.”

엘리자는 의기양양해서 막스에게 몸을 돌렸습니다.

“막시, 데븐포트 양이 당신 트롬본으로 콩을 발사했던 거 기억나죠?”

“이건 트롬본이 아니야, 엘리자, 이건…….”

그러다 막스는 갑자기 엘리자가 뭘 얘기하는지 깨닫고 말을 멈추었습니다.

막스는 말했습니다.

“안 돼. 그럴 순 없어. 그럴 순 없다고? 뭐 사실…… 가서 연습 좀 해 봐야 할 것 같긴 하지만 말이야……. 하지만 안 돼.”

나는 두 사람이 무슨 이야기를 하는지 알 수가 없었습니다. 하지만 물어볼 틈이 없었습니다. 바로 그 순간 몸집이 작은 두 사람이 시장의 집 앞에 서서 이상하다는 듯 두리번거리는 것을 보았기 때문입니다. 나는 소리를 질렀습니다.

“루시 아가씨! 샬럿 아가씨!”

아가씨들도 뛰었고 나도 뛰었고 막스와 엘리자는 나를 따랐습니다. 우리 모두는 중간에서 만났지요. 공원에는 사람들이 많아졌고 우리를 호기심 어린 눈초리로 바라보았습니다. 우리가 서로 만난 걸 얼마나 기뻐했는지, 정말 무덤 저편에라도 다녀온 사람들 같았을 테니까요. 사실 (갑자기 오싹한 생각이 들었다 사라졌습니다.) 우리 모두는 무덤에 다녀온 것과 다름없었습니다.

나는 "무사하시군요!" 하고 소리쳤고, 엘리자는 "어떻게 된 거예요?" 하고 물었고, 막스는 "그럼, 다 괜찮은 건가요?"라고 말했습니다. 모두 동시에 말입니다. 루시 아가씨는 "페터가 시간에 딱 맞추어서 거기에 왔어요!"라고 했고, 샬럿 아가씨는 "아아, 너무나 무시웠어요. 얘기해도 믿지 못할 거예요. 우린 정말 모든 것이 끝장이라고……"라고 했습니다. 이렇게 첫 번째 말문이 트였을 때에야 나와 엘리자는 아가씨들의 옷이 흠뻑 젖은 데다가 피로로 떨고 있다는 것을 알았습니다. 얼른 아가씨들을 데리고 즐거운 사냥꾼으로 가서 불가에 앉히고 먹을 것과 마실 것을 주었습니다. 엄마는 둘을 돌보느라 난리를 쳤고, 나는 엄마가 난리를 치도록 놔두었습니다. 아가씨들에게는 그런 따뜻한 관심이 정말로 필요했으니까요. 루시 아가씨는 사냥 별장에서 생긴 일을 이야기했습니다. 막스와 엘리자는 입을 벌리고 이야기를 들었습니다.

그런데 오빠는 어디 있을까요? 안전한 것은 틀림없었습니다. 왜냐하면 감정을 숨기지 못하는 한네를이 방글방글 웃고 있었기 때문입니다. 아마도 오빠는 사격 대회가 시작될 때까지 어딘가에 몸을 숨기고 있을 것입니다. 그때는 모험을 할 테지만, 사격 대회가 시작되기 전에 들켜서 과녁을 겨눠 보지도 못하고 잡히고 싶지는 않을 테니까요.

샬럿 아가씨가 뜨거운 우유를 홀짝거리면서 하품을 하면서 가끔씩 고개를 끄덕이는 동안 루시 아가씨는 불 앞에 놓인 푸딩처럼 열을 내며 오빠가 자기들을 어떻게 구출했는지 이야기했습니다.

오빠는 자정이 되기 바로 직전에 사냥 별장에 도착했습니다. 아가씨들은 오빠가 문을 쾅쾅 두드리는 소리를 듣고 자미엘이라고 생각했지요. 문은 잠겨 있었기 때문에 안으로 들어가기 위해서는 자물쇠를 쏠 수밖에 없었죠. 그러자 아가씨들이 밖으로 튀어나왔고, 셋은 별장 근처에 숨었습니다. 시간이 너무 없어서 더 이상 도망을 칠 수도 없었습니다. 열두 시 5분 전, 자미엘의 사냥이 시작되었습니다. 아가씨들은 그 사냥을 어떻게 말로 표현하지 못하였습니다. 하지만 한 가지 사실에 대해서는 확신했습니다. 오빠가 자물쇠를 쏜 것 말고는 총을 전혀 쏘지 않았다는 사실입니다.

"그렇다면 어떻게 자미엘에게서 도망칠 수 있었어요?"

내가 묻자 루시 아가씨가 말했습니다.

"아아, 너무나 무서웠어요. 자미엘의 말은 정말 거대했어요. 하늘을 반쯤 가릴 정도로요. 그리고 사냥개들! 가죽끈을 잡아당기면서 입에 거품을 물고 으르렁거리는 사냥개들. 그 앞에 페터가 똑바로 서서 자미엘을 불렀어요."

"페터가 뭐라고요?"

샬럿 아가씨가 말했습니다.

"페터가 소리를 친 거예요! 페터는, '당신은 이 아이들을 데려가서는 안 돼요. 카를슈타인 백작이 당신의 사냥감이에요. 가서 카를슈타인 백작을 찾으시오!'라고요."

다시 루시 아가씨가 말했습니다.

"그러니까 자미엘이, '너는 누구냐?' 하고 물었어요. 자미엘의 목소리는 마치 천둥 같았어요."

샬럿 아가씨도 말했습니다.

"그러니까 페터가, '나는 페터 켈마르요. 자유의 몸으로 태어난 사냥꾼이지요.' 하고 말했어요."

루시 아가씨가 말을 이었습니다.

"그러니까 자미엘은, '사냥꾼이라고? 나는 진정한 사냥꾼과 진정한 사냥꾼이 보호하는 이들은 해치지 않는다. 가라.' 하고 말했어요."

샬럿 아가씨도 말했습니다.

"그런 다음 자미엘이 말을 돌리자 말이 하늘 높이 날더니 모두들 날아가 버렸어요."

"그거 알아요? 페터는 총알이 단 한 개밖에 없었어요. 그 총알이 바로 은 총알이었고요. 그런데 그 총알을 바로 우리를 꺼내 주기 위해 자물쇠를 쏘는 데 쓴 거예요!"

내가 말했습니다.

"바보 같으니. 도대체 무슨 생각을 하고……."

샬럿 아가씨가 말했습니다.

"아니야, 바보가 아니야. 페터는 정말 용감해."

루시 아가씨가 말했습니다.

"자미엘 앞에서 말을 하다니, 내가 본 것 중 가장 용감한 광경이었어요. 만약 그러지 않았더라면……."

한네를이 물었습니다.

"페터는 지금 어디 있나요? 아직도 말을 데리고 있나요?"

샬럿 아가씨가 페터가 숨은 곳을 말해 주자 한네를은 서둘러 뛰어나갔습니다. 한네를은 페터가 너무 바쁘니 말 주인이 걱정하지 않도록 자기가 말을 마구간에 데려다 놓겠다고 말했습니다.

기대앉아 생각에 잠겨 있던 엘리자가 말했습니다.

"그럼 이제 어떻게 할 거지? 내 생각에는 데븐포트 양이 아가씨들을 데리고 살 것 같아. 데븐포트 양이 그러고 싶어 하는 건 내가 알거든. 하지만 이런 일에는 법이 매우 엄격하니까……."

막스가 말했습니다.

"아이들을 데리고 있으려면 친척이거나 뭐 그래야 하는 거야, 법적으로는. 아가씨들은 어디 사촌이라도 없나요?"

루시 아가씨가 대답했습니다.

"아무도 없어요. 카를슈타인 백작이 우리의 유일한 친척이에요."

나는 참지 못하고 말했습니다.

"돌아가시기 전까지는요."

아가씨들은 놀라서 나를 바라보았습니다. 이제 내가 자정 이후에 성에서 무슨 일이 일어났는지 말할 차례였습니다. 하지만 있었던 일을 정확히 말해 주지는 않았습니다. 아가씨들에게는 삼촌이 뇌졸중으로 사망했다고 말했습니다. 아가씨들은 한마디 말도, 미동도 없이 나에게서 단 한 번도 눈을 떼지 않고 이야기를 들었습니다. 내가 이야기를 모두 끝내자, 아가씨들은 아무 말도 하지 않은 채 바닥만 바라보았습니다. 루시 아가씨가 작은 목소리로 말했습니다.

"그럼 우리만 남은 거야, 샬럿."

그때 엄마가 큰 소리로 말했습니다.

"말도 안 돼요! 아가씨들은 언제라도 여기 오시면 돼요. 우리가 아가씨들을 넘겨주고 잘 가세요, 할 것 같아요?"

막스가 말했습니다.

"그게 그렇게 간단한 문제는 아닌 것 같습니다, 부인. 저도 고아로 자란 데다가, 제 직업도 그래서 이런 문제에 대해서는 좀 알고 있습니다. 만약 친척이 하나도 없으면 법에 따라 고아원에 가야 하지요. 하지만 고아원도 그렇게 나쁜 장소는 아니랍니다."

막스는 아가씨들을 바라보며 말했습니다.

"제네바에서는 재미있었어. 난 친구들과 함께 우리를 돌봐 주는 보모들에게 심하게 장난을 쳤지. 하루는 말이야……."

엘리자가 막스의 말을 막았습니다.

"그만하세요, 막시. 그런 문제는 다음에 생각하기로 해요. 사격 대회는 언제 시작하지요?"

엘리자는 분위기를 명랑하고 즐겁게 만들려고 애쓰며 엄마에게 물었습니다. 하지만 별로 성공적이지 않았습니다. 루시 아가씨는 눈에 눈물이 고였지만, 눈을 깜박이며 겨우 울음을 참고 사격 대회에 관심이 있는 척하려 애썼습니다. 샬럿 아가씨는 너무 피곤해서 아무 생각도 없는 것 같았습니다.

갑자기 막스가 말했습니다.

"아하! 죄송하지만 부인, 집에 혹시 마른 콩 좀 있습니까?"

갑자기 긴장이 사라져 우리는 웃음을 터뜨렸습니다. 엄마는 얼마나 필요하신가 하고 물었습니다. 막스는 딱 한 개면 됩니다, 감사합니다, 부인 하고 말해 더욱더 우리를 웃겼습니다. 엄마는 막스에게 콩을 가져다주었고, 돈을 내려는 막스를 말렸지요. 어떻게 콩 한 개 값을 받을 수 있겠어요? 우리 모두는 나갈 준비를 끝냈습니다.

마을 공원은 사람들로 꽉 차 있었습니다. 연단이 세워졌고, 지푸라기도 깔렸고, 사격을 하지 않는 마을 사람들까지 모두 온 것처럼 보였습니다. 사람이 너무 많아서 몸을 움직이기 힘들 정도였습니다. 일하는 사람들은 구경꾼들이 사격하는 장소에 들어가지 못하도록 미리 밧줄로 줄을 쳐 놓았습니다. 오늘 사격 대회에 참가할 사람들은 연단 앞에서 다른 사람들의 시선을 받으며 엄숙하게 왔다 갔다 했습니다. 참가자들은 모두가 자신들을 바라보는 것을 즐기는 것 같았습니다. 장총을 어깨에 올려놓고 조준기를 통해 밖을 보기도 했고, 한 손으로 총을 들고 균형이 맞나 보기도 했습니다. 마치 자기 총의 느낌을 속속들이 알고 있지 않은 것처럼요. 총알들을 손바닥 위에서 굴려 보며 가장 완벽한 총알을 찾는 사람도 있었습니다. 목표물로 똑바로 날아가 자신을 위해 승리를 가져올 총알을 말입니다. 하지만 오빠의 모습은 아무 데서도 보이지 않았습니다. 그러면 막스는 무얼 하고 있을까요? 막스는 그의 마차 나팔의 입 부분에 콩을 넣으려고 애를 썼습니다. 그러다가 콩이 나팔의 앞부분으로 흘러나와 잔디밭 위로 떨어져 우리는 모두 무릎을 꿇고 콩을 찾아야만 했습니다.

막스는 우울하게 말했습니다.

"엘리자, 이건 안 될 것 같아. 이렇게는 우승할 수 없어."

"내 사랑, 그렇다고 포기하지는 마세요. 자, 여기요!"

그때 루시 아가씨가 내 팔을 잡고 말했습니다.

"저기 봐! 카다베레치 박사야!"

사격 대회장 안의 연단 앞으로 바로 그 위대한 천재가 들어오고 있었습니다. 쇠사슬에 묶여서 말입니다! 그의 한쪽에는 빙켈부르크 경관이, 한쪽에는 스니치 경사가 서 있었습니다. 즐거운 사냥꾼에서 그의 공연을 본 구경꾼들과 대회의 참가자들은 박사를 보고 다시 한번 박수와 환호성을 보냈습니다. 박사는 몸을 돌려 인사를 하려고 했으나 경찰들이 박사를 앞으로 밀고 갔습니다. 그때 루시 아가씨가 밧줄 밑으로 들어가 박사에게 달려갔습니다.

"카다베레치 박사님! 무슨 일이죠? 이 사람들이 뭘 하는 거예요?"

"네프티스 공주!"

박사는 대답하면서, 이번에는 온몸으로 멋지게 절을 해 보였습니다. 박사를 잡은 경찰들도 할 수 없이 몸을 굽힐 수밖에 없어, 마치 어떤 나라의 세 사신이 작은 공주님께 절을 하는 것처럼 보였습니다.

"공주를 다시 만나다니, 이렇게 기쁠 수가! 공주를 합당한 방식으로 맞을 수 없어 유감이지만……."

경사가 루시 아가씨에게 말했습니다.

"저리 비켜. 아니면 너희 모두를 체포하겠다."

카다베레치 박사가 말했습니다.

"경사님, 제가 마지막 소원을 빌어도 될까요?"

모든 사람의 눈이 카다베레치 박사에게 쏠렸습니다. 이 사람은 정말로 관객을 끌 줄 아는 사람이었습니다. 기술이 좋다고도, 아니면 신 같은 대담함 때문이라고도 말할 수 있을 것입니다.

경사가 말했습니다.

"마지막 소원이라고? 지금 처형하러 가는 것도 아닌데."

카다베레치는 주위를 둘러보며 놀란 듯이 말했습니다.

"아니라고요? 아니 그럼, 이 총들은 다……. 하지만 걱정은 마십시오. 연대 병력이 나에게 총을 겨눠도 난 도망칠 수 있으니까. 아니면 단두대 앞에서라도 말입니다. 정말 멋진 볼거리가 될 텐데. 아니, 그런데 이게 누구야? 막스 아닌가! 막스, 잘 지내나?"

"아니요, 박사님. 사실은……."

경사가 가로막았습니다.

"이제 그만하시오. 당신은 체포된 몸이오. 오늘 갈 길이 멀단 말이오.”

막스가 경사에게 말했습니다.

“그 사람도 여기서 사격 대회를 좀 보고 가면 안 되나요?”

군중 속에서 목소리가 들려왔습니다.

“맞아요. 보게 해 줘요!”

다른 목소리들도 합세했습니다.

“도망도 못 갈 텐데! 보게 해 줘요! 좀!”

빙켈부르크 경관이 용기를 내어 말했습니다.

“보게 해 주세요, 경사님. 저도 좀 보게요.”

경사가 말했습니다.

“흠…… 하지만 자네는 이자를 꼭 잡고 있어야 해. 이자는 뱀처럼 미끈거리는 놈이니까.”

“신사 분들, 감사드립니다.”

카다베레치 박사는 군중을 향해 절을 했습니다. 사람들은 경찰이 연단 구석으로 박사를 몰고 가는 동안 환호를 보냈고 나는 박사가 루시 아가씨에게 커다랗게 눈을 찡긋하는 것을 보았습니다.

트럼펫 소리가 울렸고 높은 사람들이 들어올 수 있도록 군중들이 자리를 터 주었습니다.

엘리자가 걱정스럽게 말했습니다.

“막시! 당신 트롬본으로 연습할 시간이 없었잖아요!”

“이건 트롬본이 아니야, 엘리자. 이건…… 아냐, 상관없어. 그냥 나는 최선을 다하면 되는 거야.”

케셀이라는 이름을 가진 땅딸막한 시장과 시장 부인, 자기가 가진 최고로 좋은 옷을 차려입은 대여섯 명의 사람이 연단에 올랐습니다. 주름진 얼굴의 나이 든 사냥꾼도 있었는데 오빠에게 총 쏘는 것을 가르쳐 준 사냥꾼임을 나는 알아보았습니다.

엘리자가 물었습니다.

"저 사람은 누구지?"

내가 대답했습니다.

"스탱거 선생님. 아마도 심판인 것 같아요."

시장이 앞으로 나서 연설을 시작했습니다.

"신사 숙녀 여러분! 여러분을 지방 의회와 케셀 부인, 케셀 식료품 가게의 이름으로 환영합니다! 골짜기와 골짜기 아래의 모든 분이 참여한 오늘 사격 대회에서는 누가 총을 쏠 줄 아는지, 누가 가장 총을 잘 쏘는지를 가릴 것입니다."

여기서 시장은 잠시 심호흡을 하기 위해 말을 멈추었고 샬럿 아가씨는 더 잘 보기 위해 고개를 쭈욱 뺐습니다. 그때 즐거운 사냥꾼 쪽에 선 군중들이 무언가 때문에 동요했습니다. 누군가 또 도착한 걸까요? 마차일까요? 어쨌든 내가 있는 쪽에서는 잘 보이지 않았고 시장은 심호흡을 한 뒤 다시 연설을 시작했습니다.

"또한, 여러 해에 걸쳐 뛰어난 총기술로 우리 모두의 감탄을 자아내어 온 분을 이 자리에 모시게 된 것을 영광으로 생각합니다. 여러분이 모두 아시는, 요제프 스탱거 씨를 이 대회의 심판으로 모십니다."

쭈글쭈글한 늙은 사냥꾼 스탱거 씨는 잠시 눈을 깜빡거리다 군중을 위해 앞으로 나섰습니다.

스탱거 씨가 입을 열었습니다.

"안녕하십니까, 신사 숙녀 여러분. 우리가 이 대회를 자주 개최하는 것이 아니기 때문에, 시작하기 전에 규칙에 대해 말씀드리려 합니다. 참가자 모두는 이름을 써서 여기 모자에 집어넣고, 존경하는 시장님이 모자에서 이름을 뽑은 순서대로 사격을 합니다. 한 번씩만입니다."

막스가 앞으로 나서려고 기를 쓰며 말했습니다.

"잠시만요!"

심판은 무슨 일인지 보려고 몸을 앞으로 구부리며 말했습니다.

"뭡니까?"

"지금은 참가 신청을 하기에 너무 늦었나요?"

"아니요, 바로 이름을 써서 주시면 됩니다."

막스가 심판이 건네준 카드에 자기 이름을 쓰는 동안 스탱거 씨는 사람들에게 나머지 규칙을 일러 주었습니다. 막스는 몸을 굽혀 대회선 안으로 들어갔고 엘리자는 그에게 입맞춤을 날렸습니다. 그걸 쏘도록 허락하지는 않을 텐데, 하고 나는 생각했습니다. 하지만 루시 아가씨와 샬럿 아가씨도 열심히 막스에게 손을 흔들었습니다. 막스는 손을 비비더니 표적을 보려고 한 눈을 가렸습니다.

심판이 말했습니다.

"좋아요! 자, 이제 시장님께서……."

한 관리가 삼각형 모자를 케셀 시장에게 내밀자 시장은 통통하고 작은 손을 그 안에 집어넣어 카드를 한 장 꺼내어 심판에게 주었습니다.

스탱거 씨가 발표했습니다.

"첫 번째로 쏠 사람은…… 아돌프 브란트!"

참가자 중 한 명이, "접니다!" 하고 말하더니 앞으로 나와 표적을 겨누었습니다. 그가 총을 쏘자 총소리가 공원 전체를 뒤흔들었지만 표적은 꿈쩍도 하지 않았습니다. 쏜 사람은 실망한 채 뒤로 물러났습니다. 이렇게 단 한 번의 사격을 위해 지금까지 얼마나 많은 노력을 쏟았을까요! 다음 사람이 사격을 시작했습니다. 그러나 결과는 같았습니다. 세 번째로 모자에서 나온 이름은 우리 마을의 루디 갈마이어였고 루디가 자리로 가는 동안에 환호성이 터져 올라왔습니다. 하지만 루디 역시 맞히지 못했습니다.

루시 아가씨가 말했습니다.

"보이는 것보다는 어려운가 봐."

다른 두 사람의 이름이 또 불렸습니다. 두 발의 총성이 또다시 공원을 울렸고, 실망한 두 사격수가 친구들에게 돌아갔습니다. 그 뒤 심판이 "막스 그린도프." 하고 불렀습니다.

"오오! 막시! 당신 차례예요!"

엘리자가 소리쳤고 루시 아가씨와 샬럿 아가씨도 "행운을 빌어요!" 하고 외쳤습니다.

막스는 앞으로 나섰습니다. 구경꾼들은 그가 총을 들지 않았음을 알아차렸습니다. 그리고 막스가 한쪽 눈을 가리고 표적을 열심히 응시한 후, 무언가를 (분명 말린 콩이겠지요.) 입에 물고 기다란 마차 나팔을 자기 입에 끼우는 모습을 놀란 눈으로 바라보았습니다. 막스는 폐 가득 숨을 들이마셨습니다.

심판이 물었습니다.

"잠깐! 이게 다 뭐요?"

막스는 마차 나팔을 내려놓았습니다. 그러고는 말했습니다.

"이것은 불어서 쏘는 파이프입니다. 브라질산이지요."

케셀 시장은 연단 끝으로 와서 못마땅하다는 태도로 내려다보았습니다.

"이런 건 용납할 수 없네. 이 대회의 명성을 흐리는 일이야."

스탱거 심판은 미심쩍다는 듯 고개를 흔들었습니다. 내 옆에 있는 엘리자는 긴장해서 입술을 깨물었습니다.

늙은 사냥꾼이 말했습니다.

"저도 잘 모르겠습니다. 하지만 규칙에는 저런 걸로 쏘지 말라는 말은 나와 있지 않습니다, 시장님. 저런 경우는 한 번도 없었거든요."

막스의 표정은 점점 더 어두워졌습니다. 심판을 바라보는 막스의 얼굴을 보고, 나는 그가 무슨 생각을 하는지 알 수 있었습니다. 막스는 콩을 뱉어 내고는 마차 나팔을 내려놓았습니다.

"맞습니다. 시장님 말씀이 옳아요. 이 대회는 콩을 쏘아 맞혀서 우승하기엔 그 역사가 매우 깊고 훌륭한 대회예요. 그럴 순 없습니다."

시장이 무시하는 투로 말했습니다.

"어쨌든 맞히지도 못할 것 아닌가. 그런 우스꽝스러운 트롬본을 불려고 하다니."

이건 엘리자에게 너무 큰 모욕이었습니다. 엘리자는 아주 위엄 있는 목소리로 시장에게 말했습니다.

"이건 트롬본이 아니에요, 시장님. 이건 마차 파이프예요."

"뭐라고?"

"아니, 그게 아니라요! 트롬파이프가 아니라고요. 이건 마차 뿔피리, 아니 피리가 아니라……."

막스가 말렸습니다.

"엘리자, 괜찮아. 관둬."

관중들은 아주 흥미진진하게 지켜보았습니다. 사람들은 막스를 달리 보기 시작했고, 막스가 자기 고장의 전통을 존중하는 걸 보고 마음이 움직였습니다.

막스는 그들을 보고 말했습니다.

"사실은 말이지요, 여러분. 저는 장총이 없습니다. 제 마부 제복이 불탄 사건 때문에 말이지요. 그 얘기를 지금 하지는 않겠습니다. 어쨌든 저는 기권하겠습니다. 제가 대회를 불명예스럽게 할 수는 없지요."

군중 속에서 목소리가 들려왔습니다.

"좋아, 친구여!"

다른 목소리가 제안했습니다.

"저 사람한테 총을 빌려 줘! 어서."

다른 참가자들이 찬성의 표시로 고개를 끄덕였고, 루디 갈마이어가 자기 장총을 장전한 뒤 막스에게 건네주었습니다. 막스는 모두에게 절을 했습니다.

"여러분, 여러분은 정말 명예로우신 분들입니다. 모자를 벗고, 여러분 모두의 스포츠 정신에 경의를 표하고 싶습니다."

막스는 장총을 들고 겨냥했습니다. 그다음에 생긴 일들은 설명하기가 쉽지 않습니다.

처음엔 나는 막스가 한 돌 위에 올라섰다가 발을 옆으로 옮긴 줄 알았습니다. 왜냐하면 막스가 갑자기 옆으로 미끄러지는 것처럼 보였는데 넘어지면서 방아쇠를 당겼기 때문입니다. 장총 또한 공중으로 크게 흔들렸기 때문에 당연히 막스는 겨냥한 곳을 맞히지 못했습니다. 사실을 말하자면 총알은 곧바로 시장의 모자를 향해 날아갔고, 그 멋진 모자는 마치 카다베레치 박사가 용수철이라도 넣어 놓은 것처럼 시장의 머리에서 공중으로 날아갔습니다. 시장은 깜짝 놀라 갑자기 허전해진 정수리를 손으로 감쌌습니다. 하지만 이 엄청난 총알은 아직도 갈 곳이 많았습니다. 총알은 휘장을 고정시킨 밧줄을 하나 잘랐고 거대한 휘장은 우아하게 시장 부인에게로 떨어져 내려 시장 부인은 비명과 함께 시야에서 사라졌습니다.

휘장은 단단한 막대로 고정되어 있었는데 막대는 흔들리다 빙켈부르크 경관의 헬멧에 정확하게 일격을 가했습니다. 경관은 공포의 비명을 지르며 비틀거리다 아무거나 처음 보이는 것을 꼭 잡았습니다. 경관이 처음 본 것은 스니치 경사의 바지였습니다.

경사의 바지는 마치 파란 양복지로 만든 눈사태처럼 아래로 내려오고 말았습니다. 그것은 대단한 볼거리였습니다. 경사는 바지 속에 줄무늬가 있는 헐렁한 속옷 반바지를 입었는데, 그 줄무늬는 아직도 비명을 지르며 안에서 씨름하고 있는 시장 부인을 덮친 휘장과 똑같은 무늬였습니다.

이 모든 일은 이 일을 설명하는 데 걸린 시간보다 더 빠른 시간 안에 일어났습니다. 한순간에 대회장은 엉망이 되었습니다. 잠시 동안 군중들은 놀라서 침묵했습니다. 우선은 무슨 일이 일어났는지 이해하기 위해서였지요. 그 뒤에 한 군중이 이러한 사태를 창조한 막스에게 환호성을 보내자 환호성은 걷잡을 수 없이 퍼졌습니다. 모두들 웃으며 박수를 쳤고 환호하며 어쩔 줄 몰랐습니다. 누구보다 열성적으로 박수를 보낸 사람은 카다베레치 박사였습니다.

박사가 소리쳤습니다.

"브라보! 브라비시모! 훌륭한 사격이야, 막스!"

가장 우스운 건 막스의 얼굴이었습니다. 웃음과 환호성이 퍼져 가는 동안 막스는 어안이 벙벙해져 머리를 긁적이며 멍하니 서 있다 결국 입을 열었습니다.

"맙소사! 어떻게 된 거지?"

심판은 시장을 화나게 하지 않기 위해 겨우겨우 심각한 투로 말했습니다.

"안됐지만, 과녁은 못 맞혔소."

막스가 말했습니다.

"아, 그렇습니까? 그래도 장총은 감사드립니다."

막스는 장총을 건네고 돌아와 우리와 함께 담장에 기대어 섰습니다. 대회를 주최한 사람들은 장막을 다시 치고, 시장은 자기 부인을 휘장에서 끌어내고, 스니치 경사는 바지를 손보러 연단 뒤로 사라졌습니다. 완전히 얼이 빠진 경관과 활짝 웃는 카다베레치 박사 또한 경사와 함께 가야만 했습니다. 모두 다 한 쇠사슬로 묶여 있기 때문이었습니다.

다음 참가자가 자리를 잡았을 때 우리 뒤에서 낯익은 목소리가 들려왔습니다.

"얘들아, 안녕!"

아가씨들은 반색을 하고 몸을 돌렸습니다.

루시 아가씨가 소리쳤습니다.

"데븐포트 선생님!"

"아아, 감사합니다!"

샬럿 아가씨가 말하며 갑자기 뛰어가 데븐포트 양 뒤에 서 있는 나이 든 신사 분에게 무릎을 굽혀 절을 했습니다. 신사 역시 깍듯하게 예의를 차려 두 아가씨에게 인사를 했습니다. 나는 그 신사가 하이피슈 변호사라는 것을 알아챘습니다. 백작을 보러 왔던 냉철하고 바싹 마른 그 변호사 말입니다. (그 일은 3~4일 전이 아니라 몇 주나 전의 일로 여겨졌습니다.)

데븐포트 양은 우리가 모두 궁금해 죽으려고 하는 것을 알았습니다. 그래서 손을 들고 말했습니다.

"대회를 방해하면 안 돼. 루시, 네 머리는 눈에 띄게 엉망이구나. 그리고 샬럿, 그저께부터 얼굴을 씻지 않은 거니? 하지만 둘다 얼굴은 좋아 보이는구나. 너희를 봐서 정말 좋다. 하지만 조용히 하도록 하자. 심판이 다음 참가자의 이름을 부르고 있어."

시장은 모자에서 카드를 한 장 뽑아 스탱거 씨에게 건넸습니다.

스탱거 씨가 이름을 불렀습니다.

"페터 켈마르."

나는 숨을 들이쉬었습니다. 드디어 오빠 차례입니다. 오빠는 자리에 없는 것일까요! 나는 내 뒤에 서 있는 엄마와 한네를이 입술을 깨물며 긴장해서 서로 손을 꼭 잡고 있는 걸 알 수 있었습니다. 내 가슴 역시 빠르게 뛰기 시작했습니다.

루시 아가씨가 소리쳤습니다.

"저기 페터가 있어!"

오빠는 너무나 침착하게 연단 가장자리로 걸어 나왔습니다. 자기는 침착한 태도를 보이는 거겠지만 관중들에게는 좀 거만해 보일 정도였습니다. 하지만 나는 오빠의 마음이 바이올린 줄처럼 팽팽하게 당겨져 있다는 걸 느낄 수 있었습니다. 어젯밤의 위험과 피로가 지금까지 오빠가 지하 창고에서 스스로 다져 온 냉정함과 침착함을 방해하지 않았기를, 나는 간절히 빌었습니다.

오빠는 표적 앞으로 나섰습니다. 나는 손가락을 꼬아 행운을 빌었습니다. 오빠는 장총을 들었습니다. 나는 숨을 멈추었습니다. 그때 갑자기 누군가의 목소리가 들려왔습니다.

스니치 경사였습니다. 한쪽 손으로는 바지를 잡고, 한쪽 손으로는 경찰봉을 잡고, 연단 뒤에서 뛰어나왔습니다.

"멈춰! 페터 켈마르! 너를 체포한다! 네 머리엔 현상금이 걸려 있어!"

오빠는 잠시 가만히 서 있다가 조심스럽게 장총을 내린 뒤 주위를 둘러보았습니다. 그다음에 오빠가 무엇을 했는지는 모르지만, 말을 꺼낸 것은 심판이었습니다. 심판은 확고하게 말했습니다.

"안 되오. 이런 것은 용납할 수 없소. 대회에 참가하는 동안에는 저 사람도 자유인이오. 자유인만이 대회에 참가할 수 있다고 규정에 쓰여 있기 때문이오."

스니치 경사는 깜짝 놀란 듯 말했습니다.

"하지만 내가 체포한다고 했는데!"

"아직 체포하지 않았잖소. 대회를 진행 중이기 때문에, 저 사람은 가만히 두어야 하오."

막스 덕분에 기분이 고조된 관객들은 이 판결에 환호성을 보냈습니다. 스니치 경사는 물러서야만 했습니다.

"그럼, 쏠 때까지만 기다리겠소. 그런 뒤 체포하지."

"그건 마음대로 하시오. 이제 옆으로 물러서시오, 경사."

경사는 경찰봉을 겨드랑이에 끼우고 바지를 추켜올리며 길을 비켜 주었습니다. 관객들은 조용해졌고 오빠는 두 번째로 장총을 들었습니다.

빌헬름 텔 이야기를 했던 것을 기억하는지요? 나는 다시 한번 빌헬름 텔을 생각했습니다. 왜냐하면 오빠는 상을 받기 위해서만 총을 쏘는 것이 아니기 때문입니다. 오빠는 자유를 얻기 위해 총을 쏘고자 했고, 구경꾼들 모두 그것을 알고 있었습니다. 나는 나뭇잎처럼 떨었습니다. 대부분의 사람들도 나와 똑같았을 것입니다. 그것이 나를 비롯한 보통 사람들과 챔피언의 차이였습니다. 왜냐하면 오빠는 마치 석상처럼 흔들리지 않고 똑바로 장총을 잡고, 방아쇠를 당겼기 때문입니다. 그리고 방아쇠를 놓자마자, 깃털이 공중을 날았습니다.

오빠가 과녁을 맞혔습니다! 페터가 이겼습니다!

사람들이 그 사실을 알기까지는 1, 2초가 걸렸습니다. 곧바로 내 생애에 한 번도 들어 보지 못한 거대한 환호성이 울려 퍼졌습니다. 사람들은 자기 모자를 공중으로 던졌고 서로서로 등을 두드렸으며 웃고 소리를 지르고 기쁨의 함성을 질렀습니다.

바로 그때, 경사가 다시 등장했고 환호성이 잦아들었습니다.

경사는 만족해서 말했습니다.

"좋아, 젊은이. 이제는 체포해야겠어."

오빠가 말했습니다.

"잠시만요. 제가 대회에서 우승한 게 아닌가요, 스탱거 선생님?"

심판이 말했습니다.

"네가 이겼다."

"그럼 저는 이 숲의 산림 감시원이 된 건가요?"

스탱거 씨가 가볍게 고개를 끄덕였습니다.

"그렇다."

스니치 경사가 물었습니다.

"그래서 뭐 어쨌다는 거야?"

스탱거 씨가 커다랗게 선언했습니다.

"페터 켈마르는 자유인이오. 왜냐하면 자유인만이 산림 감시원이 될 수 있기 때문이오!"

첫 번째 환호성이 컸다면, 이번에 터져 나온 환호성은 더욱더 우렁찼습니다. 한네를은 팔짝팔짝 뛰었고 엄마는 손을 꼭 쥐면서 동시에 박수를 쳐 보려고 했습니다. 루시 아가씨와 샬럿 아가씨는 환호성을 보냈으며, 나는 소리 때문에 장막이 또 떨어지지나 않을까 걱정을 하였습니다. 오빠는 앞으로 나서서 시장과 악수를 하고 둘둘 말린 서류와 황금 한 자루를 받았습니다. 그리고 시장의 부인에게 예절 바르게 인사를 했습니다. 누구도 오빠가 5분 전에는 경찰의 수배를 받던 인물이라고 생각하지 못할 지경이었습니다.

이제, 모든 것이 끝났으니 집으로 가서 점심을 먹겠지, 하고 나는 생각했습니다. 아니, 그런데 데븐포트 양이 뭘 하는 거지요? 밧줄 밑으로 빠져나가 연단 위에 선 데븐포트 양은 손을 쳐들고 사람들에게 조용히 해 줄 것을 부탁했습니다. 그러고는 교실에서 쓰는 최고의 목소리로, 커다랗고 분명하게, 거기 뒷줄은 이제 잠 깨 하는 듯한 목소리로 이야기를 시작했습니다.

"시장님, 그리고 존경하는 여러분, 제가 여러분께 말씀드려야 할 이야기가 있습니다. 이 즐거운 날, 여러분의 기쁨을 엄숙한 이야기로 해치고 싶지는 않지만, 여러분께 하인리히 카를슈타인 백작은 이제 이 세상 사람이 아니라는 것을 이야기하려 합니다."

사람들이 조용해지자 카를슈타인 백작이 누군지 모르는, 다른 골짜기에서 온 사람들 역시 백작이 중요 인물이라는 것을 짐작하는 것 같았습니다. 또한 슬퍼하는 기색이 아니라 무슨 일이 일어났을까 궁금해하는 사람들의 침묵에서 백작이 별로 사랑받는 인물은 아니라는 것도 짐작한 듯했습니다. 데븐포트 양은 이야기를 계속했습니다.

"이 사건이 여러분 모두에게 상관이 있는 것이기 때문에 저는 이 자리에서 발표를 하여야 한다고 생각했습니다. 이제 변호사 하이피슈 씨를 증인으로 요청합니다."

하이피슈 변호사는 (모두들 보기만 해도 그가 변호사라는 걸 알 수 있었습니다. 뭔가 건조하면서도 배우 같은 태도로 변호사는 연단에 올랐습니다.) 시장과 심판과 시장의 부인과 오빠에게 절을 하고 (오빠 역시 자기의 새 신분에 어울리게 위엄 있게 변호사에게 절을 했습니다.) 이야기를 꺼냈습니다.

"카를슈타인 백작의 시체는 오늘 자기 방에서 한 하인이 발견했습니다. 백작은 간밤에 뇌졸중으로 사망한 것으로 보입니다. 카를슈타인 영지와 작위가 어떻게 될지는 매우 특이한 경우인데, 그래서 이런 방식으로 여러분 앞에서 발표하는 것에 대해 양해를 구합니다. 우선, 백작에게는 두 명의 조카가 있습니다. 루시 아가씨와 샬럿 아가씨지요."

"오오!"

엘리자가 숨을 몰아쉬었습니다. 샬럿은 내 손을 꼭 잡았습니다. 이제 무슨 일이 일어날까요?

변호사는 명확하고 냉철한 말투로 말을 이었습니다.

"이 두 아가씨에게는 다른 친척이 없기 때문에, 법에 따라 후견인이 아가씨들을 맡아야 합니다."

샬럿 아가씨는 조그맣게 소리를 질렀고, 루시 아가씨는 샬럿 아가씨의 손을 꼭 잡았습니다. 둘은 마치 우리에게서 떨어져 그 자리에서 오그라드는 것 같았습니다.

우리는 그저 바라볼 수밖에 없었습니다.

"그러나 여기서 사건은 좀 더 복잡해집니다. 저는 고 카를슈타인 백작이 사실은 영지와 작위에 대한 실제 소유권이 없었다는 사실을 밝혀내었습니다."

나를 제외한 모든 사람의 입에서 놀람의 탄성이 새어 나왔습니다. 나는 이미 그 사실을 들어 알고 있었지요. 하지만 이런 식으로 사람들 앞에 공표될 줄은 예상하지 못하였습니다. 도대체 저 놀라운 두 사람은 무슨 일을 꾸미고 있을까요? 데븐포트 양은 이상할 정도로 만족스러운 표정을 짓고 있었습니다. 청중들은 귀와 눈에 온 신경을 집중하고 입을 벌리고 이어질 이야기를 기다렸습니다.

"진짜 상속자는……."

변호사는 이렇게 말하고는 주위를 둘러보았습니다. 그의 눈길이 마치 마을 공원을 법정으로, 시장을 판사로 바꾸어 놓는 듯한 느낌이 들었습니다.

"태어나자마자 요람에서 납치되어 제네바로 보내졌습니다. 그리고 제네바에서 버림을 받았지요. 그래서 진짜 상속자는 고아원에서 커 성년이 된 뒤 병사가 되어 보델하임 전투에서 나폴레옹과 맞서 싸웠습니다."

막스가 말했습니다.

"맙소사, 저걸 누가 생각이나 할 수 있었겠어."

"전쟁이 끝난 뒤에, 그는 마부가 되었습니다. 그 뒤에는 하인이 되었지요."

막스는 엘리자를 바라보며 말했습니다.

"누가 저런 걸 생각이나 할 수 있었을까? 정말 신기하지 않아? 도대체 그 사람은 누굴까?"

하이피슈 씨는 막스를 냉철하게 쏘아보았습니다. 마치, 조용히 하시오, 젊은이, 아니면 내가 법정을 휴정시키겠소, 하는 것처럼 말입니다. 그러고는 이야기를 계속했습니다.

"그 사람이 누구인지는 아직도 수수께끼입니다. 다행히 그의 신분을 밝혀 줄 단서가 있지요. 바로 여기에 있습니다."

변호사는, 주머니에서 너무 작아서 잘 보이지 않는 무언가를 꺼내어 쳐들었습니다.

"반으로 갈라진 은 동전입니다. 나머지 반은 그가 아기였을 때 그를 훔쳐 낸 불행한 여인이 아기의 목에 걸어 주었지요. 여인은 그를 납치해서 몸값을 받으려고 했으나, 계획을 실행하기도 전에 죽어 버렸습니다. 이 동전과……."

변호사는 동전을 시장에게 건네었습니다. 시장은 그 동전을 세심하게 살폈습니다.

"이 모든 상세한 이야기는 제네바의 한 다락방에서 최근 발견된 그 여인의 일기장에 적혀 있었습니다. 그러므로 이 동전의 반쪽을 찾을 수 있다면, 새로운 카를슈타인 백작을 찾을 수 있습니다."

10초쯤 전부터 엘리자에게 무슨 일이 일어난 것만 같았습니다. 엘리자는 마치 옷 속에 딱정벌레라도 들어간 것처럼 손을 목 안쪽으로 집어넣어 몸부림을 치며 소리를 질렀습니다. 사람들은 아주 이상하다는 듯 엘리자를 바라보았습니다. 그러나 엘리자가 목걸이를 꺼내 공중에 들고 소리쳤을 때 사람들의 반응은 곧 놀라움으로 바뀌었지요.

"여기 있어요! 이 사람이 나한테 준 거예요! 그렇잖아요, 막시? 정말이에요, 시장님! 이 목걸이는 이 사람 거예요. 하지만 저에게 사랑의 증표로 주었어요, 변호사님!"

엘리자는 연단으로 달려갔다 다시 뒤로 뛰어와 막스의 손을 붙들고 앞으로 끌고 갔습니다.

막스가 말했습니다.

"나는 아주 어렸을 때부터 저걸 가지고 있었어! 하지만 그게 내가 카를슈타인 백작이라는 뜻이라고?"

변호사는 몸을 굽혀 엘리자의 떨리는 손에서 목걸이를 받아 들었습니다. 변호사는 시장과 함께 목걸이를 들고 다른 한쪽과 맞추어 보았습니다. 몇 초가 흘렀습니다. (너무나 길게 느껴지는!) 시장은 고개를 끄덕였고 하이피슈 변호사가 말했습니다.

"맞습니다. 두 조각이 정확히 들어맞습니다. 당신이 바로 카를슈타인 백작입니다!"

흥분의 도가니……. 사람들은 모자를 공중에 던지고, 엘리자는 막스의 목에 팔을 감고, 너무나 커다란 환호성에 놀란 새 떼들이 하늘 높이 날아오르며 깍깍 소동을 보탤 지경이었습니다. 막스는 어떻게 해야 할지 몰랐습니다. 머리를 긁적이고, 씩 웃고, 얼굴이 빨개져서 발을 이리저리 옮기다가, 엘리자에게 입맞춤을 했습니다. 그러고는 다시 얼굴이 빨개져 미소를 짓더니 휘파람을 불고, 시장의 부인에게 윙크를 보내고 환호성이 조금 가라앉자 말했습니다.

"이 모두가 소시지 접시 때문이라니……. 모두들 감사합니다. 감사합니다, 시장님."

그리고 나서 변호사를 향해 절을 했습니다. 변호사는 아주 깊숙이 몸을 굽혀 막스에게 다시 절을 하며 말했습니다.

"천만의 말씀입니다, 카를슈타인 백작님. 도움이 되어 다행일 따름입니다."

막스는 아직도 믿지 못하며 천천히 말했습니다.

"카를슈타인 백작님이라니…… 잠깐만요, 만약 내가 카를슈타인 백작이라면, 저 아가씨들이 그러니까 내 친척이라는 말입니까?"

"네, 그렇습니다."

하이피슈 씨는 두 아가씨에게 웃어 보였습니다. 냉정한 늙은 얼굴이 저렇게 찬란하게 변할 수 있다니!

"그렇다면 간단하네요. 둘은 고아원에 갈 필요가 없어요. 저랑 같이 살면 되니까요!"

루시 아가씨와 샬럿 아가씨는 기쁨에 차 막스에게 뛰어갔습니다. 그는 삼촌이 조카에게 어떻게 대해야 하는지 잘 모르는 채 (하지만 곧 배우게 되겠지요.) 아가씨들의 머리를 토닥였습니다. 그러고는 자신의 손을 잡고 있던 사람에게 몸을 돌리고 말했습니다.

"그리고 난 엘리자와 결혼할 수 있어요!"

그 사실을 증명이라도 하듯 엘리자에게 입맞춤을 했습니다.

바로 그렇게, 모든 것이 끝나는 것 같았습니다. 마을 사람들은 새로운 백작과 백작 부인을, 그것도 착한 사람들로 맞아들이게 되었지요. 공정하고 인간답고 사람들이 좋아하는 백작과 백작 부인을 말입니다. 이제 모두 기뻐하며 집으로 돌아가면 되는 것 같았습니다. 하지만 아직도 다 끝난 것이 아니었습니다. 왜냐하면 그때, 아직도 쇠사슬에 손목을 묶인 채 카다베레치 박사가 앞으로 나서서, 막스에게 깊숙이 절을 하며 말을 했기 때문입니다.

박사는 공손하게 물었습니다.

"이렇게 기쁜 날에, 백작님, 사면을 요청해도 될까요?"

그 물음에 대한 대답은 데븐포트 양이 했습니다. 데븐포트 양은 너무나 놀라서 숨을 쉬지 못할 지경이었습니다. 그런 상태가 데븐포트 양에게 별로 자주 있는 것으로는 생각할 수 없습니다. 데븐포트 양은 한 발짝 뒤로 물러나더니 가슴에 손을 맞잡고 말했습니다.

"이 사람은…… 롤리폴리오 경!"

3

바로 그랬습니다.

이 사람은 카다베레치 박사라고 주장하는 막스와 그와는 반대로 루이지 브릴리안티니라고 주장하는, 게다가 체포된 상태라고 주장하는 스니치 경사에 맞서서 이 주제에 대한 결론을 내린 사람은 바로 데븐포트 양이었습니다. 데븐포트 양은 스니치 경사를 쏘아보며 확고하

게 말했습니다.

"나에게 이분은 언제나 롤리폴리오 경이에요."

막스 카를슈타인 백작이 말했습니다.

"그러면, 이렇게 하면 되겠군요, 경사님. 이 사람이 카다베레치도 아니고 브릴리안티니도 아니면, 이 사람은 지금까지 일어난 일들에 책임이 없는 것 아닌가요? 논리적으로 말입니다. 당신은 이 사람을 놓아주어야 합니다."

카다베레치 박사가 말했습니다.

"너무나 친절하신 처사입니다, 백작님. 하지만⋯⋯."

그는 쇠고랑을 찬 손을 공중에 높이 올려서 한 번 흔들었습니다. 그랬더니 사슬이 헐렁하게 풀려나와 땅 위에 떨어지는 것이 아니겠어요! 그는 절을 했고, 군중들은 박수를 보냈으며, 경사는 숨을 들이쉬었습니다.

"어차피 저는 조금 뒤에 탈출할 생각이었어요."

카다베레치 —브릴리안티니— 롤리폴리오가 말했습니다.

"하지만 그럴 필요가 없어졌군요, 데븐포트 양!"

그러고는 데븐포트 양에게 몸을 돌리고 손을 잡기 전에 깊숙이 절을 했습니다.

"몇 년 동안이나 당신을 찾고 있었소. 길이 갈라져 우리가 헤어진 이후로⋯⋯. 당신을 다시 만나다니, 난 정말 행운아요!"

둘은 딱 붙어 이야기를 나누며 걸어 나갔습니다. 하이피슈 변호사는 조그맣게 기침을 했습니다.

"카를슈타인 백작님, 백작님이 돌봐야 할 일들이 아주⋯⋯."

여기쯤에서 끝내는 것이 좋을 것 같습니다. 왜냐하면 그 뒤에 일어난 일들은, 간단하고 일상적이고 행복한, 그러니까 결혼식이라든지, 성의 바닥부터 꼭대기까지 봄맞이 대청소를 했다든지,

제가 성의 일자리를 다시 찾았다든지 하는 일들이기 때문입니다. 막스를 주인님으로 모시는 일이 처음에는 이상했습니다. 막스 자신도 이상하게 생각했으며, 스스로 아무래도 못하겠다고 생각한 적도 있었습니다. 하지만 상식과 공정함과 좋은 성격은 대부분의 어려움을 이겨 나갈 수 있게 합니다. 막스는 바로 이런 좋은 점을 모두 갖추고 있었지요. 그리고 백작 부인이 된 엘리자는 위대한 백작에 걸맞은 완벽한 부인이었습니다.

루시 아가씨와 샬럿 아가씨는 학교로 돌아갔습니다. 보통 학교가 아닌, 지식과 과학 아카데미라는 이름의 학교로, 학식이 높은 롤리폴리오 부인이 운영하는 곳으로요. 부인의 남편인 위대한 배우 안토니오 롤리폴리오는 이탈리아에서 가장 멋진 극장들의 소유주입니다. 가끔 두 사람은 피라미드나 메소포타미아나 힌두스탄 같은 곳으로 탐사를 떠나기도 합니다. 두 사람이 저를 꼭 데리고 가겠다고 우겨서 저는 몇 번이나 따라갔답니다. 둘은 휴가 때면 꼭 카를슈타인성에 와서 휴가를 보냅니다. 몇 년이 흐르자 성에서는 아무도 눈치채지 못하는 작은 기적이 일어났습니다. 모두들 카를슈타인성을 자기 집으로 여기기 시작한 것입니다. 그 커다랗고 음울한, 공포와 사악한 어둠이 가득했던 장소를요.

내가 돌볼 아이들은 더욱 많아졌습니다. 막스와 엘리자에게 딸이 생겼고, 그 뒤에는 두 아들, 또 딸이 생겼기 때문입니다. 아주 말썽꾸러기였지요. 나는 시계공인, 위대한 예술가 빌헬름 브룩만과 결혼했고 내 아이들도 생겼습니다. 카를슈타인 백작이 내

아이들의 대부가 되어 주었습니다.

 이 이야기를 써 놓자고 한 것은 롤리폴리오 부인이었습니다. 부인은 제가 얘기를 써야 한다고 주장했지요. 그 이유는 제가 이 사건의 가장 많은 부분을 보았기 때문이라고 생각합니다. 스니치 경사는 경감으로 승진했고 카를슈타인 백작의 부탁을 받고 경찰서 기록을 뒤져 카다베레치 박사를 체포한 그날의 기록을 이 안에 포함할 수 있도록 해 주었습니다.

 이렇게, 이야기는 모두 끝났습니다. 하지만 아직도, 달이 높이 떠오르고 구름이 배고픈 늑대 무리처럼 흘러가는 겨울밤이면 먼 하늘에서 사냥 나팔 소리가 들려옵니다. 만성절 전날 밤에는 모든 집의 문이 닫히고 빗장이 채워지지요. 그리고 벽난로 옆에서는 눈을 크게 뜬 사람들이 산의 왕이며 어둠의 사냥꾼인 자미엘의 이야기를 듣는답니다.

오래전, 내가 중학교 선생님이었을 때, 나는 매년 학교 연극을 쓰고 공연을 했다. 내가 어렸을 때 연례 학교 연극에 참가하는 것을 좋아한 만큼 커서도 다시 그 즐거움을 누리고 싶었다.

내가 쓴 첫 번째 학교 연극은 '스프링힐드 잭'이었는데 몇 년이 지나고 나서야 나는 이 이야기를 책으로 다시 쓸 수 있었다. 학교 연극을 책으로 바꿔 쓴 것 중 첫 번째 작품은 사실 극본으로는 나의 세 번째 이야기인 바로 이 '카를슈타인 백작'이다.

나에게 이 이야기들이 좋았던 이유는, 내가 원하는 모든 요소를 다 넣을 수 있었다는 것이다. 유령, 슬랩스틱 코미디, 특수 효과, 그리고 음악까지. 음악은 레이첼 딕슨이라는 이름의 선생님이 작곡해 주셨는데 이 선생님 역시 후에 책을 쓰는 작가가 되었다. 작곡해 주신 음악 역시 훌륭했다. '카를슈타인 백작'에 나는 사격 대회를 넣고 싶어서 넣었으며, 가지각색의 손잡이와 감춰진 서랍, 끈을 당기면 무언가 튀어나오는 그런 마법의 상자를 넣고 싶어서 그런 상자를 만들기도 했다. 그리고 혼란스럽게 소동을 피우다 서로서로를 체포하는 경찰들과 불꽃에 휘감겨 등장하는 사냥꾼의 유령, 빙하의 혼 같은 것도 넣고 싶어서 모두 이야기 속에 포함시켰다.

이런 연극을 하기 위해 학생들과 함께 학교의 강당에 매년 간이 무대를 꾸몄다. 지지대와 막과 줄과 무대 장치와 이리저리 당기는 조종 장치 등을 모두 사용해서 말이다. 내 인생에 그렇게 재미있는 일은 없었다.

이 모든 것은 참가한 학생들이 없었으면 할 수 없었을 것이다. '카를슈타인 백작' 공연에 참가한 학생들은 특별히 재주가 뛰어났다. 특히 카다베레치 박사 역을 한 벤 브랜든 학생이 보여 준 천재적인 재치는 잊지 못할 것이다. 극 중에 벤이 줄을 당기면 상자 속에서 소리를 내며 작은 악마 같은 것이 확 튀어나오는 장면이 있었는데, 마지막 공연에서 벤이 줄을 당겼는데도 아무것도 나오지 않았다. 대담한 미소를 띤 채 벤은 관객 쪽으로 돌아서서, "물론, 악마는 바보들의 눈에는 절대로 안 보이죠." 하고 말했다!

벤뿐 아니라 나와 함께 연극을 공연한 모든 학생이 내가 그 연극을 즐긴 것만큼이나 재미있었기를 바란다.

이렇게 '카를슈타인 백작'이 책으로 나와 읽을 수 있게 되다니, 또한 정말로 기쁘다. 이 이야기를 전해 주는 목소리들이 새 세대의 독자들 앞에 이 이야기를 잘 살려 내기를 바랄 뿐이다.

필립 풀먼

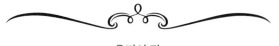

《카를슈타인 백작》은 《황금 나침반》으로 잘 알려져 있는 작가 필립 풀먼이 첫 번째로 쓴 어린이책입니다. 풀먼이 옥스퍼드의 비숍 커크 중학교에서 선생님으로 일할 때 직접 각본을 써서 학생들과 함께 무대에 올린 연극을 바탕으로 쓴 작품입니다. 그래서 그런지 이 이야기를 읽어 나가면, 주인공 한 명 한 명과 이들의 숨가쁜 달음박질이 펼쳐지는 어둡고도 혹독한 겨울의 알프스산맥을 바로 눈앞에서 보는 것 같은 느낌이 듭니다.

막이 열리고 연극의 주인공들이 자기 차례에 등장해서 서로 다른 목소리로 말하듯, 이 소설은 정말로 장마다 다른 주인공이 독자에게 이야기를 해 줍니다. 이야기를 해 나가는 방식도 주인공들의 성격과 일치합니다. 자기가 목격하고 경험한 사실밖에 알지 못하는 주인공들의 조각난 이야기를 들으면서 도대체 무슨 일이 일어나고 있는지 조각 맞추기를 하는 것은 독자들의 몫입니다. 연극을 보고 있지는 않아도 이 책을 읽는 우리들은 각자 주인공들의 서사가 주는 느낌에 반응하면서 머릿속에서 이야기 속에 동참합니다. 주인공들의 서로 다른 말투를 보여 주듯, 원문 역시 주인공에 따라 다른 서체를 사용하고 있습니다.

《카를슈타인 백작》에 나오는 주인공들은 나이도 성격도 신분도 여러 가지입니다. 어른과 아이, 남자와 여자, 귀족, 상인, 하인, 관리, 배우까지, 그리고 이 모든 등장인물에 모두가 두려워하는 초자연적인 존재, 사냥꾼의 악령 자미엘까지 더해집니다. 야무지고도 착한 힐디가 1900년까지 살아 있다고 해도 절대 잊지 못할 것이라고 처음에 이야기하는 것으로 보아 이 소설의 배경은 19세기 스위스, 알프스산맥의 한 마을로 짐작할 수 있습니다. 춥고 음산한 카를슈타인성과 성을 둘러싼 숲에 대한 묘사는 이 소설의 배경 시대처럼 낭만주의적입니다. 하늘을 향해 빽빽하게 자라는 나무들이 가지고 있는 무서운 생명력과 나무들과 언제나 함께하는 어두운 그늘의 이미지, 먼 옛날부터 범법자들이 숨어들던 장소인 숲, 여기에 휘몰아치는 눈보라와 만년설 같은 두려움을 주는 요소와 태고를 연상하게 하는 빙하까지, 이야기가 진행될수록 주인공들이 달아나고도 다시 숨어드는 배경인 숲이 가지고 있는 비밀스럽고도 알 수 없는 힘은 독자들을 자극합니다. 문명에 대한 자연의 우위를 상징하면서, 이렇게 인간이 이해하기에는 무섭고 비밀스러운 숲이라는 장소는 또한 낭만적 사랑의 배경이기도 합니다.

필립 풀먼은 이 복잡하게 구성된 이야기에 자기가 쓰고 싶었던 여러 가지 요소들을 함께 버무려 넣었습니다. 사냥꾼의 악령은 피에 굶주린 사냥개들을 앞세우고 자신의 영토에 나타나는 모든 것을 사냥하여 취한다는 유럽의 민담을 바탕으로 했지만 그 이름으로 쓴 자미엘, 또는 사마엘은 유대교의 전통에서부터 내려오는 원래 천사였다던 악마의 한 이름입니다.

이야기의 처음부터 언급되는 사격 대회와 은 총알 이야기도 중세부터 전해 온 독일의 민담을 연상시킵니다. 베버가 작곡한 유명한 낭만주의 오페라 〈마탄의 사수〉에서도 쓴 이야기지요. 악마와 계약을 맺은 (이 오페라에서도 악마의 이름은 자미엘입니다.) 사수가 일곱 발의 마법 총알을 만들면, 여섯 발까지는 사수가 원하는 어떤 것도 맞힐 수가 있지만 일곱 번째 총알은 악마가 원하는 대상을 맞힌다는 전설이랍니다.

　독일 낭만주의의 가장 중요한 소설인 괴테의 《파우스트》에도 악마는 새로운 영혼을 원하고, 악마와 계약을 맺은 자들은 자신 대신 악마에게 바칠 다른 사람들을 찾는, 이 작품에서도 중요한 줄거리를 이루는 주제가 등장합니다.

　또한 필립 풀먼은 이 이야기를 18세기부터 19세기까지 영국에서 많이 유행한 고딕 소설을 염두에 두고 쓴 것이라고 합니다. 고딕 소설에 많이 나오는 초자연적인 힘, 유령, 성, 비밀, 출생의 비밀 같은 요소들뿐 아니라 다양한 주인공들에서도 그런 사실을 느낄 수 있습니다. 이 이야기에 나오는 주인공들은 고딕 소설에서처럼 폭군, 박해받는 젊은 아가씨, 마법사, 악당, 도둑, 영웅, 악마 등으로 등장했다가 사라지고 역할을 바꾸기도 합니다. 뒤섞여 버린 이러한 현실과 상상의 경계에서 재미있는 것은 현대적이고 주체적인 여성 주인공들의 등장입니다. 세계 방방곡곡을 당차게 여행하며, 논리적 사고를 중요하게 생각하는 데븐포트 선생님이나 성에서 일하는 어린 하녀이긴 하지만 영리하고도 용감한 힐디는 지금 우리 시대에 태어난다 해도 분명 똑똑하고 현명한 삶을 살 것입니다.

어렸을 때부터 세계를 여행했고, 영문학을 공부했고, 어린이들과 학교에서 오랜 시간을 보낸 한 작가가 이렇게 여러 가지 주제를 모아 화려하게 구성한 이 이야기를 즐기기 위해, 그 요소들의 역사적이나 문화적 배경을 하나씩 모두 이해할 필요는 없습니다. 주인공들의 숨 가쁜 모험을 따라가는 것만 해도 너무나 재미있으니까요. 샬럿과 같은 수많은 19세기의 아가씨들이 고딕 공포 소설과 연애 소설을 손에 땀을 쥐고 읽은 것처럼, 악마와의 계약과 영혼의 구원 같은 주제에 매혹되어 괴테를 읽을 수 있는 것처럼, 이 이야기를 읽는 독자들 역시 영국 어린이 문학의 중요한 작가 중 한 사람인 필립 풀먼의 첫 번째 작품을 즐길 수 있기를 바랍니다.

이지원